U0916502

THE ICE STORM

冰风暴

[美] 里克·穆迪 —— 著
李睿 —— 译

江苏凤凰文艺出版社
JIANGSU PHOENIX LITERATURE AND ART PUBLISHING, LTD

献给亨利、佩吉、梅雷迪思、德怀特

引言

李安

夜来临了，一个青春的生命被大自然吞噬，男孩把呼吸交予死亡。

摸着胸口，我曾说："除非我这里有感觉，否则我不拍这部电影。"里克·穆迪（Rick Moody）的《冰风暴》（The Ice Storm），让我感动，很合我的胃口。

《冰风暴》是我的第二部英语片，也是让我从通俗喜剧跨入悲剧电影的尝试。这次经验不同于《理性与感性》，这是一部导演主导的电影，原著是我挑的，改编前经过多次充分的讨论，开拍前我又花了三个月做功课，而《理性与感性》在我接手前，埃玛的剧本都写了四年了。

里克在书中有段话是这样写的：“空气中弥漫着背叛的氛围，正当人们开始熟悉白宫的录音系统时，社会上也开始弥漫一股不良的风气。”

我过去拍的东西都比较温和，在《冰风暴》里第一次尝试挑衅，因为我实在拍腻了相同的调性。这也是我第一次做纯粹美国题材的电影，挑的又是尖锐尴尬的转变关键年代，许多人不愉快的记忆犹新，而我二十三岁才赴美国留学，对我而言，真的比《理性与感性》的挑战更大。原著里有我认同的部分，也有我不解的地方，我必须闯入未知的境地。

詹姆斯推荐我看里克的小说，他们夫妇都是里克的书迷，觉得美国新一代的小说家里，里克很有潜力。当时里克虽得过美国普西卡编辑书卷奖（Puschcart Press Editors' Book Award）及美国优秀青年作家奖，但尚未受到瞩目。我看了他的第一本书，接着又看了1994年4月出版的《冰风暴》，非常感动。故事的背景康涅狄格州新康能镇就是作者的家乡，里克写的正是自身的成长经验。原著并不具备一般电影的故事性结构，但文学性甚强，且素材丰富。我读到大概第二百页，觉得其中有一段情节视觉性很强，很吸引人，小孩在冰风暴里过电的情景触动我很多联想，尤其是结尾，很让我感动，也让我看到了电影及从另一个角度来看“家”的本质。木·胡德（Ben Hood）在冰风暴的震撼中卸下面具，重新面对自我及家人，这家人在风暴过后的清晨情感凝聚的一刻，令人动容。这本书讲的也是我一直在电影中经营的主题之——家。家有缺点，但家人间相濡以沫的凝聚力，常让人有着温暖莫名的感动。

《冰风暴》和《理性与感性》正相反，我觉得后者是社会制约要你成为好人，但片中的主角都想越轨，追求自我。而《冰风暴》里则是社会开放，你被鼓励叛逆、任性而为，但主角们又出于本性中的保守良善，重新思辨常轨。

对我来说，《冰风暴》是我导演生涯的再出发。

第一章

Part 1

这是一部家庭喜剧，这户人家我自小便认识，就像所有故事里都有八卦流言的踪影一样，这部喜剧里也有我的一席之地，不过那是后话了。

最先映入眼帘的是一间客房，和所有客房一样，没人会在意房间如何。胡德家的父亲，本杰明·保罗·胡德，此刻就站在珍妮和吉姆·威廉姆斯家的客房里，他的家就位于同一条街的下半段。这里是世界第一强国东北部最富庶的州，故事就发生在看上去风平浪静、风光秀美的城郊。人们刚刚草草地过完了感恩节，两百年来充斥着商业气息的节日在这里已经不受待见三年了。

在那个年代，还没有电话应答机、呼叫等待服务、来电显示、CD、影碟、全息摄影、有线电视、MTV、多功能电影院、文字处理器、激光打印机、调制解调器、虚拟现实、大统一理论、飞机里程积分兑换、喷油系统、涡轮；也没有经前综合征、康复中心、酗酒者家属之成年儿童互助会[①]、共通依存互助会、朋克摇滚、后朋克、

① 针对那些在童年时期受到酗酒家属影响的成年人。

硬核朋克、垃圾摇滚、嘻哈、艾滋病、免疫缺陷病毒或者其他诸如此类神秘的疾病；没有电脑病毒、克隆技术、基因工程、生物圈、彩印、台式复印机，更不必说传真机了。至于苏联经济改革之类的更是闻所未闻。

倒是最近，发生了不少事。最近，吉米·亨德里克斯、贾尼斯·乔普林还有吉姆·莫里森去世了。俄亥俄州有四人死亡，阿尔蒙特州也有一位与世长辞。尼克松总统正为以色列迎战1972年中东战争提供军事援助，尽管武器运输的速度慢得不能再慢了。美越的巴黎和谈失败了，九月基辛格当选了国务卿。（1972年没有颁发诺贝尔和平奖）。中国加入了联合国，尼克松终于访华了。

最近，哥伦比亚、伯克利等地均出现大楼被占用、被遗弃的现象。一会儿，艾比·霍夫曼不知躲到哪儿去了，一会儿，杰瑞·鲁宾又给《新纪元月刊》撰稿了。安吉拉·戴维斯被无罪释放了。披头士乐队在录制他们的个人专辑。柬埔寨中部地区的战争愈演愈烈。（红色高棉[①]就快占领金边了，郎诺也即将被罢免。）

能源危机即将爆发。

罗斯·玛丽·伍兹不久前声称自己不小心抹掉了长达十八分钟半的作为呈堂证供的录音。（白宫披露了一张照片：伍兹一手去接

① 曾为柬埔寨国内的一支政治力量，1975—1979年为柬埔寨共产党政府。

电话，一手漫不经心地去按录音机的删除键。）

水门饭店黑幕重重也好，小说《海鸥乔纳森》要翻拍成电影也好，时下流行的交互分析理论也好，完形治疗法也好，物欲横流的时代里，头脑精明、乐观自信的胡德先生才不会为这些小事分神。眼下，他正站在情妇的家中，翘首盼着他的小妞儿回来。

那一年，电影《比利·杰克》大受欢迎。

珍妮·威廉姆斯急匆匆地走出客房去吃她的避孕药，下意识地流露出一丝不快。珍妮此刻的小脾气不过是甜蜜幽会中的小插曲，胡德并没有留意。他正琢磨着：有了避孕药和节育环，方便又靠谱，谁还去用避孕套?

好吧，延时有延时的乐趣，它给人带来肮脏又愉悦的幻想。

客房的床上放着格纹的法兰绒被子，上面留着邻居家孩子们玩闹的痕迹。胡德想，一定是他们留下的，青涩懵懂的印记。房间里挂着白色的帷帐，软绵绵的，好似忧郁少女的刘海一样。拉开衣柜抽屉，里面只有一粒樟脑球和一盒久未开封的一次性冲洗器。就在抽屉开合之际，房内的装饰，好比那条黄绿交杂，又刚好掩盖住奶酪残渣和饼干碎屑的粗绒毛毯，让胡德联想到了电视里某个乏味的场景，而他自己倒像个罪犯。毕竟，在他之前，珍妮还有一个丈夫。

床头的桌子上摆放着一瓶上好的芬兰伏特加，精致的酒瓶在灯光的映衬下熠熠生辉。从威廉姆斯一家搬来这里算起，胡德已经出入这里不下一百五十次了，在这之前，他一直在寻找安身之所，即别人家客房里。他一面感恩生活，一面不齿自己的所作所为。他多希望自己能安分地待在家里，可他总是抵挡不住偷腥的诱惑。他给自己找了个借口，偷腥是出于寂寞。在妻子怀抱中的他，人潮拥挤中的他，开会时的他，陪他的狗扔网球的他，和孩子们一起游戏的他，通勤路上和陌生人交谈的他，深夜与兄弟会朋友促膝谈心的他，都是寂寞的。就连十一月肃杀的风景，甚至是他鳏居在新罕布什尔的老父都让他备感孤独。唯有珍妮，胡德也说不上为什么，能够把他从孤寂中解救出来。他晓得珍妮与他没有未来，但他深陷其中无法自拔。

当然，他之所以戒不掉这段婚外情，还有其他原因。他望着衣柜上方镜子中的男人，年近四十，保养得还算不错。明年三月就要到四十岁了啊。等等，他发现自己并没有一眼看上去的那样光鲜。皮肤上有了明显的斑点，肤色看上去也不大均匀，看来他需要一件暗色系的大衣来衬。肚子较年轻时也大了不少。头发也不似从前浓密，一直以来留着短发的他从未仔细观察过自己的头发。现在，头发真的越长越少了。他有一双蓝色的眼睛，只可惜小了点；鼻梁上架着一副眼镜，但鼻子偏偏生得又歪又小，所以看上去就好像一块凸起的花岗岩上插着一棵枯死的大树。好吧，得承认，他长得不怎么好看。他看上去更像一名葬礼主持人，或者一个售卖假海景房的地产推销员。他清楚自己不是什么英俊潇洒的人物，所以他试着用善良和真诚来弥补生理上的不足。是的，他试过。

此刻，激情退去，他下半身最具诱惑力的武器也变得意兴阑珊了。

他曾是一个热爱音乐的民谣歌手，后来转行去了证券公司。原来的他就仿佛即将下场比赛的小马驹，亦好似将要驰骋疆场的新兵，踌躇满志，信心百倍，相信自己能在金融界混得风生水起。可是命运作祟，1973年，他的梦想戛然而止。20世纪70年代，电视里转播着红色高棉大屠杀①的新闻，阿里②和弗雷泽③在麦迪逊花园广场进行了“世纪之战”④，阿奇博尔德·考克斯被开除⑤，托马

① 1975—1979年红色高棉在柬埔寨组织的大屠杀。

② 穆罕默德·阿里，美国著名拳击运动员、拳王。

③ 乔·弗雷泽，世界上第一个击倒拳王阿里的人，前世界拳击协会的重量级拳王。

④ 1971年，弗雷泽与穆罕默德·阿里进行15回合大战并以点数取胜，此次比赛被称为拳击史上的“世纪之战”。

⑤ 1973年，特别检察官考克斯对总统尼克松就水门事件展开深入调查，前者要求尼克松交出与水门事件相关的证据，而总统尼克松恼羞成怒要求司法部长开除考克斯。

斯·伊格尔顿承认接受电击治疗[①]，本杰明的理想人生就在那个年代画上休止符。

实际上，胡德的心并不在这里，区区客房怎能圈住这个乐观自信，浑身散发香气的男人呢？他之所以没有离开，他想，是因为他粗鲁、阳刚、神秘、魅惑的那一面能够淋漓尽致地在这里展现。是因为珍妮·威廉姆斯，在她面前的他，才有王者雄风。偷情，就好似不可知论者发现了宗教竟然能带给人精神上的慰藉一样令人喜出望外，就好似一定要在下午四点准时喝上一杯烈酒一样让人欲罢不能。对他来说，已经没必要再追寻新的做爱方式了，因为现在这事儿对他来说又重新变得新鲜刺激了。他一直知道如何体贴女人，做爱的时候也是，他更倾向于最普通的方式，况且珍妮也不需要他搞什么新花样。（这时，传来了珍妮下楼的脚步声，大概她是下楼去给胡德找块儿糖，补充一下体力。）

其实，他还是愿意去相信的。给予珍妮一点信任，不算多，但也代表着什么。只不过，他做不到毫不保留地去相信。胡德的生命里更多的是焦虑和不安。周围的任何风吹草动——城里面的鲍勃文具店倒闭，或者布鲁斯·艾布拉姆斯调任到外地的沙克利施维墨证

① 1972年，民主党提名候选人托马斯·伊格尔顿承认因抑郁症接受电击治疗，原本选定伊格尔顿作为副总统的总统候选人麦戈文也要求他主动退出选举，并另寻副总统候选人搭档。

券分公司——都会让他烦躁。哪怕是生活中一点小小的挫折，哪怕最后他能逢凶化吉，都会把他逼到情绪崩溃。他知道自己有欲望，这么多年，他任其生长，蔓延。所谓欲望，不是美女在怀那么简单。（他发誓他真的这样想。）欲望，是对慰藉和温暖的渴望。

也许他应该喝点什么。

因为情绪烦躁，他可没少受苦：他患上了湿疹，一般在冬季复发，不算太严重，但是发作起来，就浑身难受，也因为湿疹，他的肤色变成了不均匀的橙色；他还有痔疮，只有工作顺心的时候他才能排便通常，但是顺心的日子现在也屈指可数了；还有十二指肠溃疡，让他不得不依靠一定剂量的抗酸剂，还要吃一些白颜色的食物（米饭、燕麦、麦乳、白面包、土豆，偶尔也喝一喝牛奶，吃一吃美式奶酪）；他的脚也有些肿胀，他想大概是痛风在作怪；他的肺部和胰脏明显地变大了；此外他还有口腔溃疡。

最让他头痛的就是口腔溃疡了。体内的细胞本能地想要对抗口腔里面那一块块小小的病发区，但总是以失败告终，最后，无法凝聚到一起的细胞裂成了一个又一个口子。胡德的口腔溃疡就这样往复发作，不断折磨着他。每个星期他总要长两三个溃疡，有时甚至一次长十几个。有那么几次特别要命：（1）他上寄宿学校的第二年；（2）大学时期，他和戴安娜·奥尔森分手后的那几周，不久之后他就会和奥尔森的室友，也就是现在的妻子，艾琳娜·奥马利谈恋爱了；（3）1971年的大斋节[1]，那时他刚戒掉烟酒和咖啡因。

本杰明·胡德觉得，在溃疡这方面，他可以称得上是某项纪录的保持者。嘴唇内侧、喉咙后侧、舌头上，都长过溃疡，甚至在牙龈上，也长了一条又一条细长的溃疡，看上去就像一道道灌溉水渠。

柑橘、番茄酱和刺激性的食物他都不敢碰。就连说话，也要小心翼翼。

是的，随溃疡而生的还有一种隐性的躁动，胡德能够清楚地感知它的存在。吐字不清，发音奇怪，嘴里冒出一些没人听得懂的新词——为了避免这些尴尬，最好的方法，就是闭上嘴，不给自己说错话的机会。如果，年轻的时候，他没有功利地选择证券分析师的工作，没有放弃电台主持人的事业，他还会长溃疡吗？难道不正是因为语言和伴随着语言而产生的邪恶的存在——情绪，他的嘴才会变成这个样子吗？

这个想法太荒谬了。他记得第一次长溃疡是在“二战”期间，当然，并不是因为话说得太多了才长溃疡。他出身于美国北方的农村家庭。他的父辈都是不善交流的农民，比起社交，更愿意窝在家里；他自己也是典型的北方人，会把陌生人请到家里过感恩节，却

① 基督教的大斋节，亦称“封斋节”，是基督教的斋戒节期。自圣灰星期三（复活节前第七周）到复活节前四十天。

不会和人家聊天。

他就是不愿意开口说话。

珍妮去哪了？现在已经四点多了，太阳就快下山了。他又开始坐立不安起来。他一边研究着自己为沙克利施维墨证券公司分析过的股票在交投清淡[①]时的走势，一边数着自己为了治愈溃疡试过的方法，有一些甚至是偏方，是他妻子建议他试一试的印第安土著的秘方——蛋黄素、酸奶发酵剂、大量的维生素B_{12}，坚果、柑橘，居然还有面向圣·克里斯托弗岛[②]的方向做祷告。

威廉姆斯一家搬过来的时候，正是胡德的儿子，保罗，早上去上学的时候。是三年前吗？威廉姆斯家的男孩儿——十三岁的桑迪和十四岁的米奇，就站在保罗和温蒂的身后，保罗和温蒂，一个十六岁，一个十四岁。不管怎么说，这四个孩子玩得不错。但这不意味着胡德同意他们往来。珍妮的那两个孩子对温蒂和保罗来说，可算不上良师益友。米奇头脑不发达，而且一肚子坏水，长得像根铝制棒球棒。桑迪的性子就更恐怖了，诡计多端，寡言少语，愤世嫉俗。数学考试的时候，桑迪就因为好玩，会故意写上错误的答案，这个孩子以后想开一家店，专卖那些窃听器、高倍望远镜和监

① 即交投不活跃、成交数落的市场。

② 圣·克里斯托弗岛，北美洲的一处地名，位于加勒比海的一个岛屿，与尼维斯岛共同构成岛国圣基茨和尼维斯。

视器。长大后，他一定会变成一个酒鬼。

桑迪和米奇的父亲，吉姆·威廉姆斯倒没有什么特别之处，无非就是成天盘算着投资那些事儿，那种掩耳盗铃自欺欺人的投资。早年威廉姆斯投资过聚乙烯泡沫包装花饰，还投资过一种录像装置，明星运动员可以通过该装置回放自己的动作。而这个录像装置既给威廉姆斯带来了金钱也招来了嫉妒。威廉姆斯邀请了职业运动员斯威尔和库斯曼到家里见见桑迪和米奇。于是街坊四邻纷纷翘首窥视，看看未来的“大明星”威廉姆斯兄弟是怎么成长起来的。

旁人对威廉姆斯一贯懒散悠闲的生活方式并没什么看法，但是本杰明就是看不惯。胡德同威廉姆斯不一样，他渴望像纽黑文铁路线[①]上的旅客一样，来去匆匆，过着快节奏的生活；他喜欢读圣杯骑士的传说；他认为一家之主就要有一家之主的样子，要有震慑力（当然也不全靠震慑力），才能让大家信服。而吉姆·威廉姆斯呢，则是另一种人，他会给家里添置餐具垫、买水床和小轿车。有时也会连续出差好几个星期。他就像一条金毛寻回犬，个性温和，善解人意。他从没交过厄运，也没有一天过得不快乐。

他只有一个严重的问题：从不夸奖他的妻子。

不管怎么说，吉姆·威廉姆斯，是个好人。

---

① 全美最繁忙的铁路线。

在伏特加的作用下，胡德更想教训一下威廉姆斯了。他的裤子连同他的格纹羊毛毛衣整整齐齐地摆放在窗户下面的藤椅上，他盯着他的衣物，考虑着要不要重新穿上，是不是珍妮刻意放在那里等着他重新穿上，然后再把衣服从他身上扒下来，以此增添情趣呢？说不准真是这样，就像某种挑逗暧昧的游戏，是的，挑逗游戏，就像十三四岁的孩子都喜欢玩脱衣扑克的游戏[①]那样。但胡德不打算变成一个裸体主义者——毕竟在费尔菲尔德县还没有开发裸体海滩——不过，他倒是喜欢这种下流的游戏。

老婆和情人是没什么可比性的，因为一定是老婆胜出，就像古典乐总是显得高雅大方，就像和其他乐曲相比，爵士总是有那么一点特别。是的，胡德时不时地还是会从音乐的角度出发看问题。当工作乱成一团的时候，当婚姻变得索然乏味的时候，当他感到孤单寂寞的时候，他就会想起各种各样应景的乐曲。其实，他和他的妻子还算默契，比方说，两个人都避免亲密的互动。他们已经很久不做爱了，大概有两年之久了。

亲密关系并不适合在家庭中建立起来。斯大林把孩子从他们的父母手中带走，把他们培养成国家的保卫者。传宗接代并不一定要有爱情。其实这些话是有道理的。在这里，美国东北部，偷情和

① 每局的输者被罚脱去一件衣服。

照顾家庭并不冲突，你可以一边和情妇厮混，一边爱着你的妻子。反正，情妇生病的时候也不是你在她身边照顾，而她也没见过你崩溃痛苦或者管教儿子的样子，她不关心你做什么工作，也不在意你内心深处是不是个种族歧视者。然后，慢慢地，你发现情妇越来越像你的妻子——说不准，她们还能成为朋友。到了那个时候，就说明，你要寻找下一个情人了。

艾琳娜是个腼腆、清丽、聪明又带有禁欲色彩的女人，胡德清楚这一点，也清楚为什么会被她吸引，就像他年轻时喜欢看表达含蓄的文艺片，他喜欢这种风格。然而现在，如果电视上放着当年他热爱的那些片子，他一定早就看睡着了，不过，不代表他不爱了。面对一如既往腼腆、聪明又美丽的艾琳娜，胡德很难找到和她的共同语言。

那是1956年的冬天，一次聚会上，在场有一支非常出色的爵士乐队，队里有一名在当地十分出名的鼓手。聚会进行到后面，大家都没什么兴致了，彼时的本杰明·胡德正坐在一旁，用酒精悼念他和戴安娜·奥尔森失败的爱情——戴安娜·奥尔森正在和屋子里的其他男士跳舞——窗外，雨雪纷纷。胡德率先拿起了西装，准备离开了。也许，他记住的不是那个夜晚，而是那天发生了什么，后来，他总是一遍一遍地讲起那天的事，一遍又一遍。

胡德想，一定是因为看到自己起身，所以艾琳娜立刻察觉出了点不对头，她好像知道了一些她不太想知道的事，她知道了胡德一直想隐瞒的事——失恋，口腔溃疡，身体虚弱。或许是戴安娜·奥尔森告诉的她这一切，她还是走上前安慰了他。

他没有和艾琳娜寒暄，直截了当地向她倾吐了一切，他没法继续装下去了。他告诉艾琳娜，上小学的时候他一度频繁地转学；有一次，他从铁路桥上掉了下来，桥下是湍急的河流，是他父亲把差点淹死的他救了上来；他父母感情破裂，闹得很不愉快，最后离婚了。他把一切都讲给艾琳娜听。他记不得到底讲了哪些事，记不得许多细节，不过他记得屋子里乌烟瘴气，光线昏暗；他记得呢料西服柔软温暖的触感；他记得鼓手敲击的旋律，预示着一段崭新的恋情的旋律。

“你可以读一读——”那是艾琳娜对胡德讲的第一句话，“伊曼纽尔斯韦登伯格[①]或者海伦娜·布拉瓦茨基夫人[②]的书。”她一边说，一边向胡德挤眉弄眼地笑着，就像一个人夸奖另一个人的领带时露出的虚伪表情。他讨厌她这样，他也讨厌她说的那些名字，他一个都不知道。要不是看在艾琳娜是位女士的分上，他早就一口口水啐到她脸上了。他一直沉浸在自己的故事里，醉醺醺地讲着过

① 瑞典科学家和宗教牧师。

② 海伦娜·布拉瓦茨基夫人，神智学社会的奠基人。

往。又一次，他讲起了铁路桥的事。和艾琳娜相处让胡德感觉不太舒服，似乎从一开始就是这样。

偶尔，兄弟会的人经过他们，插上一两句嘴，然后离开。交际舞，一场接一场地跳着。单簧管独奏时间太长了，但是好在鼓手技术精湛，引得观众阵阵喝彩。那晚发生的事情，那次聚会发生的事情，都源起胡德。他记得当时消沉压抑的情绪，记得所有的色彩和旋律，记得在那节奏音拍变换之间的一桩桩一件件。胡德对艾琳娜说，在这世上什么都有可能发生：有赚钱的时候，也有赔钱的时候；有共产主义，也有资本主义；但不管发生什么，时间都不会为之改变多少。他想跟她讲他有可能去大通银行或者波士顿银行实习的事，他还想跟她谈很多事，只不过他不知道从何说起。

艾琳娜没有再说什么。这个女人就像一本德语写的神学书，简单又无聊。她没有责备他，没有冒昧地问他的体重是多少，也没有摸一摸他的头给他安慰。直到最后，胡德都在讲他并不想讲的事，而艾琳娜只是单纯地倾听，什么也没有做，这让他很是难过。

于是，胡德得出了一个结论，爱情就跟还债差不多，为了偿还所有的债务，他最终选择和艾琳娜结婚。组建家庭对他来说真是一个糟糕的想法，不过当时他也没有什么其他的打算。婚姻就像宇宙边界的灰色地带，没有人知道这边界之外是什么。婚后的很多年内，他都没有接受已婚的事实，但是婚姻的确带给他很多安慰，一种从未有过的安慰。后来，这种慰藉感消失了。胡德有两个孩子、一所房子、一个割草机、一辆庞蒂亚克[①]旅行轿车、一辆庞蒂亚克火鸟轿车，还有一只名叫戴斯的拉布拉多寻回犬。

胡德当然爱他的妻儿，但这不妨碍他讨厌他们，他讨厌孩子们成天到晚地打闹，每一天都在折腾——一会儿，打碎个什么物件；一会儿，摔倒了或是受伤了。这两个孩子总是有办法让胡德头痛，他一刻也不能安生。比如他的儿子保罗，举止粗鲁，不拘小节，当着陌生人挖鼻屎，甚至当众掏裆。而他的女儿，更是女中豪杰，竟然在酒吧里脱光了给别的男孩子看。胡德的收入还算可观，他本可以活得有滋有味，却偏偏要没完没了地操心。自从和艾琳娜相识，已经过去十七年了，再过个十七年，也就是1990年，儿子也该三十三岁了，那么胡德就是五十六岁。最近这一段时间，胡德发现所谓“儿子随老子”是真的有道理，他的儿子就是最好的证明。1996年，保罗就该到了胡德现在的年纪了，三十九岁，胡德应该是六十二岁，胡德的母亲就是六十二岁的时候去世的。到那个时候，艾琳娜应该六十岁了，一定会瘦得皮包骨头，变成一个没事就往教堂跑的老太太。

“珍妮！”

---

① 美国通用汽车旗下品牌之一。

胡德穿上衣服，一件尖领带扣的橙红色衬衫，一手拿着酒瓶，一手握着倒满伏特加的酒杯。房后，有一只哀鸠[①]飞走了。窗外驶过一辆汽车。胡德此刻不大开心，他开了门，站在楼上，喊珍妮的名字。珍妮说过，房子里没其他人，米奇和桑迪今晚在朋友家过夜，大概要搞一些恶作剧——按了别人家的门铃就跑之类的——吉姆也不在，这一周他都在城里。但是，胡德还是听到了什么声音。

他赶紧回到客房里去，拉上裤链，穿上袜子，装模作样地坐在藤椅上。

当年他选择和艾琳娜结婚，1957年生了第一个孩子，1959年有了另一个。他们二人倒卖过车，也倒卖过房，1963年的时候，为了买雪佛莱科威尔家庭轿车，他不得不卖了大学时期开的捷豹。一生都在跟数字打交道，或许他没有仔细注意过数字带给他的微妙感觉。每年，不算奖金，胡德的总收入有48000美元，艾琳娜经管着股票的收益，大概是3600美元，比胡德平日弄的一些小投资，赚得稍多些。这笔钱，用来支付夫妻共同所得税，孩子上学的伙食费，保险。（胡德的父亲以前是卖保险的。）

胡德想换一辆跑车，这个想法从和珍妮混在一起时就产生了。和珍妮的开始就像所有偷情故事一样老套。圣诞节的时候，胡德和

---

① 一种产自北美的鸟类。

珍妮参加完宴会后（不是那种带上孩子一起的家庭宴会，而是公司举办的圣诞节聚会）一起开车回家。

也许是酒精在作祟，车内的气氛变得微妙，他想对她做点什么，但又有一点害怕。他想是不是该说一些轻浮下流的话逗逗她，不过他觉得赞美她的乳房或者屁股并没什么意思。他的欲望在膨胀，他变得贪婪，像一只盯上猎物的秃鹫，饥渴难耐。他试图压制内心的不安与躁动。之前在宴会上跳舞的时候他不小心把红酒洒在了白色衬衫上，酒渍让他看上去像胸口受了伤一样。

他想过把她送回去，然后去北边的什么地方寻点乐子。他当时是这样盘算过。不过，他最后还是载着她，在纽约城里最热闹的地方——曼哈顿西边的红灯区里兜来兜去。就在附近的一个肉类加工厂附近，一个装货码头前面，他停了车，开始跟她聊天，讲一些不切实际的故事，讲以前发生的有趣的事，讲兄弟会里发生过的笑话，讲一些他和别的姑娘的风流韵事。接着，他把脸埋在她的双腿上。“本，”她说道，“行行好，你弄得我都看不清楚前面了。快点，起来。”

他当然不会理会她，因为跳舞的缘故，珍妮出了汗，胡德能闻到她身上的味道。珍妮叹了口气。外面总是有车辆来来往往，不停地有车灯照在他们的车上。现在他们之间达成了某种默契。珍妮发出了闷哼声，听起来有点像是在抗议。胡德以前从未听过这样的声音。珍妮此刻就像是一只被猫捉住的燕子。

“本，本，”她轻声说道，“咱们还是走吧，这儿不合适，你知道的。”

车里很冷，冷到他能看见自己呵出的白气。

他说，“来吧。”

现在的这几句话听起来特别不得当。他和珍妮就像抱有种族歧视偏见的坏人，就像在公众场合讨论金钱那样有失得体。

她正坐在他的“欲望”上。

胡德想到了艾琳娜，他当然会想起他的妻子，怎么可能心安理得呢？他也想到了温蒂和保罗，想到如果东窗事发，想到家人失望透顶的眼神，想到他自己羞愧欲死的处境。胡德堕落了，好似有什么在蛊惑他，是脑内挥之不去的某段旋律让他迷失自我了吗？

其实，是一位姑娘让他欲罢不能，这位姑娘比他的妻子强多了，她像强劲有力的节拍，让人心驰神往。他感受到对新鲜感的渴望，他感受到一种原始的冲动。又一次，珍妮撞到头，这次是撞到天花板了。一瞬间，欲望燃烧至高潮，那一刻一切嗅起来都是那样美好，就仿佛雨后空气的味道，然后，激情退去。他怀抱着她，办公室里的最佳性伴侣。胡德想，等他全家从伯克郡[①]结束滑雪旅行

① 英国南部的郡。

后，等他探望过他独居的老父后，等他休完周假后，他还要和珍妮见面，虽然他不知道再见面要说些什么，虽然他可能会暂时忘却她带给他的欢愉，但是他还是要和她碰面的。

“你想来一杯吗？”

他希望珍妮可以拒绝。他有一点担心。

“你还得回去见你的老婆，傻瓜。”她悄声说道，“再喝一杯，说不准你会把车开到哪里去。”

“我能做我自己的主。”

“好吧，不过我不是很想和你喝一杯。虽然，我还是很享受和你在一起的。”

之后，他们没有再说什么，一路向珍妮的公寓驶去。

回家的路，就像一场在北部荒原里的冒险，他把车开得飞快，一直加速，一路狂飙。回到家，胡德去了主卧，冲了澡，特意用紫罗兰香味的肥皂清洗今晚最活跃的部位。

“你在做什么？”胡德擦身体的时候，艾琳娜睡意蒙眬地问道。

“哦，刷牙呢。”胡德嘟囔道，“不想吵醒你的，就是刷个牙。”

九个月过去了，胡德已然将之前的那位姑娘抛诸脑后，开始和他的新情妇珍妮·威廉姆斯厮混在一起。

他的孩子和珍妮的孩子关系出了名的好，这就给他和珍妮提供了良机。孩子们在镇上是如同小混混一般的存在，晚上在大街上闲逛，拿霰弹枪射邻居家的狗，聚在一起换着裤子穿。米奇·威廉姆斯和他的朋友们称呼彼此为“查尔斯”——珍妮和胡德越来越亲密的原因之一就是孩子们，聊起孩子们，他们俩总是能谈上一整个晚上。一次，在威廉姆斯家的晚餐聚会上，胡德把米奇揪到一边，问他“查尔斯”到底有什么含义，是一种反对越战的口号，是香水的名字，还是给某个人起的绰号？米奇郑重地回答说查尔斯，即查尔斯·纳尔逊·赖利[①]。这个人，胡德是知道的，一个电视明星。

温蒂算是这群孩子里唯一一个正常一点的了。

窗外寒风凛冽，吹进珍妮的房子里，吹进客房，吹到下面的山谷里，吹过银矿河——一条小河——吹进远处的森林里。天气预报说接下来的天气都不太好，下过几天雨后，气温会骤降。孩子们闹成一团，笑着谈论着查尔斯。

记得有一次在万圣节的傍晚，威廉姆斯家的两个男孩同胡德的女儿，再加上邻居家的孩子丹尼·斯波福德聚在一起，打扮成乞丐的模样，身穿破布褴褛，画着夸张的眼线，戴着诡异的花，一副人不人鬼不鬼的样子，好像生活在城市里的丧尸。胡德和珍妮并排坐在沙发上，他刚从外面回来，之前他开车出去卖一些食材，牛奶什么的。此刻，他和珍妮在聊喜欢哪个孩子的扮相，扮相越夸张，他

① 美国演员、音乐剧大奖托尼奖的获得者。

们的评价就越高。

事情的发生跟孩子、跟万圣节脱不了干系。想想这个节日，庆祝沉睡和死亡。过去就像一个幽灵，逼他想起他曾经犯过的错，逼他记起他没有把握好的最好时光。他一直很后悔。胡德的注意力再次回到现实中来，他允许孩子们带上刮胡泡沫、肥皂还有生鸡蛋去街上玩耍。“去吧，”他笑着说道，“快上街去吧。跑多远我都管不着，干什么我都不管。”听到他大度，孩子们一下子没反应过来。

缓过神后，他们便一股脑儿地出门去了，出去吓唬其他街坊四邻。

珍妮·威廉姆斯今天涂的是大地色系的口红，有点接近巧克力的颜色。

婚姻对于胡德来说早就像个坟墓了，他已经是个三十九岁的中年男人了，秃顶，无趣，他的孩子也不叫人省心。

“来吧！我们来一下吧！”他迫不及待地对他的邻居祈求道。胡德干了一杯掺了苏打水的威士忌。

“真浪漫。”珍妮说道，“但我想你还有其他的约会对象吧。”

“哦，珍妮，你知道我在说什么。”

“我真的知道吗？”

那个时候的珍妮笑得很悲伤。她也有她的苦恼。

站在珍妮客房里的胡德从往事中回过神来，将杯中的酒一饮而尽。他为什么会搞外遇呢？也许是他认为艾琳娜神圣不可侵犯，也许是对家庭观念的一种反抗，为了挣脱家庭的桎梏，所以选择放纵。也许是因为他对美的追求，也许是他享受一种性解放。也许他这么做是因为鄙视自己。也许，他想伤害珍妮·威廉姆斯或者是伤害她的丈夫——他们夫妇二人都比胡德更有个人魅力，他们活得也比胡德更轻松。也许，他渴望被人捉奸在床。也许，他是为了逃避工作，逃避不安，逃避负能量。也许他这么做是因为他的父母也这么干过（至少胡德怀疑他们出过轨），所以他的基因里就有这样不安定的分子。也许，纯粹是因为他求而不得的东西太多了。

想着想着这些关于通奸的理论，胡德就联想到珍妮似乎不见了，她之所以躲起来，一定是为了和他玩那个下流的游戏（实际上是胡德想错了）。对！胡德得去找她才行，虽然他已经穿好了衣服，但他做好了一会儿再脱掉的准备，他又给自己倒了一杯伏特加，然后出发去找他的情妇。

“珍妮……珍妮……”

客房右边就是桑迪的屋子。桑迪，吉姆和珍妮引以为傲，头脑聪明、性格怪异的男孩，他一向喜欢拼图，不过他是用爆米花——对，就是爆米花，或者巧克力豆拼一些图案。桑迪很聪明，记得住诺兰·莱恩[①]20世纪60年代的得分纪录，能够解释曲线球的物理原

① 美国职业棒球大联盟的投手，持有多项大联盟的纪录。

理。他不喜欢拍照，很怕水。

桑迪的房间像是临时布置的一样，似乎他很快就要从这里搬出去。床头钉着一块孤零零的耶鲁大学的奖旗，让这个房间显得越发空旷。书架上摆满了各种棒球书，以及各种怪诞的恐怖故事书——《趴在床脚的东西》——1972年的《吉尼斯世界纪录》（上面记录了世界上最胖的人罗伯特·厄尔·休斯，重达1069磅）。书架顶端摆放着几个装着五彩石子的鱼缸。

“珍妮！”胡德正站在桑迪异常干净的房间里，小声地呼唤他的情妇。

桑迪的衣柜里除了一大堆脏衣服什么也没有，没有只穿着内裤躲在里面的珍妮。他关上门，继续寻找。

胡德又前往米奇·威廉姆斯的房间。他知道米奇的门把上连着他自制的电子报警设备，那东西就安装在房内的地板上，用烟斗通条[①]和烟蒂夹子[②]做的一个小玩意儿，里面安装的九伏电池还是米奇从别人家车库的自动库门上偷偷取下来的。米奇喜欢放屁坐垫，（坐上去会发出声响的橡胶坐垫），他还喜欢狗屎形状的橡胶玩具，平日里时常戴着尼克松模样的面具。

---

① 清理烟斗用的细长的工具。

② 烟夹子。

米奇还喜欢打无聊的骚扰电话，像这种：

“你好，你们家的电冰箱在运转吗？”

“没错，怎么？”

“我猜也是，你家的冰箱都运动到我家来了。哈！哈！哈！哈！”

再比如：“嘿，你家电话号码是655……吗？”

有一天晚上，保罗跟胡德聊起这件事，两个人笑成一团，好不温馨。可惜，父子间这样亲密的聊天少之又少。那天保罗还讲起他打过的一些恶趣味的电话，也讲到家里的电话号码比较神奇，655-4663，后四位数字4663和胡德家的姓氏“HOOD”长得很相像。

然而米奇的门把手上并没有产生电流，甚至没有听到电流流过的吱吱声。（是了，所有的报警装置都是如此，总是在关键时刻失灵。）闯入者胡德，走进米奇的房间，打开台灯，借着昏暗的光线，胡德看见墙上挂着黑乎乎的海报和挂毯，挂毯上满是烧焦的窟窿和无法辨认的污渍。房间的一角还立着一根足有理发店门口旋转灯饰那么大的水管。珍妮知道这些吗？如果胡德不着急的话，他会再仔细地研究一下米奇的房间。不用说，黄色杂志就藏在脚垫下面。米奇那个小流氓的小秘密在胡德这个老手面前根本就是雕虫小技。

胡德同儿子聊过，那次谈话并不算愉快。他把儿子叫到房间里，告诫他不要洗澡的时候自慰，因为那样既浪费水又浪费电，别人也会知道他在那儿干了什么，不要弄在亚麻制品上，不要弄在温蒂的内衣上，也不准弄在他妈妈的衣服上，更不准对着家里的狗做这件事。最好是在家里没人的时候做，最好是射进马桶里，这样不会引发任何麻烦，也不会弄脏任何东西。如果还有什么不明白的，可以随时找胡德聊一聊，也可以一起找一找医学书看看怎么解决。

听完胡德的长篇大论后，保罗看上去像是听到了“家里破产”的消息一样。

没人不想一劳永逸地戒掉坏习惯，戒掉对刺激又下流的新花样的追求。但是胡德没能成功，有的时候就算身旁躺着艾琳娜，他也要靠自慰来取悦自己。胡德认为或者说他希望，甚至是坚信熟睡的艾琳娜对他夜里做的这些龌龊的勾当一无所知。

走出米奇的房间，胡德走到楼梯跟前，肚子抵在木制的抛光栏杆上，向下张望，他能感受到栏杆扶手传来的凉意。为什么他会以为珍妮在这儿等着他呢？她肯定是走了，很明显，她这是让他赶快回家去，回去坦白，回去道歉。窗外的风雪越来越大，猛烈地敲打着二楼的窗子。胡德家也在这条街上，山谷街，距离珍妮的家不过半英里。

他又走去洗手间，再瞧最后一眼，看看药柜里面是不是有能藏人的隔间。他要找一找证明她存在过的痕迹。

难道珍妮去超市买菜来搭配感恩节没吃完的火鸡？或者是为了

参加今晚哈尔福德家的派对特地去买点好看的衣服？抑或是她去了他的家，躲在他家的药柜里面了？

胡德一边胡思乱想着，一边把酒杯搁在米黄色的人造大理石药柜上面，往杯中添了些酒。这会儿，他又对摆在镜子前边的化妆品感兴趣了：封面女郎[①]浓密睫毛膏、露华浓[②]粉饼、蜜丝佛陀[③]巧克力慕斯唇膏、赫莲娜[④]晶钻美白撕拉面膜、高洁丝[⑤]卫生棉、Bonne Bell[⑥]深层洁面乳、伊卡璐[⑦]染发剂（金黄色，尽管她现在把头发染白了）、夏依[⑧]一次性冲洗器、安定、速可眠[⑨]、四环素[⑩]。

好吧，这里也没有隔间。

最上面的架子上摆放着男士用品，显然是吉姆·威廉姆斯的，刮胡泡、体香膏、电动牙刷之类的。还有一件泳衣。

---

① 宝洁公司旗下的彩妆品牌。

② 美国知名彩妆品牌。

③ 美国知名彩妆品牌。

④ 欧莱雅集团旗下的美容品牌，也是现代美容行业的奠基品牌之一。

⑤ 金佰利集团旗下女性卫生用品品牌。

⑥ 美国流行少女彩妆品牌。

⑦ 宝洁公司旗下洗护用品品牌。

⑧ 女性专用清洗液品牌。

⑨ 一种安眠药。

⑩ 抗生素的一种。

胡德将杯中酒一饮而尽，朝着暗处的淋浴间走去。淋浴间外面的架子上放着珍妮的伊卡璐草本精华洗发水、伊卡璐护发素还有药用洗发水。

珍妮来过这儿。她的黑色蕾丝吊带袜就是证据。一定是她把袜子扔在这一堆洗护用品上的。这种东西总是会让人联想到情欲、暧昧和挑逗。

胡德暗自感叹，珍妮真是不一般，她总是知道怎么把游戏进行下去。不过，胡德没打算就这么原谅她，他想起了珍妮身上的瑕疵：她的妊娠纹、左腿大腿根部的酒色斑、沾了口红的牙齿还有修得很丑的指甲。她出去的时候，他还在卧室里，裤子褪至脚踝处，她就这么离开了，像是取完钱后把保险柜锁上那样拍拍屁股走人了。而胡德呢，仿佛是一个荒废的练兵场、倒闭的电影院、路边无人问津的景点。

胡德把搭在墨绿色的洗发水瓶子上的吊带袜取了下来，幻想着珍妮躲在浴帘后面笑得花枝乱颤，然后伸出一只手递给他，另一只手就放在热水的阀门上。他刷啦一声拉开帘子。

一想到这个失踪游戏让他慢慢上钩，越来越把持不住，他就自行解开纽扣，拿起吊带袜覆在他渐渐苏醒的“欲望”上——这严重违反了他对保罗说的那一套教条，他开始抚摸自己。别担心，胡德一向小心行事，早就把门关好了。

干这种事一定要幻想出一个女人的存在吗？对女性来说，被意淫总比动真格的受到的伤害要轻一些。胡德发现自己的技术越来越好，对此他感到十分满意——毕竟他在能自我满足的情况下还是希望尽量少地麻烦别人。

20世纪50年代的时候，他和父亲暂居在哈特福特①，父亲在那里做保险生意，也是在那里，胡德第一次产生了性冲动，只要看一眼“胸部”这个单词，他就能达到高潮。他还特意把以前用旧的羽毛枕中间掏了个洞，带到大学里面去。大学里面倒是永远不缺满足胡德性幻想的对象，只不过胡德后来结婚了，女性身体的奥秘对他不再有那么大的吸引力。

到后来，三十岁的胡德只有看色情文学才能得以安慰。不过高潮就像打喷嚏或者打哈欠那样短暂。他总是想象着女人穿着热裤或者皮制品的性感样子，身边常常带着一本《花花公子》②。（这个月的月刊里刊登了一篇田纳西·威廉斯③写的短篇小说。）胡德的幻想中还会出现一些情趣用品，想到这些，他就会脸红。

---

① 美国康涅狄格州首府。

② 知名度极高的老牌杂志，有着五十一年历史的成人杂志，是目前世界上卖得最好的男性杂志，其中刊登的女性裸照以“品位高尚”“乐而不淫”作招徕。

③ 田纳西·威廉斯是美国20世纪三大戏剧家之一（另外两位是尤金·奥尼尔和阿瑟·米勒），同时也是全世界范围内最重要的剧作家之一。

至少，性，能让他遗忘一些事情。就像是一种无药可救的疾病，一种“顽疾”。不过至少，他能暂时逃避一些事情。忘记他是谁，忘记赚钱养家的负担，忘记他家的草坪、汽艇、狗、医疗保险、信用卡、水电费，忘记中东或是印度尼西亚的金融走势，忘记基辛格①、里昂·贾瓦斯基②和那个讨厌的混球阿奇博尔德·考克斯③。

情难自控的时候，胡德总会发出闷哼，他不得不俯身擦拭被弄脏的毛毯。胡德长叹一声，总算完事了。他拉上裤链，打开了门。

要怎么处理吊带袜呢?

它就像一块蜕下来的蛇皮，像一块冰冷的裹尸布，显示着他的无能。胡德把袜子团成一团，攥在手中。在客厅中转来转去，好似一只幽灵，他走进珍妮和吉姆的房间，有些难过地望着他们的水床。

他想把水床折起来，压在他们的枕头上，然而他最终还是放弃了这个想法。

折回客厅，胡德转来转去又来到了米奇的房门口。魔怔似的，胡德把这条裹尸布，被他弄脏的米奇母亲的吊带袜，塞进了米奇的

① 亨利·阿尔弗雷德·基辛格，原美国国家安全顾问，后担任尼克松政府的国务卿并在水门事件之后继续在福特政府中担任此职。

② 被任命调查水门案件的特别检察官。

③ 负责调查水门事件的独立特别检察官。

衣柜里。可怜的孩子，怕是永远都不知道自己被人摆了一道。

胡德终于感到一丝丝欣慰，准备下楼去了。他想，要不要骑着楼梯的栏杆下去呢？但是栏杆支柱的顶端有一个葫芦形的灯泡，滑下去的话，他保不齐就要断送在这条楼梯上了。想了又想，胡德还是走下楼去。环顾一楼，威廉姆斯家的槽式水晶门环、蕾丝餐巾纸、最先进的八声道立体音响，在这个下午，在这个时刻，全都属于他胡德。

但是，站在威廉姆斯家正门前的时候，胡德最后的一点小得意也被粉碎了。他还是要面对他失败的人生：他不过是个闯入者、傻瓜、变态、外人，他的妻子根本不关心他的行踪，他的情妇在她的房子里撇下他一个人，他的子女懒得同他讲话，本杰明·保罗·胡德，一个只配走后门的白痴，他必须得从地下室附近的通道离开这间屋子，要像个水管工那样，像个小偷那样，偷偷摸摸地离开。

胡德站在通往地下室的楼梯口，心不在焉地打开了后门，突然，他听见了笑声，是孩子们发出的笑声，听起来充满讽刺和嘲弄。只有一条出路！只有一条！

新迦南[1]本来就是个小地方，随着温蒂越长越大，这个小镇仿佛

① 美国地名，位于康涅狄格州。

变得越来越小了，或许未来就彻底消失了。要想在地图上好好看看这个地方，那你不得不找来初学者用的显微镜，保罗生日的时候就有三四个亲戚送他这种东西作生日礼物。新迦南到底有多小呢？在这里，一只小蚂蚁就好比一辆凯迪拉克[①]那么大；家蝇呢，就像休伊直升机[②]那么大；一块粗毛地毯，则像是一片热带雨林。

镇上有一所高中、一所中学以及四所小学。所有的校车只需要十五分钟就能走完一趟线路。这地方实在太小，小到你一上高中，用不了多久就能把镇子上的人认个遍。没错，温蒂也不例外，她认识新伽南的每一个人。这里有一家电影院、一家杂货店，所有的教堂都信奉新教[③]。新伽南很少下雨，也很少下雪，这里的人们也不会在夜半偷窥邻居家的隐私。

女孩子都要学家政学，就像男孩子都要学如何经营商店一样，不然一生都会沦为镇上的笑柄。温蒂也学家政学，不过她并不喜欢这门课。要说有一点好处，就是家政学跟巫术比较相像。学习烹饪和科学让温蒂掌握了投毒的基本方法。她常常幻想她谋杀了她的爱

① 美国通用汽车公司旗下的一个豪华汽车品牌。

② 美国空军在越战时期使用的武装直升机。

③ 又名基督新教，属基督教的分支，与天主教、正教并称为基督教三大派别。

人，或者改变自己的命运，或者把她父亲那台宝丽来SX-70相机[①]拆成一堆金属和塑料。

上学的时候，温蒂一般会穿披风和手工毛衣。一头金黄色的长发，自然地垂到屁股上面。她还有分趾袜和木屐。两天前（感恩节前一天）她从米奇的柜子里偷了他的网球运动鞋，把自己节日穿的漆皮鞋放在了那双原来装网球鞋的鞋盒子里。温蒂同其他学生一样，会穿制服，她个人更中意于黑色的礼服，没事的时候也总是盘算往同伴的低腰裤里塞个蜘蛛会是个什么样子。温蒂想吞安眠药（她已经放了一些在她父母的洗手间里），还想同一个忧郁少年在教室里欢爱。男女之事，就像她早熟地知道了其他事情一样，她听她哥哥讲过，从她母亲看的小说《感性女人》[②]里读到过，自己也幻想过。有的时候光靠描述，还不足以完全明白，你得调动想象力。

在这个偏僻的小镇上，温蒂只对一个地方着迷，她很庆幸能住在那里附近，一家名叫银草中心的私人精神病诊所，诊所就坐落在山脚下，温蒂家房子的旁边——那家诊所修得特别漂亮，院内的小路错落有致，树木葱茏茂盛，环境优雅，设施齐全，包括保龄球馆、礼堂、泳池、桑拿房和网球场。总是有彬彬有礼的安保人员在

---

① 第一个主动对焦单镜头反光拍照机，于1978年发布。

② 美国作家琼·嘉里蒂·特蕾莎的代表作，讲述了一个女性瘾者的故事。

附近巡视，他们对温蒂·胡德颇有好感，从没觉得她会妨碍到病人问诊。但是胡德，温蒂的父亲并不喜欢那里，说那里会“榨干人的血”。

什么叫“榨干人血”？温蒂不明白，她只是看见许多失意痛苦的人从奔驰车上或者宝马车上下来，尽管他们身上穿着皮草和高级西服；他们永远不会忘记检查车门是否上锁，安全问题，对他们来说很重要。他们的相同点，除了富有之外，在于他们都看上去苦大仇深。但他们不是罪犯，也不是暴力狂，就是一群普通人。至少在温蒂看来，这些人不像是会把年轻女孩先奸后杀、弃之荒野的连环杀手。这里的患者来自全国各地，纽约、达拉斯、拉斯维加斯，他们来到银草中心医治自己的愚蠢。温蒂不希望过分地表现自己对他们的欢迎——她不想变得招人讨厌——但是比起家乡这个小镇，她确实更喜欢银草中心。这也就是为什么，星期五的下午温蒂会在这里等着米奇·威廉姆斯。

阴雨连绵。某个肥胖的天气预报员面带微笑地报道着最近的天气，称近来天气阴冷。气温大概在零度以下，地表已经结冰了。有时也会下冰雹，那样温蒂的披风就不管用了，但她还能忍受这样的严寒。早熟的温蒂很聪明——每个人都这么说她——聪明，且不切实际，比如她认为穿什么都比穿她妈妈买给她的那件难看的粉色滑雪衫要好。

起初，温蒂幽会的对象并不是米奇·威廉姆斯，而是他的弟弟桑迪。桑迪是一个神经兮兮、性子沉静的男孩，温蒂喜欢看他被她吓到的样子，喜欢看他因为她在身边而手足无措的样子，喜欢他不喜欢张着嘴接吻的样子；她喜欢看他无聊的时候制作飞机模型的样子。对温蒂来说，桑迪是个挑战。

有一次，她说服桑迪，允许她和他一起洗澡。这是多年来，他们消遣娱乐的方式之一。温蒂和桑迪一起玩过橄榄球，吃过他吃剩下的三明治——奶油干酪、果冻和火腿，和桑迪分享过她私藏的威士忌，也一起折磨过虫子。虽然桑迪不爱说话，但是温蒂知道他想什么，也知道他知道的事情。直到那天在洗手间里。

威廉姆斯家楼下的洗手间里粘了天鹅绒印花壁纸。桑迪脱下短裤（就在这个夏天），蹲坐在马桶上，他裸露的样子让温蒂有些吃惊。桑迪这个样子，让温蒂想起了国家地理杂志中的插图——在饥荒中求生的村民。

桑迪就像个新生儿一样原生态，像一张全黑或是全白的画——是个孩子就能画出来的那种一样，简单纯粹，一点也不复杂。他就静静地坐在马桶上，像个小姑娘，然后开始脱衣服。但是温蒂这样毫无保留地注视他让桑迪有些慌乱，就仿佛她出现在他的睡梦中，知道他做了哪些噩梦。于是桑迪不再脱下去了，向着温蒂大吼道：“你想干什么！要干什么！出去！快出去！”

桑迪站了起来，原本面无表情的脸此刻变得局促不安。黄色的尿液顺着他的大腿缓缓流向他褪下的短裤上，流到地毯上。

威廉姆斯太太听到了这样的骚动。她冲过去揪着温蒂的耳朵，把她从洗手间里拽出来。不过威廉姆斯太太一向冷静，明白这五六年孩子们在发生变化。她简单训斥了温蒂几句，告诉她，身体，就是一个人的神庙，只有这个人有权决定于何时何地举行朝圣，身体是一个人生着带来死后带走的所有品。温蒂会明白吗？威廉姆斯太太还说，每个人都是孤身一人降生于世的，一生中总要有一两次，我们让别人了解并理解我们的孤独。或许是温蒂从父母那里听来的，人在青春期，身体会发生变化，发生一些奇怪的变化。威廉姆斯太太说，正因如此，在其他发展中地区，青少年会轻装赤足地走进森林，直到领悟到一些道理才会出来。

从那以后，桑迪开始讨厌温蒂，就像米奇和桑迪也彼此讨厌一样。温蒂很清楚，关系好的男孩子打起架来是什么样子，兄弟之间的争吵，和也好，分也好，终归彼此的喜好厌恶是相近的。温蒂知道他们的德行，前一天米奇还拿着火钳子追着桑迪跑，喊着要给他画个眼线，后一天他就主动帮助桑迪完成英语课写诗的作业。这两个男孩儿太相像了。瞧着他们俩，温蒂渐渐明白什么叫“平静的表面下波涛汹涌”，表面看起来没什么事，实际上藏污纳垢，竟是些偷偷摸摸、色情淫秽的行径。米奇和桑迪都一个样，只不过米奇表现得更加明显。他们称彼此为“查尔斯”（以示尊重），从不到对方的卧室中去，但他们相亲相爱，就好像哪一天其中一个没了，另一个的心也会跟着去了。

他们干过不太光彩的事：最近，威廉姆斯先生和陶普思口香糖公司[①]谈了一笔生意。没人给温蒂解释过那具体是什么生意，所以她不知道桑迪或者米奇是不是也明白。火箭炮口香糖是陶普思旗下一款主打产品，威廉姆斯先生做的就是关于这款口香糖的买卖。所以，后来威廉姆斯先生拿到了几大箱口香糖，放在地下室的仓库里储存起来。火箭炮口香糖，本来在萨克森中学和新伽南中学就是金本位一样的存在，而米奇和桑迪一下子得了这许多糖，在学校里简直是呼风唤雨。有了这些口香糖，米奇就能凑齐1973年纽约大都会[②]棒球队的系列卡片（不过凑不齐世界职业棒球大赛的全套卡片）。靠着火箭炮口香糖，米奇还拿到了印有“尽享可卡因”字样（仿照“尽享可口可乐”广告）的T恤，以及各式各样的爆竹。桑迪呢，则是把这些口香糖换成钱，他卖的价格只比零售价高一点点，因此赚到了大笔的零钱。他喜欢把整钱换成零钱，数也数不完的感觉。

---

① 陶普思公司由美国之叶烟草公司创立于1938年，20世纪50年代，陶普思为了提升口香糖销量，决定采用口香糖包装加明星集藏卡的推销方式，从而开始迈入集藏卡领域。

② 一支在纽约州的美国职业棒球大联盟球队，隶属国家联盟东区。

米奇是如何击败桑迪得到了温蒂身体的并不是事情的关键，当然温蒂十分乐意把自己献出去。自从洗手间事件后，桑迪就不大想看见她，但是方圆一英里之内，除了桑迪和米奇又没有其他男生能与温蒂互诉衷肠，相互慰藉，所以只剩下米奇可选。温蒂是牵挂着桑迪的，她总是牵挂什么人。但是，桑迪不可以，山谷大街上的其他人也不可以，不可以拥有她。最后，还是因为口香糖，觊觎她身体很久的米奇，今天成功把她诱惑到自家的地下室来。温蒂小心翼翼地越过那些口香糖箱子，不知道的会以为里面装着杀伤性武器。口香糖的数量着实吓到了温蒂！他们这个年纪的孩子，都愿意为二十四箱火箭炮口香糖去死！谁会去担心牙齿的健康！现在她就是个孩子，要明天才能长大！口香糖！她要口香糖！孩子们都想吃口香糖！

米奇是打算满足她的心愿，他先放进嘴里一条，嚼了起来。温蒂闻到了口香糖的香气，她仿佛能品尝到那条口香糖一样，用肩膀顶了顶米奇的身体，仿佛要宣誓一样——于是他们开始聊天，笑话桑迪像莫特那家伙一样，整天穿着高领毛衣，领子太高，就会遮住他的嘴，看上去格外好笑。

“好吧，认真点，”米奇说道，“你想要口香糖吗？”

“当然，小浑蛋，”她嗔道，“不然，我来这儿干什么。”

“馋猫。”米奇回答道，“也行，不过你知道，得有点……代价，这是笔你来我往的买卖。”

“什么？”

“你知道的，小妞。”

这个词从米奇的嘴里说出来，听起来有点别扭。小妞，荡妇，贱人，怎么就没有几个好词来形容女性呢？为什么美好的事物——兰花、极光、蝴蝶——就有与之匹配的美好的名字？为什么她，要被别人叫作小妞，听起来下作又丑陋？

“你想看看我裤子下面有什么，是吗，米奇？”

终于，言归正传了，听起来温蒂像是在邀请他，米奇有些慌张。温蒂看出来他紧张。温蒂穿着花哨的背带裤、蕾丝雪纺衬衫和运动型胸罩。米奇没有讨价还价，男生都把女生当作某种事业去追求，要去征服占领的物件，或者当作某种宝贝：所以他们总是想从女性身上得到更多。温蒂觉得，自己应该是全美最先明白这个道理的女孩。

“我能得到什么呢，米奇？给了你你想要的，那你就得把你收集来的卡片放到桌子上去，留给我。”

本来是想用一点口香糖就让她就范的，现在涨价了，他得好好想想。威廉姆斯家的人总是看不懂“人”这个动物。温蒂就是这么认为的，她觉得威廉姆斯家的人只会做生意，可能生意都做不好。这是她母亲告诉她的，并且她的母亲对此深信不疑。

米奇从一箱子的口香糖中抽出两条放在她脚边。

“不够。”温蒂说。

“那不成，温蒂，我爸爸会发现的。你知道吗，他总是盯着……”

“他也吃口香糖？”

“那倒不是，是……”

“米奇，听着，你要把我逼疯了。算了，你就是想羞辱我。告诉你，这些我都要，一整箱！”

不行，米奇做不到。有一次，十一月的社会作业，老师让写一篇关于“道德选择难题”的讽刺性文章，温蒂写了尼克松总统在毁掉录音带和把带子上缴给特别检察官之间做的挣扎，文章写得不错，但是米奇不知道，温蒂就是那么写写，没有什么目的性。

现在，仍是十一月，天气阴冷潮湿，他得把足球收起来了。其实要收拾还有别的，比如，他不能再想温蒂了——她那在风中飞舞的秀发，她比别人都要用力的拥抱，她的专注与投入。在夏天的时候，做到这些很容易，只要看一眼她的身体，他就立马变成一个成熟男人。第一次看她的身体，是在乡村俱乐部。

他们站在餐车后面，准备各自前往洗手间冲洗，只是简单的分别。但温蒂觉得她仿佛要割舍一件传家宝，就好像她马上要遗忘掉她早已离世的祖父母。于是她一手扶着米奇的肩，一手解开自己美国星条旗样式的泳衣，向米奇展示还未发育完全的最私密的部位。

这里太荒凉了，死气沉沉的小镇，冷漠自私的家人，是他们逼着她寻找温暖。就算爱，真的存在过，那也早就被生活所累，消弭殆尽了。温蒂从没看见父母拥抱彼此，甚至她的母亲曾亲口承认她并不爱温蒂的父亲——她只说“还凑合”。而她的父亲则说，爱不爱，不过是交友小组、宗教狂热分子和银草中心那里的疯子讨论的话题，一家人，不适合说爱。于是，温蒂开始好奇粗鄙下流的行径，也渴望能在夜阑人静时流泪伤怀，她憧憬一切感性的事物，和家里的寻回犬一起玩耍总能让温蒂稍微了解一下，什么是爱。这也就是为什么，在温蒂眼中，银草中心院子内的小径是那样圣洁庄严，为什么她厌弃这个冷冰冰的新伽南小镇……

好吧，还是回到乡村俱乐部，瞧瞧温蒂和米奇吧。米奇注视着温蒂——隐秘又复杂的地方——他看呆了。周遭的声音于他们听来像是管弦乐一样，她听到球童正在提议换一根球杆，听到小孩子们嚷嚷着推举某一个人应该最先去高台跳水，听到母亲们催促着孩子去餐车买吃的。米奇身上有椰子的味道，而温蒂身上则混着汗水和泳池里消毒氯气的味道。空气里充斥着柏油马路上沥青的味道。

接着，米奇解开了栗色泳裤上的带子。像一条盘在泳裤里的束带蛇[1]，正慢慢舒展开来。

“看，就是这样，温蒂。”米奇说道。

接着，他们相拥在一起，而后又分开，温蒂一直笑得合不拢嘴。

之后的几周里，米奇都很害羞。水门事件愈演愈烈，比如发生了“星期六之夜大屠杀”[2]。温蒂对水门事件特别感兴趣，一直在跟进事件的进展，她喜欢看尼克松总统在媒体面前尴尬汗颜的样子，她喜欢看网络上无休无止的骂战。害羞归害羞，米奇最后还是又和温蒂厮混在一起。现在，他骑着他的富士牌自行车载着温蒂在山谷路上转悠。

口香糖交易进行到一半的时候，温蒂带着米奇离开储藏口香糖的地下室，来到银矿路附近的一个小型墓地，那里安葬着来自19世纪的失意灵魂——塞里诺·奥格登、本尼迪克特上校和S.Y.约翰——死后无人来凭吊，只有什么都不懂的小孩子来这里练习法语。暮色四合，温蒂躺在米奇的胸膛上，米奇就这样把她搂在怀里。

他们在墓地里，褪下衣衫，并把衣服整齐地堆放在某户人家的墓碑前。然后，不知怎的，彼此的手中还残存着对方的气味的时候，他们竟停了下来，没错，就是停了下来，没有进行下一步。他

① 美洲一种无毒蛇。

② 1971年10月一个周末夜晚，尼克松总统下令解除水门事件特别检察官考克斯职务。

们也说不出是为什么，就在墓地里，玩起了以前玩过的把戏，却没有实质进展。

再后来，米奇丢下温蒂回了家一趟。

“你干什么去了？”温蒂的声音穿过银草中心萧瑟的冬景。

“取自行车啊。”米奇回道，身旁扶着他的自行车。“碰上我妈，她正急着出门。我原本想给车装上链子就马上回来，然后，就下雨了，然后我就去了车库——”

说着，米奇指着温蒂胸前的污渍，就在温蒂披风正中心的污渍，温蒂顺势看了下去。米奇用食指勾了勾温蒂的下巴，大声笑道：“哈！哈哈！”

“滚开！”温蒂嗔道。

“别生气嘛，查尔斯。”

天色越来越黑，雨水渐渐变成雪花，或者接近雪花的晶状物体。雨也好，雪也好，在温蒂眼里，都像是一种侮辱。不过对她来说更刺激的，是放纵，是堕落。就算是冬天又能怎么样呢？温蒂可是不畏冰雪的英雄。

威廉姆斯家的地下室已经许久未用了。温蒂以前看过镇上的那些朴素简单的教堂——公理会之类的；温蒂的妈妈是永远不能左右温蒂的信仰的——温蒂看过牧师站在圣坛前穿得十分郑重的样子，也是在圣坛前，她见过神圣的圣器是如何塑造出来的。神圣？威廉姆斯家的地下室就给人一种神圣感，此刻坐在米奇自行车后座的温蒂（米奇正站起身来骑车）一边抓着米奇的腰，一边这样想着。

这是一段上山路，温蒂的家已经被远远地甩在了后面——这是银草中心的另一边——马克·斯塔普勒的故居，马克是1871—1879年新伽南的主教牧师，也是本地的共和党议员。

他们接着往山上走，但是米奇越发坚持不住了，站起来骑车实在有些困难，现在他有坐下的趋势，不过，他并不想真的坐下去，那样不符合他的男子气概。

威廉姆斯的家是一座方形的白色建筑，门前还有擎天的石柱，一般你都会看到门前飘着一面美国国旗，不过今天下午倒没看见那旗子。威廉姆斯家后院的另一端一直延伸到河边（那条小河恰巧流经温蒂卧室露台的正下方）。米奇家的后院里经常能见到一群哀鸽，还有一些其他的野生动物——浣熊、野兔和麝鼠之类的，都是郊区常见的动物。银矿河上面则总是能看到充气皮筏艇。

米奇也不管下没下雨，就把车扔在车库门口的草地上，和温蒂悄悄穿过门廊，下楼回到地下室去。

整个过程中，谁都没有说话，温蒂坚持要保持沉默，所以也没有所谓交心的对话。地下室里积了灰的口香糖纸箱像是无脸的士兵，就像学校里男孩子之间传阅的《众神的战车》[①]里描写的复活节岛上的雕像一样，守护着王室里污秽的秘密。地下室是威廉姆斯家里的秘密场所，室内的中间横着的乒乓球桌就像是生了锈的海船，一侧的墙壁上挂着电动工具，好似一排排刑具，还有一个飞镖盘，上面还粘着一张女人的海报，看样子是从杂志上扯下来的。

学校里还流行着另一本书《去问问爱丽丝》。

如果温蒂能够把自己层层剥开，褪去裤子、高领毛衣、分趾袜，她只是一个常去教堂礼拜、在学校担任啦啦队长的女孩儿，她渴望向米奇吐露深藏于心的感情。不过，她不会这么做，这里毕竟是新伽南。只有一层又一层的伪装和欺骗才能保护好自己。现在，温蒂和米奇坐在地下室另一侧，电视机前的变形椅上去了。

温蒂不耐烦地向米奇讲着角色扮演的游戏规则，设定是这样：他们是老板和秘书的关系，这天下午，米奇来找温蒂帮忙——对，就是有事要帮忙——股票出了点问题，米奇需要温蒂的意见，他需要她。

“我就躺在这儿，”温蒂说，“我就躺在这儿，这天的我不

---

① 1968年出版的畅销书，是一部科幻杜撰小说。作者是瑞士人埃利希·冯·丹尼肯，他认为金字塔、玛雅文明、秘鲁纳兹卡平原上的巨型图画等很多文明遗迹其实是外星人留下的，外星人不但很早就来过地球，而且在人类文明发展历史中起到了重大作用。

知道因为什么，有点不对劲，一直在哭，在啜泣，大概是因为我和丈夫离婚了或者什么原因，总之剩我一个人在家了，然后你就进来了，看见我这样，要来安慰我。”

“但是——”

“总之，我伤心透顶，情绪低落。”

这可难为坏米奇了，这孩子从没有上台演出的经验，只得笨拙地跪在一旁，学着白领的样子松了松领带，然后把并不存在的公文包放在摆杂志的架子旁边。温蒂举起一根手指放在嘴前，示意表演开始了。

米奇抚摸着温蒂的头发试图安慰她。老天，米奇怎么会知道该怎么安慰一个中年离异，和子女关系糟糕——还被同事贬低排挤的女人呢？这个不幸的女人只能靠一点离婚补偿过日子，她再也不能像以前那样大手大脚地生活了。

“宝贝，”米奇说，“我们终于不用再等下去了。”

温蒂从变形椅上顺势滑到地板上，地板上横着一台破旧的小型计算器，那是桑迪的。温蒂躺在地板上，翻了个身，她是故意这么做的，因为这样，她的高领毛衣自然而然就会上移，胸部下面那一片洁净无瑕的肌肤也随之裸露出来。米奇见状立刻凑了过去——一手撑在变形椅附近，一手撑在绿色皮质脚凳下面——把温蒂圈在身下。地板上还有一本电视指南——

“要不，我们把电视打开吧。”米奇小声说道，“万一来人了呢。”

“别傻了。”温蒂说。

她牵起米奇的手，放在她的肚子上，米奇整个人迫不及待地压在了温蒂身上。

“告诉我你的打算，”温蒂说，“告诉我，你不会离开我。告诉我，你跟别人不一样。我要你念《旧约》给我听。我问你，你会为了我去对付别人吗？你会把你最珍贵的东西献给我吗？你能二十四小时随传随到吗？你会为了陪我，周末不去打橄榄球吗？你会帮我洗衣服，哪怕是我最私密的衣物也帮我洗吗？你会帮我买避孕药吗？你会吗？”

两个人在地上扭成一团。

“你忘了吗？”米奇问她。

“什么意思啊，亲爱的？”

“我不是交给你工作，让你周末完成吗？”

“不，恐怕完成不了，有些地方我不明白，我需要帮忙。”

温蒂的动作渐渐慢了下来。她闻到了米奇口中有酒精的味道，亲吻的时候她还感觉到米奇的舌头上残留着某种药品的味道。她就快得到满足了，她的手扶着米奇的臀，松松垮垮的牛仔裤和松松软软的屁股，男孩子，都一样，没什么特别。米奇在她身上，倒是显得越发不耐烦，温蒂在他眼里就像是一个解不开的结，勾着他快点解开。

“快！”米奇催促道。

“你是说录音，你想让我，快进——”温蒂还沉浸在她的角色扮演中。

米奇闷哼一声。

“快啊！”

“我觉得有些困难，要处理——”

“温蒂！”米奇咕哝道，“脱掉你的裤子。”

“不行。”

“不是……这样怎么做呢？你得脱下来才行。”

“不行。”

米奇又一次按住温蒂的手腕，然后直起身，半跪着，伸手去解自己的腰带和裤链。

他开始冒鸡皮疙瘩了。温蒂的毛衣还是卷在胸部附近，温蒂觉得那东西滚烫极了，像一条火蜥蜴在身上游走。

这时，楼梯顶端的门突然开了。

门开了！光也照了进来！不好！温蒂不知道门竟然没关严！就像华丽的乐章终会迎来高潮，米奇赶忙收起他那放肆的“家伙”，慌慌张张地穿好衣服和裤子。那一箱箱“无脸士兵”好像并不能起什么作用。米奇和温蒂屏住呼吸的样子，让人想起了默片电影。

直觉告诉温蒂，下楼的人，正是她的父亲。在听到父亲的脚步声之前，她就知道是他——温蒂很久之后才明白父亲不合时宜地出现在威廉姆斯家里是因为什么。现在，她只顾得上想一些对策，怎么向爸爸交代——米奇和温蒂都觉得胡德不会察觉出什么来的，他怎么会知道他们到底在干什么呢，所以撒谎是不会被拆穿的。不过实在不行的话，老实交代也未尝不可，说不定结果没有那么糟。米奇又生一计：他一把抓过身边的另一本电视指南，读了起来——

“当世界毁灭时……”米奇读道。

“你说什么？”

“哎呀，就是电影介绍。”

胡德已经走下楼梯，看上去他在极力地伪装什么，或者试图掩饰什么，总之，让人一看就觉得他有问题，不过温蒂和米奇顾不上胡德是不是在假装什么。胡德站在口香糖纸箱中间，抱着双手，盯着两个孩子——

“你们两个在这里干什么？”

胡德的脸涨得通红，温蒂知道那不是喝了酒的缘故，那是一种恼羞成怒的表现。温蒂的印象里，她只见过父亲这个样子一两次，她并不想回忆当时的情况。

“爸爸，你觉得我们能干什么？”

“我觉得？我觉得你们在相互抚摸，寻求刺激！上帝！你们能干出什么好事来！肯定是他兽性大发，想看看你裤子下面是什么！养了你十几年，现在你打算失贞了是吗？老天，我简直不敢相信我竟然看到——”

“嘿，听一下，胡德先生——”

胡德的衬衫没有系好，温蒂这个一向谨慎仔细得让人挑不出错处的父亲居然没有穿好衣服，因为纽扣系错了顺序，右半边的衬衫下摆长出了一块儿。不过他本人似乎并没有察觉，站在那里，高高在上的模样，殊不知衣服已经在暗示他丑陋的秘密。

“闭上你的嘴，米奇。我可没兴趣听你胡扯。我得和你父母谈一谈。我们走着瞧。老天，我简直不敢相信，你们知道自己在干什么吗？你们该不会用这种方式来庆祝感恩节吧！丢脸，你们俩啊，你们俩应该感到丢人！”

米奇对此嗤之以鼻。温蒂看得出来，她太了解米奇了，她知道他在琢磨着怎么还嘴呢。如果他和胡德真的吵起来，温蒂想，她应该会站在米奇这一边。因为她父亲比米奇壮实得多，她总得站在弱小的一边才算公平吧。

但，米奇终归没有还嘴，耷拉着脑袋，尽量克制怒火。

“你呢？年轻的小姐？”胡德看向温蒂。

“和我说话吗，爸爸？”

“不然我和谁说话？”

“爸爸，就当什么都没发生，好吗？”

“别耍小聪明，我告诉你。别做梦我会放过你，现在，你，跟我回家。走回去，慢慢跟我说。”

一提到要走回去，一想到要在人行道上谈这些，温蒂有些崩溃。悔意就像落日的余晖一样四处蔓延。她终于有种丢脸的感觉。来的时候，温蒂坐的是米奇的自行车，她的双手紧紧环着米奇的腰，两个人在凄风苦雨中骑了好一阵。现在，她得和她父亲走回家，这样的天气，父亲竟没有开车出门，要叫镇子上的人瞧见了，一定要说是他们家没钱给车加油，才落得这副惨样。想到这里，温蒂当真觉得丢脸。再者，温蒂不得不向父亲力证自己还是清白之身。简直是煎熬，记得他们在学校里就说过，这个周末一定会很煎熬，因为感恩节，所以一定会没完没了被大人说教。真糟糕。温蒂食指卷着头发——她还站在米奇身边——努力不让眼泪流出来。

“好了，回去。”胡德说道。

温蒂走上前，一言不发。她回头瞥了米奇一眼，他正着急地拉上裤链，只不过拉锁夹到了衬衫下摆。温蒂想到了裤链后面，那团美丽的红棕色。而一想到这里，温蒂就不再委屈，也不再害怕丢脸。爱，总是苦乐参半的。她明白。离开地下室的时候，温蒂特意从纸箱里拿了已经拆了封的半打口香糖。

“这是我应得的。”温蒂转头向米奇喊道。

胡德叹了口气。

温蒂和父亲离开威廉姆斯家，关上了前门。外面早就黑天了，冰冷的雨水径直砸了下来。现在，比刚才温蒂在银草中心等候米奇那会儿还要冷上个几度。雨水混着冰雹无情地拍打在温蒂和胡德的身上，似乎是老天在咒骂着这两个心怀鬼胎的家伙。父女俩沿着人行道慢慢走着。温蒂突然向父亲喊了声抱歉，只可惜风雪太大，根本就听不清。

一辆扫雪车慢悠悠地在山谷路上开着，正往道路两旁的积雪上撒沙子，黄色的闪光灯在车顶一圈接一圈地转着。

胡德抓着温蒂的肩膀。

“宝贝……”他喊道，风雪太大，听起来倒像是从远方传来的声音。

“宝贝，别担心。我没那么生气。我只是觉得那小子够不上你，就这样。我不会说出去的。”

温蒂不明白父亲怎么没头没脑地来了这么一句。她还是听见了父亲的话。

“什么？”

“我是说，他就是个浑小子，对你不是认真的。瞧着吧，他以后也不会有大出息，还得靠珍妮和吉姆养活。说到底，他不值得你去爱。威廉姆斯那样的家庭，不适合你。”

“爸爸。”

说着，父女俩一起踩进了半融化的雪堆里。雨点一会儿大一会儿小，天气真是糟糕极了。雪水渗进温蒂和胡德的鞋里，也弄湿了马路对面莎拉·乔的鞋子。莎拉是丹·福尔摩斯的姐姐，在萨克森中学里接受特殊教育。现在的她，正在雪地里面踽踽独行。温蒂想起来那些传言，大家都说莎拉和谁都能睡。于是温蒂在想莎拉骨子里是不是也有对性的渴望，她知道女性高潮是怎么回事吗？她会不会认为和爱的人做爱会更幸福呢？

眼下，镇上的其他孩子在干什么呢？那些在学校里很受欢迎的女孩子们估计正窝在家里暗自思念着最近的新宠，少女怀春的心情是不会和任何人分享的。男孩子们估计正窝在沙发里看电视，而他们的父亲恐怕就没那么清闲了，应该是拿着工具，到外面扫雪去了。在连绵的雨雪的映衬下，天空呈现出难看的昏黄色。

温蒂又在想为什么有时候人与人的对话会进行不下去，她还想知道如何让大家都变得有怜悯心，为什么镇上的人总是那么冷漠。她希望在走回家之前，她能想清楚。她希望她的父亲能够支持教育改革，给高中生减少点学习压力。她希望她的父亲反对美国对远方的那些中立国家的暴力政策，她也希望她的父亲能支持削弱总统权力。她还希望，胡德能策划一个方案，让镇上所有十八岁以下的孩子，都能跟莎拉待上一个下午，或者和威尔·富勒，大家口中的“同性恋”待一个下午。温蒂希望父亲能够不再迷茫，能够和子女们再亲近一点，可以不再喝得醉醺醺的。

当胡德询问温蒂是否觉得脚冷的时候，当胡德搂着温蒂走过银草中心，跨过路堤，穿过光秃的灌木丛，走回自家落满枫叶的车道上，看见保罗进城前一直在玩的足球半埋在雪堆里——当胡德安静地搂着她，怕她被风吹得感觉冷的时候——温蒂觉得什么都不重要了。她暂时不想去传说中的喜马拉雅深山里的野蛮王国探险了。现在，她要和家人待在一起。

近来气温较低，但总体较为稳定——不排除继续降温的可能。天气预报如是说。温度计上的水银现在全都回到底部了。艾琳娜盯着窗外结了冰的道路，外面天寒地冻，人们都穿着带毛领的滑雪衫，看上去不适合出门。天气恶劣没什么，重要的是要找个理由不去哈尔福德家参加宴会。

艾琳娜盘腿坐在书房的沙发里，这个家安静得像个图书馆，正适合她静下心来阅读。读书对于艾琳娜来说是精神上的享受，一摞一摞的书，就像祈祷墙一样，见证着她朝圣的足迹。阅读，带给她难以形容的、无比温暖的体验。不管1973年的美国风气如何，是否仍然守旧，艾琳娜总是小心爱护着《易经》，也珍藏着塔罗牌。她没和镇上的任何人讲过，她总是去书店的宗教书籍那一区，根据书脊上的名字或者偶然听到的书名，抑或是《今日心理学》[①]上推荐的书目购买图书。

借着壁炉里的火光，艾琳娜坐在沙发里安静地读着书。火光下，她的头发呈现出磨砂金的颜色。读书的时候，她总会戴上厚底的眼镜，平日里，她是不戴的，所以，总得斜着眼睛看东西。

艾琳娜穿着琥珀色羊毛裤子和羊毛毛衣，因为她总是觉得冷。大学时期的课本堆在书架底排积了灰的一角，架子上放着每月一书俱乐部[②]的系列图书——崭新的精装书籍，都是艾琳娜为胡德订购的，但是胡德从来都不看。

艾琳娜正在读一篇讲上了年纪的男性会阳痿的文章。酒精——引起欲望但会影响表现——或者焦虑及其他心理因素都会导致阳痿，所以男性意识到自己经常阳痿后，为了保护自尊，会选择不做，会声称自己没有兴致。

艾琳娜一页一页地仔细翻着书，很喜欢专家们发表的见解。也有几位，她不太感兴趣，比如性学大师哈维洛克·艾利斯，对乡下地区两性关系的研究成果尤为显著——对那些如胶似漆的乡下夫妻

---

① 美国杂志，于1967年创刊，针对人类的所有行为、心理健康进行分析。

② 美国每月一书俱乐部成立于1926年，是世界首家图书俱乐部，开创了图书销售的新形式。

的研究——不过，他不怎么研究婚姻不幸的家庭。艾琳娜对性学教授金赛也不是很感兴趣，她觉得他的观点太陈腐。

书里还有一些暴露的图片。艾琳娜对前列腺的插图比较感兴趣——泌尿科医生成天摆弄的东西。上了年纪的男人，尿得就慢了许多，有的时候甚至是一滴一滴地挤出来的。

书里还有其他示意图，比方说乳头变硬的、肌肉萎缩的等示意图。这些都是时下流行的话题。比如，在新伽南，她记得近来的时日里，邻居们总是一边喝胡萝卜汁，一边聊着这些私密事儿。

艾琳娜和胡德算不上人到中年，不过他们也明显地感觉到彼此没有以前有魅力了。专家称，女性对性的拒绝，会比男性来得更强烈。艾琳娜想，十八个月了吧，已经有十八个月没有和丈夫亲热了。

是不是胡德酗酒的原因导致两个人没有激情，艾琳娜并不确定。但能确定的是即便是看见了胡德的那玩意儿，比如胡德洗澡或者穿衣服上班的时候，她看见了，也不会有什么想法。更糟糕的是，艾琳娜觉得自己也有问题，她觉得自身的器官也在丧失应有的魅力。

这样一来，本杰明对艾琳娜的身体也没了兴趣。书里的专家没有给她有效的建议。艾琳娜似乎还没有认清现实，毕竟，没有什么证据证明胡德出轨了，没有弄脏的内裤，领子上也没有口红印，也没发现带着香水味道的秘密信封。不过，艾琳娜还是察觉到了一点什么，那天晚上，在宴会上——在宴会上，人们才能注意到平常注意不到的事——胡德就在干平时艾琳娜注意不到的事。

珍妮·威廉姆斯和本杰明·胡德，坐在沙发里，准确地说是坐在一堆抱枕之中。珍妮看上去十分痛苦，她的丈夫早就不能满足她了。本和珍妮挨得很近，他们看上去都很失意，手里的酒杯也都空了。像两头豪猪一样，两个人越凑越近，像是在寻求对方的温暖。显而易见，两个人之间是有猫腻的。

艾琳娜继续读着书。时不时，她会站起身，考虑着晚饭的食谱。奶油冻青豆，剩下的火鸡和剩下的馅料。嗯，晚饭简简单单，丈夫和女儿两个人吃足够了。

是僧人最先发现了静心阅读的美妙。大概是黑暗时代[①]的奥古斯丁[②]最先提出来的吧。艾琳娜坚信沉默是金，无论是表示支持还是关怀，艾琳娜都习惯缄默。保持缄默，不会引起冲突，给人足够思考的余地，缄默自有其妙处。温蒂说她来了初潮的时候，艾琳娜也什么都没说。她只是在温蒂的枕边放了一盒高洁丝卫生巾，还贴心地把说明书拿出来，放在一旁，供温蒂参考。缄默，没什么不好，它

---

① 18世纪左右开始使用的一个名词，指西欧历史的中世纪早期；具体地说，指西方没有皇帝的时期（476—800）。

② 古罗马帝国时期天主教思想家，欧洲中世纪基督教神学、教父哲学的重要代表人物。

反倒能把复杂的东西简单化。如果你信奉德鲁伊教[①]，有教规规定，经血是女孩儿新婚典礼（一般是包办婚姻）上的助兴饮品。

艾琳娜习惯不说话，不仅仅是因为在这个全是共和党人的小镇里——她没法清晰明确地表明自己的观点，更因为她从生活中学到缄默是有用的。

艾琳娜的父亲是靠白手起家的爱尔兰人，母亲是父亲的高中同学。艾琳娜的父亲早年做过新闻记者，也做过低端小报的出版商，在中西部的新闻学院里卖过冷饮，也去过东部做过收发室的门卫。走南闯北的人生让艾琳娜的父亲自有一套生存法则。

独特的家庭环境也让艾琳娜学会缄默。她的父亲埃德温·奥马利爱喝酒，能喝酒，也爱收藏好酒，不过她的母亲玛格丽特酒量就没她父亲那样好了。自打艾琳娜小学毕业之后，玛格丽特就彻彻底底变成了一个酒鬼。记得大萧条时期开始，艾琳娜就很少看见母亲和父亲愉快地交谈，因为酒喝得太多，母亲的舌头变得僵硬，话都说不利索了，像一只迷宫里面的老鼠，样子很滑稽。

父亲说话一向不大好听："你看看你那个鬼样子！上帝，看看你，像什么样子。你还下楼干什么呢？路都走不直——你以后

① 是一种具有自然崇拜特征的灵修或宗教形式，它主张与自然和谐共处，尊重所有的存在和周遭环境。同时也尊敬祖先，主张学习本民族的神话传说。

可怎么办？喝吧，使劲儿喝，烂醉如泥，走都走不了！丢脸，你可真丢脸！”

印象里，艾琳娜似乎总是在等着母亲走下楼梯。父母处于分居状态，这一点是自然的；他们从来不睡在一起。每天只有在晚饭的时候，她才能看见母亲东倒西歪地下楼准备吃饭。艾琳娜常常躲在用人身后或者家具后面偷听大人们的对话，然后偷偷练习，练习那些充满爱意的蜜语，也练习那些不堪入耳的咒骂，她总是模仿着那些话，直到后来，她自己都分不清哪些话是好话，哪些又是坏话，哪些是表示尊重，哪些是讥讽嘲笑。有一次，家里来了一位父亲的朋友，他说：“哦，玛格丽特，见到你真好！你还是那么美！”结果父亲是这么回答的：“老天爷，卡尔，你眼睛没瞎吧？”

那天，艾琳娜的母亲从楼梯上摔了下来，可是她的父亲无动于衷，叫人不要管她。玛格丽特确实是位不太让人省心的母亲。她曾在门前的草坪上脱光衣服不知道要干什么，还把自己锁在工具间里说是要找秘密宝藏，要不是园丁要进去拿工具，说不准她要在里面待上多久。

每个晚上，玛格丽特·奥马利总要发会儿疯。她坚持自己爬楼梯，哪怕一遍一遍跌倒，一遍一遍出丑，直到后来，家里花了好大一笔钱装了个自动扶梯，毕竟玛格丽特那个样子太危险了。

母亲的精神状况，父亲从不瞒着艾琳娜。他会把艾琳娜从房里叫出来，让她看看母亲是怎么妨碍到他和他的事业的。艾琳娜还小的时候，母亲有一次闹自杀，吞了许多安眠药，父亲叫来了救护车，把艾琳娜安置在卧室里。救护车赶来之前，玛格丽特·奥马利后来已经失去了意识，在屋子里又吐又拉，弄得衣服上和地毯上到处都是。“快看，这就是你妈。”

逢年过节的时候，艾琳娜都会想到那一天。

和所有离家闯荡的人一样，艾琳娜离开的时候心里也有说不出的滋味。母亲六十多岁的时候，又开始闹自杀，动不动就说要了结自己。大半夜的，艾琳娜不得不叫醒本杰明，说母亲情况不好，自己得赶紧回家，然后一大清早就去赶第一班火车去纽黑文①，再从那儿的机场飞回家。基本上，等艾琳娜回到了家，母亲已经睡着了，或者躺在床上安静地玩着字谜游戏，旁边放着一杯琴酒②，见她回来，就微微一笑。总之，是不会再吵着说自杀的事。

家里的人劝她戒酒，但玛格丽特消停过一阵之后又会开始酗酒。戒酒，再酗酒；戒酒，再酗酒。这已经变成每年的保留节目。好不容易母亲几个星期不碰酒精了，就连父亲也开始露出笑脸了，然后不知怎么，母亲又会变回老样子——起初她觉得偶尔回趟家挺

① 美国康涅狄格州的港口城市。

② 又名杜松子酒，最先由荷兰生产，在英国大量生产后闻名于世，是世界第一大类的烈酒。

好的，后来就变成了动不动就得回家收拾烂摊子。艾琳娜的父亲也不是完全不管她母亲，母亲去医院洗胃的钱，烟酒店母亲欠下的账单，还有长途话费都是父亲买的单，父亲甚至请了阿姨到家里照顾玛格丽特的起居。所有的开销，都是父亲支付的。

威士顿[①]的家里除了父母之外，玛格丽特还有一个哥哥，俨然和父亲一个模子刻出来——脾气暴躁——易怒、暴戾的哥哥。他还和母亲一样，酗酒。可以说，哥哥是艾琳娜见过的最难对付的人了。天气的变化也能惹他不快。他虽以愤世嫉俗的眼光批评社会，但他自己从来不遵守自己那套道德理论。比利·奥马利，也就是艾琳娜的哥哥，比她年长十岁，艾琳娜是他亲自“教育”出来的。他说就连艾琳娜的名字都是他根据韵律变化而起的。艾琳娜·奥马利，前后都是三个字，姓和名之间再没有其他名字，对仗工整，朗朗上口。

为了让艾琳娜学会游泳，在她还是婴儿的时候，比利就把她丢进泳池里熟悉水性，当然，年幼的艾琳娜怎么可能学得会，直接沉了下去。为了让艾琳娜学习餐桌礼仪，比利用牛排刀（刀刃那一边）把艾琳娜放在桌上的手臂推下餐桌去，结果艾琳娜缝了好几针。为了让艾琳娜学会尊重长辈，比利提着艾琳娜的脚踝，把她倒

---

① 美国马萨诸塞州的一座城市。

吊在三楼的窗户外面，让她守规矩。为了让她熟悉周边的交通状况，比利蒙住艾琳娜的眼睛，把她一个人丢在波士顿市中心，叫她自己回来。

不管怎么折腾，艾琳娜还算是听话。

奥马利家的感恩节晚餐，用本杰明的话来说，就是一场热闹的好戏。一开始，比利和埃德温还能保持安静，一旦喝上第一杯酒，好戏就开场了。喝了酒的比利爱抱怨，比如，抱怨他老爸竟然去支持什么众议院非美活动调查委员会[①]。接下来就是没完没了的争吵。艾琳娜试着去调停，去安抚，去当和事佬；她也试着保持安静或者溜去厨房和用人们聊天。不过，都没什么用，该吵的还是在吵。再然后，她的母亲，玛格丽特就会下楼吃晚饭。因为酗酒而引发的震颤总是让玛格丽特花上好大的劲儿系好衣服扣子，好容易下了楼，碰上父亲，就免不了一番讥讽。“看在上帝老娘的分上，你折腾下来干什么？来人，给她拿个围嘴！找个担架也成！拜托，哪位好心人能来找个担架？”

这个时候，比利又要发作了。比利对母亲的感情还是很深的，不仅因为都爱喝酒，更因为他们都是郁郁寡欢、自怨自艾的可怜人。两个人甚至都是在同一年过世的。玛格丽特是因为肝脏喝酒喝

① 美国众议院的调查委员会，在1938年创立，以监察美国纳粹地下活动。

废了。而比利，六个月之后因为飞机事故，也跟着母亲去了。他们被安葬在新英格兰的教堂墓地里。没过多久，墓碑上又出现了另一位家人的名字，埃德温的名字。这位尼克松的支持者，在4月17日，考克斯被任命特别检察官的那一天，因为心脏病过世了。

艾琳娜小的时候，经常在母亲的衣帽间玩耍。房间两侧的墙面上都装着大大的试衣镜，两面镜子相对，折射出无数重叠的景象。艾琳娜站在镜子中间的话，自然也会看见无数个自己，她总是想数个清楚，镜子里到底有多少个自己，哪一个才是源头；她也想弄明白这个家究竟是怎么回事，争吵、暴躁、疾病究竟是怎么来的。但不管她怎么努力，就算是站在镜子边上，她还是能看见无数个自己，没法找出第一个折射出来的镜像。回应她的，只有无声的寂静。

现在，回到家里来，这个有保罗、温蒂和本杰明的家里。戴斯·钱恩，也就是她家的狗，正趴在艾琳娜脚旁，伸出舌头舔着前爪。艾琳娜拿起新伽南书店的书签，夹在书里——那一页正好是讲更年期的——然后走向厨房，去开灯。因为石油禁运，英国人现在一周只上三天班，美国这边就是电力短缺。也就是说，现在的厨房，漆黑一片，尽管总统想办法分配紧张的电力资源，但是对艾琳娜来说远远不够。黑暗叫她很不适应，她得在壁炉里生起火。周末开车出去什么的就别想了，经济市场也不太景气，这周据说下跌了五十个百分点。“三个，”本杰明之前却说，“就三个百分点。”

艾琳娜突然想到了珍妮·威廉姆斯穿蕾丝无袖衬衫的时候，艾琳娜认识的男人应该都为之着迷。珍妮是不在乎别人注意自己，但艾琳娜不同，因为她平时穿着保守，别人很难注意到。但是，艾琳娜骨子里是性感的，她可以不那么保守。本杰明的愚蠢在于——他以为艾琳娜是那种艾森豪威尔[①]年代富有教养的传统女性——一想到这里，艾琳娜就很气愤。她不是不想改变，但是她天生一副不性感的样子她也没有办法。别人对她保守的印象对她来说是种束缚，一种无声的暴力。

眼下，她主要还是做好她的厨师吧。她往炖锅里面加满水，放在煤气灶上，再把冻在四方形黄油块里的青豆放进去加热。接着，她从冰箱里取出吃剩下的火鸡，放在砧板上。大致分成三份，再分别放进三个盘子里。她想，感恩节没吃完的火鸡，应该是世界上最让人心碎的食物了。

这时，房门打开了。屋外寒风呼啸的声音传进了屋里，进来的不止风，还有胡德和温蒂。胡德关上门，风声戛然而止。丈夫和女儿齐齐走进厨房，跟她问好，就像教堂里去礼拜却迟到的人那样，不过是例行公事。

“再有十分钟，开饭。”艾琳娜说。

---

① 美国第三十四任总统。

十分钟，跟五分钟一样，都是随口一说的，怎么可能正正好好就十分钟呢。

“去，拿毛巾擦一擦。”本杰明对温蒂说道。

本杰明和温蒂在脱鞋，接着把弄脏的外套丢进洗衣房。温蒂脱下风衣和裤子，甩了甩头发。艾琳娜看见只穿着贴身线裤的温蒂，忽地想起一件事，一件她做的好事：她生了一个大美女。

艾琳娜跟着温蒂身后的本杰明一起上了楼，温蒂一上楼就钻进洗手间，只听“嘎嗒”一声给洗手间上了锁。

胡德家的客厅是蓝灰色的，主卧也是蓝灰色的，地毯和窗帘也都是蓝灰色的，主卧内的床单是蓝色和红色的，但是灯仍是蓝灰色的。艾琳娜打开床头的灯，结果还是没电。本杰明赶紧脱下身上的衣物，叠好，放在椅子上，椅子旁边的西服昨夜就挂在那里了。

艾琳娜站在床边，看着他。

“你猜不到我在哪儿找到她的。”本杰明说。

说着，他走进步入式衣帽间，他的声音埋在衣服里，听起来却为沙哑。

“在珍妮和吉姆的家里，人家的地下室，跟那个浑小子。电视关着，俩人躺在地板上，那小子的裤子都脱了，脸色煞白。这不就很明显了吗？”

隔着衣服，本杰明的声音听得不是很清楚，艾琳娜闻到了樟脑球和干洗剂的味道，她听得出来，他很紧张。

本杰明从衣帽间探出头，看着他的妻子。艾琳娜对他的长相，对他现在这副没什么肌肉线条的身材，可以说，并不排斥。怎么看，胡德都算得上丑陋、粗鄙，甚至让人觉得恶心。他笑起来的样子显得更加猥琐，说爱他倒谈不上，但艾琳娜有的时候还是喜欢他的。毕竟，同床共枕，你总会有点感觉。

“我是现在换好衣服去哈尔福德家，还是等会儿？你觉得呢？”

“随你，”艾琳娜答道，“我想早点去，打个转就回来。”

“我跟你讲，你得看着点她。不知道孩子是怎么想的，反正最后她没有进行到……她也没用手帮他——”

“你一定要说得这么露骨吗？”

“亲爱的，我只是在就事论事。她毕竟没用手帮他怎么样。兴许是她害羞了吧，跟那个小混账跟前，她没敢怎么样。幸亏她害羞了。当时我正在下楼梯，我刻意停了那么一会儿，就是让他们知道我来了。哎呀，我觉得自己像个检察官。我跟你说，你都想象不到一个人穿衣服能穿得那么快。吉姆家的小子慌里慌张地穿上裤子、鞋和袜子，衬衫都掖进裤子里了，还装作一副在读电视指南的样子。”

本杰明讲到这里便哈哈大笑。

“啊，你这么穿真好看。”本杰明一边对妻子说，一边调整着涡纹花样的领结，拉上黄蓝拼接的格纹裤子。艾琳娜明白，怎么说，自己都不算好看。本杰明就是，善意地、礼貌性地夸奖她。

“然后呢？”

“然后温蒂就刻意和那小子保持距离了啊。我冲着他俩喊道我不管他们刚才干什么，以后再让我看见他俩这样，小心叫他吃不了兜着走！温蒂呢，也乖乖跟我回家了。”

又是一阵大笑。艾琳娜看着他走进洗手间，对着镜子调整领带。艾琳娜静静地等着，等着问他那个关键的问题。

“所以，你去人家的地下室做什么？”

胡德就犹豫了那么几秒钟。

“哦，路过他家，正好把上次吉姆落在我车上的杯子还回去。对，就是去还个杯子，落在仪表盘上面了。”

本杰明从洗手间中走出来，微微笑着，展开双臂，示意妻子自己已经准备就绪了。

“走吧，去吃饭吧，宝贝儿。我都收拾好了！”

坐在床边的艾琳娜费劲儿地站起身，就好像起个身是多么累的一件事。还有更累的事，她得配合丈夫的谎话编下去。

“哦，对，那个杯子，落在仪表盘上面的那个。”

“对，就是那个。”他说。

“嗯，那个。”

本杰明拼命地点头。

“是那个。”

本杰明又轻笑两声，似乎这么一笑，就能掩盖他拙劣的欺骗。

夫妻二人回到厨房，屋内安静又沉重的气氛像是今晚的不速之客。锅里的豆子已经浮起来了。饭好了。温蒂也换上了粉色高领毛衣和灯芯绒裤子，来到厨房准备开饭。温蒂先是去炉灶旁的抽屉里拿木勺，这勺子是用来挖火鸡肚子里的食材的。然后她又去冰箱旁边的碗橱里拿出来三个玻璃杯，其中一个还印着蓝莓图样的装饰。

而本杰明则离开厨房，给自己弄一杯酒。艾琳娜当然知道他是去做什么，夫妻间这点默契还是有的。接着，同往常一样，听得到冰块撞击酒杯的声音，紧接着他还会打开高保真立体音响，放首歌来听。

艾琳娜把青豆分到温蒂递过来的盘子里，然后帮温蒂铺开餐巾，摆好餐具，尤其要把刀刃冲里侧摆放，接着摆好玻璃杯，确保杯子都放在餐盘的右手边。用餐的时间，戴斯总会不请自来，它溜进厨房，四处打转。跟戴斯一起进来的还有它的主人——端着酒杯的胡德。

一家三口围站在桌旁，艾琳娜准备把砂糖放进盘子里。放糖的顺序，是固定的。先是温蒂，再是本杰明，最后是艾琳娜。放完糖，艾琳娜又去冰箱里拿了喝的，是给温蒂喝的牛奶。温蒂接过牛奶，给自己倒了一杯之后，又把奶盒递给父亲，胡德接过牛奶，给自己也倒了一杯。

厨房的窗户被风雪遮住了，艾琳娜看不清窗外的车道，只能大概看到对面的人家里亮着昏黄的灯。这样的大雪天，还是星期五，新伽南不会有人愿意待在家里的，也不会有人愿意待在家里陪孩子的。这种天气，应该开个热闹的宴会。

火鸡没有原来那样鲜美了。这是当然的了。艾琳娜和本杰明都认为鲜嫩多汁的火鸡最美味，但似乎只有刚做出来的时候最鲜嫩。剩菜难保不会变味。这件看似不起眼的事，却让艾琳娜感到崩溃。她很清楚自己不会因为婚姻失败或者20世纪精神贫瘠的风气而感到沮丧，但是，一点点小事，比如她发现为了过节买的新衣服上有墨水的污渍，再比如她心爱的保罗·西蒙[①]的唱片里有划痕，再比如冰块尝起来有酸涩的味道，都会让她抓狂。

艾琳娜站起身，把餐巾纸随手扔在椅子上。戴斯见主人起身，也立刻跟着站了起来，等着主人赏一口剩饭。艾琳娜拍了拍戴斯的额头，心想真是条傻狗，然后把剩余的蔓越莓酱汁放回冰箱里冷藏起来。温蒂和本杰明大口地吃着果冻，心满意足地笑着。

戴斯见讨好主人无望，便又回到原来的位置。

---

① 1941年10月13日出生于美国新泽西州的纽瓦克，音乐家，创作歌手，唱片监制。

艾琳娜走回桌边，拿起果冻要分给丈夫和女儿，才发现他们已经吃完了。现在有这么多自动化的家电——洗碗机、烘干机、制冰盒、榨汁机、电烤架，但是，没有哪种发明能处理隔夜的火鸡。

晚饭已经吃了二十分钟了，一家人坐在一起却没有一句话好说。艾琳娜回过神来的时候，发现自己正把剩下的半盆青豆往一堆火鸡馅料上面倒。这么多年以来，应该说一直以来，都是她绞尽脑汁地让一家人热络起来，她希望大家能在一起热闹地聊天，似乎找话题炒气氛是艾琳娜作为妻子分内的事。但这绝不是什么容易的事儿。开场白总要温和委婉，不能太直接，最好能够安抚家人们脆弱的心灵，给予他们春风般的温暖。但是，不管她怎么妙语连珠巧舌如簧，最后都不奏效。就比如本杰明，她丈夫，就像艾琳娜娘家中的那些男性，对柔声细语的交谈方式嗤之以鼻。

比如，最近夫妻出去打网球的时候，展开的对话如下：

“我丈夫，”艾琳娜对她的双打搭档说，“发球特别厉害，像开大炮似的。”

球场对面的本杰明听到了，立刻叫艾琳娜过去，“你别这么缺心眼行吗？”

没话找话聊真是太累了。艾琳娜不想给自己添堵。她想起了温蒂出现在威廉姆斯家地下室的事。她想到了温蒂脱下短裙的样子，想到了温蒂的曲线，想到了温蒂身下的那团金色。温蒂一直都穿高跟鞋，显得腿又直又细，其实温蒂天生有一双完美的腿。温蒂的一对乳房也生得很美，不像她母亲，需要用那些白费力气的道具让自己的胸部看上去完美一点。

今天这事似乎丝毫没有影响到温蒂。她不仅没有感到羞愤，甚至相反，看上去还有点因为被抓个现行而感到光荣。艾琳娜暗地里是羡慕温蒂的，羡慕女儿的勇气，所以她错过了责骂温蒂的最好时机——温蒂也没有主动承认错误，她还是我行我素。温蒂把餐具扔进洗碗池，走去开冰箱，不得不说，她站在冰箱前气定神闲的样子也是美的。冰箱里似乎没有温蒂想要找的东西，于是她转而打开壁橱，里面乱七八糟的，是些糖果和饼干。她拿了一盒万圣节剩的糖果，兴许是她最后一个万圣节了——她已经长大了，万圣节那一套已经玩腻了。温蒂捧着糖果走进书房，打开了电视，电视声音很吵，厨房里都听得到，而且温蒂看的节目，艾琳娜一向欣赏不来。

坐在餐桌旁的艾琳娜和本杰明见用餐完毕，纷纷起身。戴斯跟着主人也站了起来。

“甜点我们吃点什么？”本杰明说道。

“自己看吧。”

“我贤惠的妻子就没什么建议吗，嗯？”

“本，我没心情和你开玩笑。”

本杰明在厨房里走来走去。

“嗯，好吧。”

本杰明把盘子里的垃圾倒进桶里，然后把盘子放在料理台上。

“好了，来热闹热闹——”本杰明说。

“打住。”艾琳娜说。

“你以为我——”

“我不知道。”

艾琳娜把餐盘轻轻放进洗碗池里，但还是不小心磕碰到了水池。电视里开始放那档节目的主题曲——欢快中带点伤感的爵士乐——厨房里一样，听得清清楚楚。

“你在想什么？别——”本杰明说。

“今晚，别指望你能躲过去。”艾琳娜回答道，“如果你想含糊过去，我劝你省省，我没工夫和你玩笑。”

本杰明一听，脾气也上来了，气冲冲地走去壁橱，拿了一盒温蒂万圣节剩下的糖果，椰蓉杏仁巧克力。

“行，那说说，怎么了？”

“呵，”艾琳娜轻蔑地说，“亏你想得出，落在车上，杯子？”

本杰明立刻紧张起来：“你什么意思？”

“别装傻。”

“我听不明白你在说什么。”

“我猜到了，你不会这么轻易地承认。”艾琳娜说。

“听着，宝贝儿，如果你想发发脾气……”

“撒谎。”艾琳娜说，“我要跟你谈谈，撒谎这件事，你对我没说实话，你撒谎，而且，出轨了。现在明白我在说什么了吗？你非得让我说出来你才明白？难道你说出来丢人，我说出来就不丢人了吗？”

胡德的脸色倏地变得煞白。他定定地怔在那里，脑子一片空白。

“我什么时候撒谎了？你就因为这个发脾气？你以为我撒谎？”

两人对话的声音越来越小。

“不止撒谎。”

“好，那你说，你还指什么？”

“你非要这样羞辱我——”

“你想说我还干了什么？”胡德接着说道，“除了撒谎，还有什么？亲爱的，我们现实点吧。现在跟以前不一样了，你得认清现实。”

艾琳娜没有说话。

“亲爱的，人人都在撒谎，政府也撒谎，这个世界都是虚假的。什么都是虚的、假的，别天真了，我告诉你，事情永远比我们想得复杂。亲爱的，听着，我没有……我希望咱们能一直相亲相爱，白头偕老，你知道——”

书房里，电视声音更大了。

“上帝！”艾琳娜说道，“你以为我是傻子吗？现在，你想拉着你的老婆，一无所知的白痴老婆，参加邻居家的宴会。你想装作若无其事，戴上你那个滑稽的领结，告诉你，那个破领结，跟你哪件衣服都不配。你想拉着我，和你那些朋友一起侃大山，你想让我配合你，但是实际上你一点都不尊重我，对我一点都不坦诚。”

“想谈的话，出去好吗？”本杰明建议道，“出去，换换空气。走吧，出去谈，我可不想今晚分房睡。走吧，出去聊聊，说不定好一些。”

本杰明把椰蓉杏仁巧克力的糖纸扔回料理台，又去翻柜子里的其他糖果，最后拿了一条查尔斯顿可可香草软糖。

“你根本不明白，”艾琳娜说道，“你从不考虑我的感受，从来都不，然后你还——”

“我考虑，我明白的，”本杰明小声说道，“我怎么会不知道孤独的滋味？我明白。你是想说一个人的滋味是吗？我太明白了。”

“本杰明，”艾琳娜说，“所以呢？这就是你的说辞？”

“我的意思是，孤独，就好似音乐。我是这个意思。而且，我，很多事，我都很后悔。亲爱的，我很后悔。我等下跟你说。”

再看本杰明，他好像很疲惫的样子。本杰明朝妻子走过去，艾琳娜当然不会拥抱他，她不会轻易接受他的示好。他们就那么僵着，没有靠近，也没有离得太远，时间慢慢在流逝。艾琳娜从争吵中抽离出来，她想到是时候去把恒温器打开了。但这不代表她不难过了，她仍然伤心。也不知道壁炉旁边报纸放得够不够？艾琳娜暗自琢磨着。

夫妻二人分头走开了，胡德走去了客厅的洗手间。

艾琳娜用洗碗巾擦了擦脸上的眼泪。戴斯站在她跟前，一边讨好地摇着尾巴，一边瞪大眼睛望着主人。

艾琳娜径直走进书房，看见温蒂全神贯注地盯着电视，这个节目，她看了八九遍了。艾琳娜走过去，靠在一旁的瑙加海德革[①]活动椅椅背上，伸出手抚摸女儿的秀发。

“哈尔福德家的宴会，我和爸爸必须得去参加。早就定好的，厨房的日历上我早就圈了日子。估计要到十一点才能回来。”

“规模很大吗？邻里街坊都过去吗？”

温蒂的眼睛还盯着电视。

“嗯，大概吧。”艾琳娜答道，“问这个干什么？”

“就是问问，”温蒂如实回答，“如果遇到了麻烦，老妈，我得靠你解围。”

“麻烦？你又打什么鬼主意呢？”

艾琳娜吻了吻女儿的发心。温蒂无动于衷。

“我盘算着偷偷开走旅行轿车，出去兜兜风，开到大马路上

---

① 乙烯基树脂表层的织物。

去。或者溜出去参军。要不然放把火把房子点了。”

“行了，别胡说八道了。”艾琳娜说道。

客厅里洗手间的门开了，马桶的水箱里正在上水。艾琳娜没有换掉身上的暇步士[①]，也不打算补个妆，她走进前厅，去衣柜翻出了一套雨衣。其实也未必走很远，就在门口，而且还会开车出去。不过艾琳娜还是挑了一件浅蓝色的雨衣。

艾琳娜透过前门旁边的小窗户，看了眼外面的天气。风雪越来越大，艾琳娜看见门前草地上堆起了积雪——房前还有许多灌木和落叶。这样的天气，这样的马路，并不适宜出门。街上清雪人员还在工作，清雪车顶的灯还在旋转。

本杰明在车道另一端来回踱着步。艾琳娜回头对温蒂道了声晚安，但是温蒂没有理会她。

电视节目的主题曲又响起来了。艾琳娜转身出了门，跳过门口石板附近的泥坑，走向本杰明。艾琳娜和本杰明，坐在车里，沉默无语。

大学时期的时候，艾琳娜总是跟在本杰明身后告诉他她有多爱他，但其实，她总是跟错人，甚至有的时候她会跟着一个红发男子，或者黑人男子，竟然还跟过一个女人。不管怎样，她太爱他

① 美国休闲服饰品牌。

了，总是忍不住要吐露她的爱意。

有的时候，她也会把电话打到兄弟会的人那里去——“亲爱的！我真期待晚上和你的约会！”“哦！是艾琳娜啊！甜心！你真是个小傻瓜！！哈！哈！”

本杰明求婚那天，闹出了最大的笑话，现在看来，真是愚蠢极了。也是她把电话打错了，她以为她是打给戴安娜·奥尔森或者比利·奥马利，实际上，她打到本杰明兄弟会那里去了。其实她是要找本杰明的，也确实是本杰明接的电话，但艾琳娜以为是别人听的电话。艾琳娜爱本杰明，爱所有跟他长得像的人，甚至连不像他的人她也爱。

所谓爱，不一定是爱某一个特定的人，爱，会把对象放大。这个一边开车一边挖鼻孔的男人，和她的丈夫如出一辙；这个男人挠屁股的样子，洗澡要洗很久的习惯都和她爱的那个人一模一样。但，眼前这个，不是她爱的那个。本杰明永远也不会明白，也不会明白艾琳娜脑中的他是什么样子。那个男人，去儿童爱畜动物园的时候也能被吓哭；那个男人对《蒂凡尼的早餐》爱不释手；那个男人笑起来很悲凉；他生气的时候脸上的线条变得越发明显。艾琳娜都记得。

当然，本杰明对艾琳娜也有评判。他对妻子不满意的地方，主要在于艾琳娜在社交场合表现欠佳，她不太会找话题。艾琳娜也清楚这一点。在车内的这段时间里，倒是可以好好想想最近发生了什么事，有什么话题可讲。市场疲软，政治方面，官方声称那卷录音带被抹掉了，阿拉伯世界为了支持以色列已经对西方国家实行石油禁运的制裁，说不准很快，美国就得实行石油配给制。这么一想，最近的事还真是不适合在宴会上讨论。大家都想这一段特殊时期赶紧过去。

因为冬天的缘故，乡村俱乐部已经关门三个月了，没人会在大冷天出门打网球或者高尔夫。但也许还有一些人在打美式乒乓球吧。电视里倒是会在每周末转播高中或者大学橄榄球比赛赛事——都是很有趣的体育话题。纽约巨人队再一次让大家失望，没能兑现之前的承诺；麦斯队之前一直表现不错，但是这个赛季表现平平；流浪者队据说是今年的黑马。

神学，当然，放在哪个教区里，都只是一套形而上学的理论，没有实际意义。有什么可谈论的呢？问问有谁参加了冬季捐衣活动？和大家一起议论某个牧师，或者牧师的布道辞？

除了以上，当然还能谈其他的，比如本地的房产税啊，行政委员啊，政府会议啊。但是这些话题可聊的内容有限，聊过之后，要聊什么呢？如果你遇上一个满脸胡楂还有红眼病的男人非要和你讨论非洲艺术和高级哺乳动物雌雄同体的话题，你又该怎么说呢？

以前，艾琳娜在宴会上遇到过这样一个男人，他接受了某种心理治疗，被关在无窗的会议室里，待了三天，一直在听宇宙间天体运行声音的录音，据说是有助于提高工作效率。这个男人几乎不怎么参加新伽南的社交活动，艾琳娜在邮局遇见了他，后来也在诺沃克[①]和他共进晚餐，两个人并没有进行深入交谈，只是聊一些可有可无的话题。这样看来，正常的社交就是应该谈一些没什么实质内容的话题。

在宴会上，最恰当也是唯一不会出岔子的话题就是八卦。越烂俗越好。艾琳娜也学过别人八卦的样子，和大家议论银草中心里的病人，八卦白领犯罪，八卦家长里短。就当本杰明把车停在哈尔福德家前面的上坡路时，艾琳娜突然意识到，现在，她即将成为八卦的主题。她将携手身边这个已经背叛她的男人一同出现在邻里面前。大家会怎么说？一定会猜艾琳娜·胡德究竟知不知道她丈夫出轨的事。艾琳娜就像个孤单的老处女，一个住在河边小镇的老处女，她身上的尿味儿，就是她的香水。

另外，也许胡德说得对，每个人都撒谎，婚姻的本质就是欺瞒彼此，背地里给对方戴绿帽子，情妇和情夫，遍地都是。认清现实不可怕，我们仍旧回到温馨的家里面，把自己打扮得人模狗样，像往常一样爱护着我们的孩子，给他们我们未曾拥有的宠爱。然后，

---

① 位于美国加利福尼亚州。

我们再去外面花天酒地，过潇洒人生。

巴氏大楼[①]里的英雄们最近过得可不太好——萧索的大楼，破旧的旅馆——难道生活本身不是一种讽刺吗？四位英雄，美国有史以来最伟大的四位英雄遇到了麻烦，爱情和工作都不顺利。连载杂志第140期的封面上画着毁灭者的形象。差不多一年前的保罗·胡德还是一个愣头小子，但现在不是了，漫画传递出的精髓在潜移默化中让保罗成长了不少。漫威[②]的故事里——苏·理查兹，本姓斯通的隐形女和她的丈夫神奇先生里德·理查兹最近在闹分居。隐形女独自一人带着两人的孩子富兰克林住在乡下，只有让丈夫认识到家庭的责任是什么，她才会回去，神奇先生不能只顾工作不顾家庭。在这期间，新的人物英雄美杜莎代替隐形女加入了神奇四侠。美杜莎是出生于西藏的异人族，也是隐形女的弟弟，霹雳火约翰尼·斯通的情人水晶的表亲。她的武器就是她的头发。最近出现了神奇四侠的劲敌——恐惧四魔。

巴氏大楼内气氛凝重。理查兹最近武力值有所下降；克里斯尔

① 美国漫威漫画《神奇四侠》中主人公们神奇四侠的基地。

② 漫威漫画公司是美国的漫画巨头，它创建于1939年，塑造了蜘蛛侠、钢铁侠、美国队长、雷神托尔、绿巨人、黑寡妇、金刚狼、神奇四侠、恶灵骑士、蚁人等八千多名漫画角色和复仇者联盟、X战警、银河护卫队等超级英雄团队及神盾局等组织团队。

特没有和约翰尼·斯通结婚，反倒是和别人在一起了；苏一直担心儿子的精神状况，里德则担心着苏；约翰尼一心念着克里斯尔特；石头人本杰明·格瑞姆则担心他自己。

喜欢恐惧四魔的读者近来可有的看了。保罗·胡德是漫画的狂热粉丝。当然，连载中的故事是不会和前八十回重合的，尤其是在漫画的创作者斯坦·李和杰克·科比掌权漫威的时候。故事还是一如既往的精彩。1961年，《神奇四侠》的第一篇故事，大战鼹鼠人问世了。那个时候保罗的妹妹，温蒂也才出生不久。仔细想想，说不准是温蒂的出生带来了神奇四侠的诞生。那两年斯坦·李在干什么呢？反正胡德一家人是一直在追漫威的漫画。估计李也是没日没夜地搞创作吧。

斯坦福德[①]火车站旁的报摊上，保罗正在色情杂志后面的旋转架子上找漫画。第141期在向他招手，标题竟然写着“神奇四侠的终结”。封面上画着面容痛苦的苏抱着她被辐射了的儿子，叫喊道：“富兰克林像个原子弹一样在发光！”

当然，除了漫威，保罗也看D.C.[②]的漫画，蝙蝠侠和美国正义联盟之类的。关于漫威，他还关注蜘蛛侠、钢铁侠、X战警、绿巨

① 美国康涅狄格州西南部城市。

② D.C.漫画公司是美国与漫威漫画公司齐名的漫画巨头，创建于1934年。

人、复仇者联盟，他也会关注恐惧四魔这样的衍生剧情。这些他都看过，他的涉猎一向广泛。不过他更喜欢蝙蝠侠：蝙蝠侠的能力并不是超自然的力量，这位英雄完全凭借自己的才智与财力拯救世界。超人呢，更象征着一种道德力量；绿巨人有些骄傲自大；雷神托尔让你看过之后也想穿越到那个时代穿一穿漫画里那种宽袍大袖的衣服。

为什么这么钟情《神奇四侠》呢？第一，保罗不能否认，他的父亲和石头人本杰明·格瑞姆重名。保罗小时候，常常以为父亲就是石头人：五短身材，丑陋无比，自怨自艾。父亲时不常就会在家里大发脾气，样子像是一个愚蠢的巨人。如果父亲在厕所地板上发现一团湿毛巾，他便会怒气冲冲地去保罗的房间里质问他是不是他扔在那儿的。楼上任何一点小的噪声，都会惹得他站在一楼楼梯口大声地冲二楼叫嚷。有的时候，父亲也会因为自己的粗鲁而道歉。但道歉又有什么用呢？他还是像石头人，厌恶这个世界，厌恶人类，厌恶自己的家庭。不过，他爱孩子和家里的狗。

保罗的母亲艾琳娜呢，则像是隐形女，虽然有的时候她也像水晶，像个预言家。有的时候他觉得父亲也像那个科学家神奇先生里德·理查兹，觉得自己像蜘蛛侠彼得·帕克。这些人物，尤其是神奇四侠，他们犯错也好，结盟也好，斗争也好，反抗也好，他们的故事里也讲述了现实生活中每个家庭会遇到的事。保罗只有在看漫画的时候，才能暂时忘掉新伽南，镇上好像每天都在上演乡间情景剧。

说到情景剧，周二的晚上，就是三天前，感恩节放假的前一天晚上，保罗的室友都在寝室里看电视，他则在公共休息室里待着。这里是圣彼得高中，保罗的学校。休息室放着个画有红鼻子鲁道夫[①]的盒子。好像每年大家都提前准备圣诞节。不知道是谁关了灯，休息室里的学生们凑在一起，到底是哪些学生凑在一起并不重要。

“胡德，”有个同学叫他，“胡德，你怎么了？”

“别说话，集中注意，快吸。”

突然，保罗感觉到身边有人坐了过来。是贝尔，卡拉·贝尔，是喜欢鲁道夫、能歌善舞、品学兼优的卡拉·贝尔坐在他身边。他感觉贝尔在关心他。贝尔，圣彼得最勇敢的姑娘之一，此刻正靠在灰色的沙发上，试图安抚看上去不大对劲的他。保罗顺势把她搂进怀中，感觉好多了。保罗呻吟了一声。

“好了，好孩子，”贝尔安抚道，“好了好了。”

贝尔母性的一面此刻展露无遗。

“我也不喜欢感恩节，”她说，“谁不讨厌呢？你为什么想回家呢？不过，也是，留在这里也不见得多有趣，对吧？”

---

① 童话中麋鹿的名字，先因长了红鼻子而自卑，后因红鼻子成为麋鹿英雄。

保罗知道，她说的没错。圣彼得高中，东部有钱人家都把孩子送到这里来，应该说把他们关在这儿，等着他们上大学。贝尔的母亲得了绝症，肿瘤。保罗听她说过。圣彼得这儿的学生家长，可不是会围在感恩节餐桌旁和子女共享天伦之乐的人，他们情愿去吞安眠药，他们的孩子也正常不到哪里去，不是要上吊就是买豪车，然后再把豪车开进海里去。这群孩子唯一的亲人就是信托公司的办事员。是的，他们的家庭不幸福，不幸福，但是富有。

“闭嘴！”又有一个人说道。

保罗听不见他们说什么，他环着卡拉，静静地坐在一旁。保罗希望这个拥抱能带来不一样的改变。在幻觉中，他模糊地感觉屋子里的人都痛苦地拥抱在一起，他感觉周围的人都在欢笑。看来光拥抱还是没有什么用。

于是他把手伸向贝尔粉色的衬衫，当下，保罗感受到一种温暖，他发现自己沉迷其中，无法自拔。贝尔并没有做出什么反应，既没有示意他继续，也没有阻止他。保罗那双迷离的眼睛看到，整个屋子里——全是红色的点。

“我知道的，”贝尔说道，“我知道，我懂的。”

之后，保罗做了那晚唯一一件理智的事。他推开贝尔，逃离了休息室。他飞似的逃离了现场，等着他的羞辱感慢慢散去。

故事之间都是有联系的，就好像漫威的漫画世界里，超级英雄的故事之间也是有联系的——《复仇者联盟》[1]里的英雄潜水海员纳摩就在《神奇四侠》里出现过。漫画中塑造的世界和角色同现实生活里的社会及人物可以相提并论，比如在保罗的幻想里，在他构建的漫威世界里，他的父母给他安排了一桩和政府高官联姻的婚事。温蒂暗地里勾引的一个艺术收藏家，同时也是一名业余核物理学家，将来会成为保罗的手下。这个物理学家还有一个身份，来自巴尔干半岛[2]的间谍，他还秘密筹划如何把本杰明·胡德的事业弄垮。这么多人物一起出场，同时存在。在他的漫威世界里，卡拉·贝尔也会出现在保罗搭乘的火车上，坐在他身边，告诉他一直以来她都深爱着他。接着，火车会被一群拿着长矛的康涅狄格州土著劫持，然后像红鼻子鲁道夫一样，保罗挺身而出，击败了为祸一方的雪人，最后尼克松出场，进行调停。

保罗虽然喜欢漫画，他的父亲却是恨极了这种东西。一想到他从沙克利施维墨证券公司辛辛苦苦赚来的钱要送到漫威那些人的口袋里去，本杰明就很恼火。或许，是因为他跟石头人一样脾气暴躁吧，本杰明可不喜欢别人说他和那个怪东西不仅同名，而且性格相

① 复仇者联盟是美国漫威漫画旗下超级英雄团队，初次登场于《复仇者联盟》第1期（1963年9月），由编剧斯坦·李和画家杰克·科比联合创造，被称为“地球上最强超级英雄组合”。

② 巴尔干半岛是一个历史和地理上的名词，用以描述欧洲的东南隅位于亚得里亚海和黑海之间的陆地。

似。本杰明不止讨厌漫画，他还讨厌保罗那一头略长的鬈发，讨厌保罗的孤僻，讨厌保罗不爱运动的习惯。实际上，保罗参加了合唱团和电台广播俱乐部，网球也打得不错。但本杰明就是看不惯这个儿子。

所以保罗也放弃让父亲喜欢自己的想法。他和瘾君子混在一起。保罗是个白痴！垃圾！瘾君子们彼此都是这么称呼的。保罗会买牛至和肉豆蔻这些植物养着。他服用安眠酮[①]，还服用过量的感冒药。他会吃牵牛花的种子，琢磨那些隐晦的歌词，他还和室友养了两只长尾小鹦鹉，一只叫阿拉贡，一只叫盖拉德丽尔。他喜欢看《纳尼亚传奇》[②]，他会买暗黑系的海报和挂毯，他平时也喜欢薰香，喜欢戴线框眼镜，玩军事策略类游戏。穿衬衫的时候总会留一截下摆在外面，他喜欢穿花呢夹克衫和卡其裤。就像今天，他也这么穿着出了门，衬衫下摆在风中摇曳，好似飘扬在风中的国旗。

斯坦福德坐落在95号州际高速路附近，地势平坦开阔。火车站前有一片圆柱形建筑，是政府的解困房，再远处能看到斯坦福德的高层办公大厦，这让保罗联想到神奇四侠的基地巴氏大楼，想到超级英雄

---

① 功能主治：临床用于镇静、催眠。

② 英国作家C.S.刘易斯创作的一套儿童游历冒险系列小说。

们从大楼上出发，决心与大反派安尼西鲁斯[①]决一死战的样子。

火车进站了，保罗上车，坐在了四位座席中靠窗的位子上，把脚伸到对面的座位上。他突然意识到自己似乎又买错了票，他总是闹这样的笑话。检票员过来补票。

“你什么意思，查尔斯？”保罗戏谑地打量着检票员。

检票员面无表情地看着他。

“很抱歉，是我的失误。麻烦换张去中央车站[②]的票。”

保罗又想到学校了。基特里奇窝囊废，学校里的人都是这么叫他和他的朋友的。不过在寝室里他们不这么称呼彼此，毕竟这个绰号听上去廉价，低级，毫无朝气。保罗上了两年高中，他在学校里交到的朋友都有一个特点，就是平庸，保罗也是如此。他从不参加任何体育校队，不是摇滚乐手，也不是学校年鉴杂志的摄影师。说白了，他，没什么魅力可言。他还——和大多数人不一样——没有参加格林尼治乡村节或者新伽南乡村节，甚至不参与任何热闹的地方活动。所谓窝囊废，就是一群没有追求的行尸走肉。学校里其他孩子都彼此认识，可能在楠塔基特岛[③]度假时遇到过，或者在网球

---

① 安尼西鲁斯，来自宇宙的昆虫。经过长时间的进化而拥有了无穷的智慧和强大的战斗力。同时它还有着毁灭一切、主宰一切的疯狂欲望和野心。神奇四侠联手也难以压制的恐怖对手。

② 位于纽约曼哈顿。

③ 位于美国马萨诸塞州东南沿海的岛屿。

夏令营集训里认识的，再或者他们都是知名校友、金融大鳄的继承人。基特里奇窝囊废，则是底层的渣滓。

对于窝囊废来说，青春期跟判了死刑没区别。如果能度过一个有意义的下午，那简直是了不得。对他们来说，醉生梦死才是生活的意义所在。对于他们来说，生活只有性解放、出去鬼混、被老师抓住训话、再出去鬼混、喝得酩酊大醉。他们欺负低年级的学生，把痛苦和失意加注在弱势群体上。

基特里奇窝囊废这个绰号的出处是什么不得而知。可以肯定的是，在圣彼得，这个团体里包括女生，除了卡拉·贝尔之外，还有克里斯蒂娜·惠特曼和她的室友黛碧·瓦特格楠。黛碧期待着和基特里奇窝囊废中的小伙子们谈一场柏拉图式恋爱，她会和男孩子在周六的晚上偷溜出去共度一晚（当然，这是违反校规的）。按顺序，还没轮到保罗。第一号是哈尔·弗罗斯特，当然也是一个窝囊废。他是第一个弄脏她床单的人！第一个和她共浴的人！第一个见到她父母的人！也是第一个有负罪感的人。后来的那几天，黛碧都没有和弗罗斯特讲过话。什么自由恋爱？什么革命？都是狗屁。

窝囊废这个团体在不断壮大。弗朗西斯·张伯伦·达文波特，保罗最要好的朋友，就是基特里奇窝囊废团体的老成员，哈尔·福斯特也是。此外还有克里斯蒂娜、黛碧、佩妮·贝尔维迪尔、约翰尼·王尔德、麦克·罗素还有一些低年级的同学。他们相处得不错，也在彼此需要的时候——比如，去食堂的时候如果落了单，看见食堂里有其他窝囊废在——他们便会结伴一起。火车路过格林尼治[①]的时候，保罗·胡德想，窝囊废这个团体带给自己不少慰藉。

有一个话题，窝囊废团体里的人从来都不谈——爱。这群孩子都来自破碎的家庭，在“爱”的定义下，可以说，他们都是孤儿。他们对爱一无所知。保罗曾睡过——用圣彼得学生的口吻说——艾琳·贝克尔，不过春末夏初的时候，她又和他的室友斯坦·辛克莱搞在一起了。有时候保罗回寝室的时候会不小心撞见他们在一起——两个人假装在睡觉；艾琳紧紧捂住被揉乱的连衣裙。保罗不甘心，他决定反击。

某天晚上，他说服艾琳和他在科教楼里空无一人的阅读室见面。他知道艾琳对贞操没什么概念。“从你和辛克莱在一起之后，我就茶饭不思。”保罗说道，“我都伤心死了。”保罗跪在地上，和她腰间齐平。艾琳其实想要再往前走一步，不过她不能。她一直在说，在她离开他回到斯坦·辛克莱身边前一直颤抖着说：“保罗·胡德，你在这方面一定是个天才。”

火车呼啸着驶过佩勒姆[②]。窗外的高速路上，双向行驶的车道上

① 美国康涅狄格州西南部的一个城镇。

② 位于美国东南部的亚拉巴马州。

都塞满了车。车灯和街灯在风雪中显得孤单无助。

比起爱，保罗可能对旋转发动机的了解更多。但也不代表他什么也不懂。虽然他觉得和别人相比，他出行更愿意带瓶胶水；尽管他曾把他的那玩意儿放进宿管大爷养的猫的牛奶食盆里，甚至各种寻求刺激的书他都读过，他还看过达文波特那本卷了角的印度性爱圣经。他知道什么是爱。他会继续了解爱。他不想变得像他父母一样可悲。

保罗要去见学校里的一位女同学莱贝茨·凯西，这位姑娘可不像窝囊废组织里的其他人那样，不同于卡拉·贝尔，也就是说她是一个保守的姑娘，她在圣彼得教会社团里做过慈善工作，她的父母对她管教也没有那么约束。保罗为之着迷。他突然觉得，对贝尔或者黛碧他只是喜欢，可是莱贝茨，他想要得到她，他想要得到这个穿着貂皮大衣和水蓝色牛仔裤的姑娘。保罗的脑子里从早到晚想的都是莱贝茨，他还把她的名字写进作文里，甚至每天晚上在电台为她点歌。

过去的两年里，保罗几乎每个下午都是和达文波特、弗罗斯特和布伦丹·吉尔福德待在一起，他们一起交换音乐唱片，一起值日打扫，一起分享趣事和笑话；他们都会用吉他演奏相同的曲子，连好恶习惯都十分相近。

即便如此，保罗很清楚，这样的兄弟情总有一天会走到尽头，他知道这个被别人称为窝囊废的团体总有一天会解散，只不过人生中仅有一次的年华里有这样一群玩伴，也算难得。九月的时候，达文波特在他的生日聚会上宣称自己就是“窝囊废团体的头头”——当时的他喝得酩酊大醉，加之宵禁时间就要到了，宴会上的人都没理会他的胡话。这件事后来成了笑话，一个让人觉得当失败者也可以很潇洒的笑话。于是，大家开始纷纷给自己起头衔，像神奇四侠那种的，关乎权力、地位和影响力的头衔。

火车上的乘客们看上去百无聊赖，均是四仰八叉地瘫坐在座位上，行李也随意地摆在一旁。保罗总是丢三落四的，从别人那里借来的雨伞、杂志和手表基本上都会被保罗弄丢。保罗慎重地拿起《神奇四侠》的第141期连载和《摇滚乐》11月刊，对他来说这两本杂志堪比宗教圣书。火车轰隆隆地驶进97号大街的终点站。伴随着液压制动的声音，乘客们纷纷走下火车。保罗很享受独自出门的感觉，只身一人，轻装简出，无牵无挂。

中央车站的人并不多。巨大的柯达广告牌上定格着一家人围在圣诞树下团圆幸福的一刻。保罗寻了个靠墙的位置，抬起头，仰望着天花板上的星象图。保罗以前就喜欢这么干，复杂得很纯粹的星座图形似有震撼人心的作用，它们好似来自另一个次元的神秘力量，好似从古穿今的超级英雄。

少了平常来往匆匆的旅客，此刻车站的客厅很是空旷——一群戴着廉价眼镜、面无表情的小贩兜售着书籍和唱片，把保罗衬托得像个正气凛然的斗士。

身处繁华上东区[①]的莱贝茨·凯西，才是保罗的终点站。莱贝茨的父亲没有工作，那样的人物也不需要工作，在纽约的中心地段，人家开了家事务所，自己给自己发工资。工作的主要内容就是用纯金开信刀查阅信件，想想午饭要和谁去吃什么，下午要和哪家大公司的董事人去打打网球。所以，莱贝茨也不用工作。这就是真真正正的无所事事——人家不需要一份朝九晚五的正式工作。凯西的家族事业多跟艺术有关。他们一家子给现代艺术博物馆[②]捐了不少立体主义的画作，并且均是由莱贝茨颇有艺术天分的祖母亲自挑选的。大画家施尔德·哈森[③]和托马斯·埃金斯[④]也是由凯西家族资助成名的。与其说收藏是一种事业，倒不如说是种消遣。莱贝茨的母亲在大都会艺术博物馆[⑤]工作，她的哥哥姐姐们则在世界各地工作，不是艺术品史学家就是艺廊老板。

930号的门卫们没有询问也没有通报，把保罗拦在了门口。保罗

---

① 纽约曼哈顿的富人区。

② 纽约市的曼哈顿中城的博物馆，也是世界上最杰出的现代艺术收藏之一。

③ 美国画家，印象主义画派代表人物。

④ 美国的现实主义画家、摄影师、雕塑家、美术教育家，被认为是19世纪美国最杰出的艺术家。

⑤ 美国最大的艺术博物馆，也是世界著名博物馆。

在想这些门卫会不会也和莱贝茨喝酒谈天，毕竟这姑娘左右逢源，和谁都能聊上两句。她不仅性格好，而且仪态得体。她认识中央公园[1]里玩乐队的年轻人，也认识公园里拾马粪的亚当·彭坡，他捡马粪是为了给他坐落在市中心的房子的后花园施肥。930号的门卫们都留着长发，脸上挂着狡黠的笑容，他们笑起来的样子就和他们跑腿的工作性质一样，让人觉得多余。这些另类的门卫当然清楚自己和莱贝茨家的差距，但他们明白富人也是人，所以就算富人们“纡尊降贵”和他们聊天攀谈，他们也不会感到惊讶。

其中一个门卫问保罗，是不是莱贝茨家要开派对。

保罗摇摇头，支支吾吾回答着。

凯西家的电梯开门了，是的，他们家有四层楼，当然有电梯。保罗随手把打火机放在前厅的椅子上，他的心开始怦怦地跳了起来，因为他看见——莱贝茨穿着朴素的裙子走出了电梯，空气中弥漫着她用的爽肤水的香气，荡漾着她迷人的微笑。前厅里霎时间静得出奇，只能听见电视机的声音。前厅里陈列着东方的古董、哥伦比亚的罐子还有几幅美国印象派的画。莱贝茨看上去心情愉悦。

“太棒了，我们在等你！”她说。

---

① 坐落在高楼林立的曼哈顿中心，是纽约这座繁华都市中一片静谧休闲之地。

我们？我们在等你？复数的表达暗示了另一个人的存在，认识到这一点时，保罗立马打了个激灵。我们？怎么回事？莱贝茨欢快地走过他的身旁进入到客厅，保罗稀里糊涂地跟了上去。电梯门缓缓地关上，保罗看见了跟着莱贝茨走出电梯的那个人，弗朗西斯·张伯伦·达文波特。

保罗的幻想瞬间破灭了。

“有空儿你得看看这本书，胡德，”保罗的出现并没有打扰到达文波特享受，“你得看点书，好知道生活的艰辛。像我自己，我就经常看阿尔戈·希斯[1]的书。”

“你非要在这种地方吸吗？生怕别人不知道是吗？”

“瞧你怕的，小宝贝儿，早有准备，怕什么。”

莱贝茨在客厅里转来转去，看上去很焦躁。保罗突然好奇，莱贝茨和达文波特是不是有一腿，在他不知道的时候，是不是已经搞过了？莱贝茨这样有教养的姑娘不可能不知道达文波特是什么德行。

“走着瞧。”保罗说。

“说什么？”莱贝茨说道。

“没什么，就是，外面的雪下得可真不小。”保罗回答道，“那个盒子上放着什么？”

① 美国作家，著有《尼克松传》。

“《迷失太空》，《星际迷航》[1]系列中的一部。”

“哦，对对，”保罗说，“有这么一部，那些人，带着闪闪发光的塑料帽子，那个叫史密斯的……”

一旁的达文波特像拆炸弹那样小心翼翼地卷起烟卷。

“嘿，小胡，”达文波特喊道，“就说你呢，年轻的骑士，喝点蜂蜜酒好吗？年轻人，出发吧，给我们拿点蜂蜜酒吧！”

“在储藏室里。”说着，莱贝茨给保罗指了指储藏室的方向。

保罗不情愿地走出客厅，顺着莱贝茨指的方向，他瞥见了凯西家族的画像——莱贝茨是六个儿女中最小的一个，坐在父亲的腿上——这幅画占据了客厅大半的墙壁。

“不是往那儿走，”莱贝茨靠在客厅的门框上提醒保罗，“往右转，往那边去。”

“哦，我就是看看，”保罗说，“我只是好奇随便看看。”

储藏室里空无一人，倒也十分整洁。一看就是有钱人家的下人们打理得井井有条的结果。想到这一层，保罗不免有些难过，屋子里若是没有蟑螂老鼠、指纹汗渍、弄脏的窗帘、涂鸦和噪声，还算什么家。

保罗在这里像个外人，达文波特甚至没有跟他打招呼。他很清

---

① 《星际迷航》是由美国派拉蒙影视制作的科幻影视系列。

楚自己是多余的，就像他清楚康涅狄格州夏日的天空是淡蓝色的一样。保罗在储藏室里转来转去，觉得生活就是这么单调乏味，永远不会有奇迹发生，永远不会有任何改变——如果有变化，那大概是它会变得更糟。达文波特则觉得自己魅力不够。他想和朋友们亲近一些，他想要保罗的袜子、他的唱片、他的家庭作业、他标准的核心家庭（父母双亲外加一双儿女），他甚至想要胡德家的基因。保罗和达文波特是极为要好的朋友。所谓友谊就是这么回事。

保罗盘算出了新点子。他从冰箱里拿出六瓶冰镇喜力[①]啤酒，离开了储藏室。

“弗朗西斯能用牙起开啤酒，”莱贝茨笑嘻嘻地说道，“谁都知道他有这个能耐，简直要成了他的绝技了！”保罗之前也学着达文波特试过几次，只不过没开成还闹了笑话。于是保罗学着用钥匙撬开瓶盖，这么做至少不会弄伤自己。现在他正准备用后槽牙开一瓶喜力。

“这个太紧了，查尔斯。”

达文波特又开了两瓶，递给保罗和莱贝茨，接着又点了支烟。

“天寒地冻，怕是什么都要被冻住了。”达文波特幽幽地说道，“冻得结结实实的。”

---

① 荷兰啤酒品牌。

“喂，保罗，”莱贝茨说道，“你打算好什么时候回家了吗？”

三个人凑在一起聊天气，聊降温，一起猜什么时候会封路——大雪封路，就叫不到出租车，飞机也会停飞。莱贝茨把电视打开，但是把声音调小了——他们热火朝天地聊着。

三个人频频举杯，就好像他们的使命就是尽快消灭这些伤身之物。

无论四时如何轮转，无论风雨如何飘摇，外界的变化对保罗来说总是新奇的。现在，那本《六个危机》又引起保罗的注意力。他张大嘴，感慨道：“尼克松的大阴谋啊！”接着，他又开始袒露自己的秘密——祖父母的离世，从前偷过自行车的劣迹，父亲酗酒，没能参加圣彼得的足球校队，初中时被母亲逼着穿紧身裤参加选美——加在一起正好也是六件事。突然，他觉得任何人的人生如果好好归结一番，都符合“六个危机”模式。莱贝茨的人生，达文波特的人生，包括那条老狗戴斯，都能沾上边。然后保罗又想到了水门事件，哦，这个，得算第七个危机了。

“去他妈的。”他咒骂道。

“我们在这儿坐了多久了？”莱贝茨问道，“腿都坐麻了。”

“大概有六七分钟吧，”达文波特回道，“谁知道呢？”

“还剩多少啤酒啊？”保罗问道。

达文波特凑到保罗身前，伸出手捅了捅他。

“我们怎么会知道？你才是最清楚的那个啊，管家！”

达文波特的话引得大家哈哈大笑。保罗只得起身去拿啤酒，他想会不会是达文波特和莱贝茨故意给他下套，想要摆脱他。越来越明显，他俩就是不待见他。从他们的表情上就可以看出来，挤眉弄眼的，一定在搞鬼。上次保罗去拿酒的时候就这么猜测了，不过他的脑子一向不怎么灵光，没法琢磨得太深。

第二轮酒喝得比第一轮快多了。保罗故意喝慢一点，让达文波特喝掉本该属于自己的那几瓶。莱贝茨倒没在意自己喝了多少，只要坐在这里，她就很开心。

保罗找了借口离开。

他之前想到的那个点子不是什么高明的主意，他只是下意识地想这么干。保罗走向了洗手间，他发现，洗手间的装修风格和凯西夫妇的年龄和地位相匹配。薰衣草味道的壳牌[①]肥皂——家家都用壳牌肥皂——摆在瓷质的皂盒上。洗手间里贴着薰衣草花纹的墙纸。香皂、墙纸、卫生纸和擦手巾都是配套的。不过保罗的鬼点子打在凯西家的药柜上面。他打开一瞧，看见里面有一些带香味的冲洗器、痔疮膏，还有一些处方药：镇静剂、安定、速可眠，还有止痛剂。

① 荷兰皇家壳牌集团，是目前世界第一大石油公司，总部位于荷兰海牙和英国伦敦，由荷兰皇家石油与英国的壳牌两家公司合并组成。

保罗的注意力最后停在速可眠上。

他已经试过各种花样了。比如，他习惯在手表上的秒针指向12的时候开始（水池附近有一块上发条的钟表），在第二次指向12的时候结束。他还喜欢随意地翻看圣彼得的年鉴，翻到哪一页就意淫哪一页上的姑娘。

一次，他翻到了莱贝茨。那一次的经历实在是难忘，他发觉没有办法意淫这样可爱的姑娘。他试过多种润滑剂，身体乳、爽肤水、唇膏，都不行。结果证明，莱贝茨这个姑娘对他而言很特殊。这样特殊的姑娘，让今时今日、此时此刻的保罗觉得进行下去太困难了。

有一束光射过来。他能感受到每一寸肌肤都沐浴在光线里。这种事情对于保罗·胡德来说是排解生活中困苦烦闷的手段。然而最美妙的高潮不是感受到快感——而是感受空虚，告诫自己不再沉溺情欲。想到此处，一阵敲门声打断了他。

“老兄，”达文波特在门外喊道，“你躲在里面干什么？你不在，我们无聊死了。快出来，别鬼鬼祟祟的了，老兄。”

保罗怔住了。“达文波特是不是真的——”

“我就是觉得恶心，想吐，弗朗西斯。”

保罗看着那“家伙”慢慢软下去——“我一会儿给你们拿点东西看。”

“好，别在里边待太久。里面要是有什么乐子，别忘了跟我们说，我们也要参加！”

保罗深吸一口气，整理了一番，走出洗手间。电视里放着《星际迷航》。

“干什么去了，这么长时间？”莱贝茨问道。

“看看你家的药柜，”保罗说道。“你父母可放了不少好东西。”

“你找到什么了？”达文波特问道。

“等会儿，”莱贝茨赶忙说道，“你们不是拿了那些不该拿的处方药吧？”

“没有，宝贝儿，我们没这个打算。”达文波特深吸了一口，故意把烟憋在肺里，这样一来，声音听上去沧桑了不少。“不过，你可别说你在里面什么都没干啊，近水楼台还没摸点什么回来吗？你也算是美国人？”

“药柜里东西不少，”保罗回道，“好多种药，安眠药，镇静剂什么的。”

保罗横躺在沙发上。

“那可是长生不老的灵药啊，”达文波特说道，“和酒混着吃，会有意想不到的效果哦。”

“我得去看看。”莱贝茨说，“我要去看看。”

莱贝茨一走，达文波特的态度立刻就变了。真是奇怪了，他又变得友好亲切起来。一下子，他和保罗又好似老朋友一样，他们一起经历过一些事，还会聊一些荤段子。达文波特的脑子也不聪明，胡子长得倒是很多——保罗还是喜欢这个朋友的。

两个人又聊起了感恩节。达文波特家的哥哥姐姐们和他一样，都是领养来的。达文波特最小的姐姐志在风尘，动不动就去时代广场附近泡吧。他最小的哥哥呢，则是身心发育不健全，近来好像肝脏又出了毛病，进了医院。这些孩子中，哪一个能接管达文波特家的产业呢？哪一个能打理他们家海岛上的避暑别墅呢？弗朗西斯·张伯伦·达文波特，达文波特家继承人之一，想做一名心理学家。

“感恩节到底有什么可感恩的？”达文波特问道，“因为印第安玉米打折吗？因为要吃火鸡吗？因为街上会放《三角洲黎明》[①]吗？查尔斯，你会唱吗？”

说着，两个男孩儿笑着唱了起来，《三角洲黎明》其中的一句，“比利，不要变成英雄。”

“好吧，好吧，”莱贝茨回来了，“那儿是放着不少东西，拿一点估计也不会被发现。那么，我们要吃哪一种呢？”

“当然是速可眠。”保罗说道。

“有用就行，我不挑。”达文波特说道。

---

① 著名英文乡村音乐。

“你说，跟酒混在一起，不会，嗯，你知道的，会不会有问题啊？”

“看看保质期。”保罗说道，“看上去应该没事儿。”

年轻人冲动起来哪里管得了那么多，保罗猜得没错，很快三个人就挤进洗手间里，围着药柜转悠，最后还是选择了处方药。拿到药片的时候，莱贝茨的双手还在颤抖。保罗看到她这么激动，不禁抚上她的肩头，她柔软芳香的肩头。不知她是否察觉到了保罗的动作。酒精的后遗症，他们仨都醉了。

达文波特用近乎崇拜的眼神盯着那些胶囊，仿佛一个找到好酒的红酒收藏家。

保罗放了一片在舌头底下。

没想到这么容易，这么容易让达文波特着了他的道，这叫保罗有点失望。长远来看，最迟一个礼拜，他们又会和解。

“嘿，小妞，你吃半颗就够了，”保罗对莱贝茨说，“用橙汁或者别的什么东西把药送下去吧，嗯？你不用和我们服一样的剂量。”

“你们俩想糊弄我，是不是？”莱贝茨委屈地说道，看上去快要哭出来了。保罗摇了摇头，努力地安抚她。莱贝茨最终还是整颗吞了下去。

“真的是。”达文波特说，“你觉得一会儿你倒在这里，我俩会怎么办？”

达文波特不怀好意地笑了起来。莱贝茨要胸有胸，要屁股有屁股——实际上，她的线条真的不错。毛衣底下，一定藏着一副美丽的躯体。两男一女，达文波特盘算着。她的父母最近这几天都不在家。不行，保罗不能同意，他肯定会护着她。莱贝茨这个姑娘比她自己想象得还要平易近人。她让胡德和达文波特这样的窝囊废来她家里玩耍，已经足够证明她的宽厚体贴了。感恩节是吗？说来要感谢上帝身边有莱贝茨这样特别的姑娘；感谢上帝让他在每周五早上的第一节课和丽萨偷偷喝上一整瓶红酒；感谢上帝，能和劳拉、戴夫一起去糖果店买小麦奶球；感谢上帝身旁有窝囊废组织里的兄弟们陪伴。

“哎呀，”达文波特说，“以前我们喜欢追求头脑空空的傻姑娘，现在口味全变了！”

时间过得飞快。外面的世界照旧运转。保罗把他的药片藏在了窗户旁边的花盆里。啤酒让他感觉晕乎乎的。是不是还有什么决定要做？晚上要不要去酒吧玩玩？《教父》[①]会拍续集吗？隐形女会回到神奇先生身边吗？保罗满脑子都是这些虚幻的想法，外界在他

① 《教父》是由弗朗西斯·福特·科波拉执导，马龙·白兰度主演的黑帮电影，于1972年3月24日在美国上映。该片改编自马里奥·普佐的同名小说，讲述了以维托·唐·科莱昂为首的黑帮家族的发展过程以及科莱昂的小儿子迈克如何接任父亲成为黑帮首领的故事。

眼里就像是一团乱麻，有些想法在脑中闪过，而后又马上消失。保罗看到躺在沙发上的达文波特，沙发前的电视机在静音模式下放着《桑福德和儿子》[①]。保罗没想到毫不费劲地就成功了，简直太容易了，看样子达文波特没有个12小时是起不来了。

“莱贝茨，我是个性急的人，我……”保罗说。

“嗯？我们去客厅聊吧，就让他在这儿睡吧。”

“他没事的，总会醒的。”

“那要不我们去吃点东西？”

但，保罗和莱贝茨没有就这样留下达文波特一个人。

“你说气温还会下降吗？”保罗问莱贝茨。

“我只知道，今晚会下雪。”莱贝茨回道，“恐怕还会冷下去。”

“最后一班去斯坦福德的火车是……我得赶上末班车回去，不然我就完蛋了。”

保罗打开凯西家族画像旁边的电灯，和莱贝茨坐在地板上聊起天。在学校电台工作的时候，保罗就时常给陌生女同学写纸条，那些追到手的女孩儿也会被他写在名单上，到手之后就把名字扯下来烧掉。他总是在独处时陷入莫大的痛苦之中，而他蠢蠢欲动的情愫就像太阳黑子一样不定什么时候就会爆发。他牵起了莱贝茨的

① 美国搞笑电视剧，于1971年开始放送。

手——她没有拒绝——保罗知道她在等他说点什么。保罗想放弃他一向严苛的标准，他想和莱贝茨并排躺在高尔夫球场上；他想在报纸上戳个洞，躲在洞眼后面观察她；他想组建一个幸福的家庭，绝不要像现在这样。

“回到你房间去吧。”

“什么？”莱贝茨问。

“我想给你看看我的版画。”

“版画？”

“开玩笑啦，”他回道，“走吧，就是想和你去那儿聊会儿，想跟你诉诉苦。”

莱贝茨一时犹豫不决。

“嘿，莱贝茨，你并没有做错什么，是不是？你不是因为害怕独自面对我才叫达文波特来你家的，对吗？你并不是讨厌让我来你家，对吗？因为我远道而来，所以你明白我的用心，不会有那些想法的对吗，莱贝茨？”

第二章

Part 2

20世纪60年代时兴的颜色如今看来已经过时了。抱歉，此处请让我插句嘴，谈点别的话题。过去，南康涅狄格州的家庭主妇们偏爱如霓虹般绚烂的色彩，不过1973年之后，她们开始喜欢更低调的大地色系。我们可以看到帷帐、针织物等居家用品上图案越来越简单，尽管颜色搭配仍是灰色、薰衣草和褐色的拼接。1972年全国家庭时尚联盟先锋奖的获得者维拉·诺依曼可谓是色彩搭配的大师。现在的装饰材料，因大多都是合成的，所以比过去更耐用了。塑料也走进了千家万户，咖啡桌、厨房用品、家用电器——都少不了塑料。

粗线毛毯都有着落叶一般的颜色，因为制造工艺的精进，现在也能展现出时髦的花样，故而在新伽南，粗线毛毯十分受欢迎。它的功用太多了——容纳灰尘、嚼过的口香糖，传播病菌的跳蚤、蚂蚁和蠹虫、纸屑。正因为它的存在，才显得出吸尘器的必要性。在客厅这个舞台上，单人座椅也代替了传统的沙发。无论是雕塑还是建筑都提倡运用极简的原始元素，单色，光滑，简洁。单人座椅也是一样，造型精巧，线条流畅，拆卸和重组都十分方便。所以，传统的沙发——连同双人沙发、长沙发和躺椅——都被淘汰了。

本杰明·胡德牵起艾琳娜的手的时候，突然就想起了时尚——他注意到妻子的戒指，还有手上一道道红色的口子。她有必要涂一下护手霜。夫妻二人迈进哈尔福德家的门槛，来到前厅，内置一尊硕大的雕像——一个工字梁状的雕像拧成奇怪的角度——引得过往的邻居纷纷驻足观赏。胡德意识到了一件事：他的领结过时了。

桃乐西和罗伯特·哈尔福德家的客厅里，此刻挤满了身着毛衣的客人，也有少数几人穿着老式的花呢外套，但是都没有打领结。如果胡德能好好斟酌一下穿着，他可能会选择大翻领衬衫而不是领结。他怎么就出门前系上了领结呢？他怎么就这么蠢呢？胡德毕竟还是没穿拖鞋之类的来配西装，也没有穿对襟西装或是没有熨烫过的裤子。他精心挑选的丝质领结结果变成了最大的笑话。数月之前，本杰明·胡德还十分确定他一直紧跟潮流，但是现在，他知道自己落伍了。他穿错了衣服，在邻居面前丢了脸，他妻子穿得倒是得体大方，是他害得妻子面上无光。

哈尔福德家的女士们，胡德仔细留意了一下，大多选择了长裙或者及膝的半身裙，端庄得体，优雅大方。上半身也都不约而同地选择了毛衣，海马毛的，开司米羊绒的，羊毛的。毛衣、毛衣、毛衣，还有珍珠首饰。

桃乐西·哈尔福德走进了客厅，玉手轻抬，向大家问好。今天的桃乐西穿着薄纱打底衫，外加蓝灰撞色针织衫，下面配着一条灰色法兰绒紧身裤，头上戴着一顶黑丝绒贝雷帽，虽是素颜，却因为别出心裁的装扮而显得俏皮可人，纯良天真。桃乐西在这充满情欲的房间里显得无比纯洁，她完全没注意到她的客人，胡德一家人正打算出去，她也没听出来他们热络的寒暄里带着一丝丝不耐烦。

“本杰明！艾琳娜！太棒了，太棒了，见到你们简直太棒了！”

桃乐西走上前去，暧昧地在本杰明的耳侧行了亲吻礼，又给了艾琳娜一个结结实实的拥抱，然后端起了左边的沙拉碗，递到胡德面前。

“有兴趣玩一局吗？”

胡德一时没明白过来这碗是什么意思。他以为这是个玩笑，类似于“你听说斯皮罗的事儿了吗？哈哈哈哈哈！或者你听到玛丽的妈妈对杰克说什么了吗？哈哈哈哈哈！”这样的笑话——胡德打算在没理解笑点的情况下尴尬地附和两声。不过，当他看见碗里的东西时，他明白了。里面装着各种各样的房子钥匙。桃乐西搅弄它们的时候，发出了叮叮当当的响声。桃乐西看向本杰明和艾琳娜——本杰明能明白她的意思。桃乐西看到胡德夫妇的表情就像是牙医寻找病患隐疾时的表情。

“必须出于自愿，当然不会强求。外套可以放在右手边的书房里。”

“哦，糟糕，”艾琳娜笑着说道，“我好像落下了——”

“你不是放——”

“车里，落在车里了。”艾琳娜连忙说道。

“是的，没错，”本杰明明白了妻子的意思，“我们很快就回来，桃乐西。”

胡德刚来没过多一会儿，就又离开了。胡德家的车还停在哈尔福德家的车道上，风挡玻璃上已经冻上了霜。旁边停着邻居家的凯迪拉克、宝马，还有一大堆甲壳虫。有不少开着豪车的邻居来到哈尔福德家做客，但是看到院内除去停车的地方就是积雪和污泥，所以只得倒出来，回到山谷路上，把车停到路边。

有一段时间了。这个钥匙游戏早几年就有了，那个时候汽车还没现在这么普及。这只是个假设：这个游戏可能是由一群挤在老旧公寓里不修边幅的教授们根据波西米亚式狂欢和嬉皮士风格的色情文学想出来的，或者是一群对性的概念模糊的人想出来的。不过，就像再怎么无厘头的想法也会被广泛传播一样，这个游戏最终来到了这片土地上。

也许这个游戏最先兴起于长岛[①]，然后传入新泽西、伯纳兹维尔、普林斯顿，或者兴起于韦斯切斯特[②]，甚至是更北面的波士顿郊

① 美国纽约东南部岛屿。

② 美国伊利诺伊州东北部城市。

区，又或许是起源于电影人和艺术家扎堆的加利福尼亚。无论它兴起于哪里，怎么传播开来的，是自西向东还是从南到北，都不重要了，唯一能确定的就是这个游戏于20世纪70年代早期传到费尔菲尔德县的。

规则简单得有些骇人。男士们把家里的钥匙放在一起——统一挂起来或者放在餐台或者主人卧室里的床边上——女士，在当晚宴会结束的时候，任选一串，选中谁家的钥匙晚上就去谁家过夜。这个游戏说白了就是为了尝个新鲜。有时男士们会看着女士们去选钥匙，脸上会不自觉地泄露他们心底的想法——激动，欣喜，暗示，失望，沮丧；有时女士们也会用黑丝袜蒙上眼睛乱选。有的时候迫不得已也得硬着头皮接受当晚的艳遇对象。

在新伽南，这个游戏对于那些结婚多年的夫妇来说就像是小男孩第一次在字典中看到手淫这个字眼后迫不及待地想尝试一番的事物一样。1972年，阿米蒂奇家办宴会的时候，也玩了这个游戏，来自两家竞争激烈的律师事务所的对手睡了对方的老婆；关系要好的女人们也会分享同一个男人的秘密。

有了第一次，就会有第二次。换妻游戏，好似一张针织挂毯，家家户户好似毯子上的毛线，一根一根蔓延开来却又紧密地交织在一起，阿米蒂奇夫妇、索耶斯夫妇、汉密尔顿夫妇、斯蒂尔夫妇、博伊尔斯夫妇、杰克布森夫妇、戈蒙夫妇、厄尔夫妇、雷根夫妇、博朗夫妇、克莱德夫妇、米勒夫妇，还有许多人家都在这张挂毯上。不管怎么换，大家对晚上的事情都缄口不言——受虐等私密的细节没人会透露；事实上，阿米蒂奇家的两口子还像往常一样如胶似漆，走在街上都带着得意的表情。有那么一两天，他们又重新找到了新鲜感。

玩游戏的人事后都不会到处乱说，不过是在鸡尾酒会、网球场等地方时不时地谈论那些火热的夜晚中他们发现的秘密。安妮·伯克利告诉玛利亚·史密斯，玛利亚又告诉穆拉·卜瑞恩，穆拉又告诉她的丈夫泌尿科医生菲尔·卜瑞恩，但其实菲尔已经在给斯蒂夫·伯克利看病的时候就知道了伯克利前列腺肥大的事情，伯克利回家又告诉安妮。消息总是这样传来传去——从概率上来说，不管是有序地还是无序地传递，经过归纳、推理、演绎、总结——最后都会变成中伤他人的谣传。尽管如此，人们还是抑制不住。分享这种私密会让人上瘾，就像这游戏虽然有违伦理，但就是让人欲罢不能。

本杰明和艾琳娜怎么会这么愚蠢？他们早就应该猜到的。虽然邀请函上没有写明会有这游戏，但是字里行间确是给了暗示。生存在食物链中的人怎么会不知道邀请函里的潜规则？胡德一家人没参加过游戏，并不是因为他们认为这事儿太龌龊不屑于参加，而是因为没人邀请过他们。

不管怎么说，本杰明盘算着，艾琳娜不会是个抢手货。

他又开始纠结他的领结了。他正对着车里褪了一半霜的后视镜解下领结，摘掉那个丑东西后，他才终于松了口气。

“现在可不是玩这种游戏的好时候。”艾琳娜说。

胡德尽量让自己不去在意妻子的情绪。他掏出手帕，开始擦驾驶座旁上霜的玻璃。

“简直是胡闹。”她又说道。

“我明白，我明白。早知如此，我们应该找个借口不来，去看电影也不来这里了。帮我开一下仪表盘旁边的小柜子。”

艾琳娜打开了小柜子。

“要什么？”艾琳娜问道。

胡德在妻子冰冷的注视下抽出了几张纸。今天艾琳娜没有戴眼镜，大概是之前和胡德在家里吵架的时候随手摘掉了。（曾经有段时间艾琳娜戴隐形眼镜，但是戴的时候总是会混进去脏东西。要不就会掉出来，弄得艾琳娜不得不趴在毛毯上细细地找。）

“我想我们露过脸了，不用一直待在这儿——我们再去打声招呼，就回家吧。”

他知道这不是妻子的心里话。

“真讨厌，本——”

“亲爱的，我不会为了今晚上和别人家的老婆睡觉而待在这里。来谈谈吧。我们不是为这个游戏来这儿的，对吧？我们就是以邻居的身份过来做客，所以没什么大不了，就是，邻居。”

“你打算——”

“我没有。”

“我知道你的小心思，你在钥匙上做了记号，这样你把钥匙放进去，珍妮就会知道哪一个是你的，然后回到家我就会看见你们两个搞在一起。温蒂在家！她能听见！然后保罗回来，他也能听见，接着我捉奸在床，看见你们两个翻云覆雨，颠鸾倒凤，我会抓到你——”

艾琳娜说着说着，越发沮丧，脸上挂着惨兮兮的笑容——胡德认为她这副受着气还微笑的模样打小就有，跟她家庭有关——对，她现在竟然在笑。这种笑法，让人不寒而栗，一看就知道笑的人没打什么好主意。不过艾琳娜还是哭了，她的鼻子红了。她揉了揉眼睛。

“艾琳娜。”胡德说。

他伸出手握紧妻子的手。

“不是你想的那样，”他说，“我没那么想，亲爱的。真的，真的，我没有那么想。而且我也不好受，我一点也不好受，我知道我做了一些我不应该做的事，我也不知道是怎么了。所以今晚我什么也不会做，艾琳娜。我起誓……我保证。”

“好吧，听你这样说，我舒服多了。我很开心，你能这么说。”

胡德没有说话，把空调从除霜模式调制常温，热气瞬间从通风管里呼呼地吹了出来。

“你认为你用你的方式保护了我，但实际上你并没有。”艾琳娜说，“我不需要你的保护，不需要。”

“哦，你就是为了生气而生气，是吗。”

“呵，住在银草中心附近……今天晚上你倒是把话说开了。告诉你，我不是收益模型，你想分析就分析，你觉得我怎么样就怎么样。如果你想回哈尔福德家，那就回去。我懒得理你。”

艾琳娜下了车，披上六成涤纶、四成棉的雨衣，砰的一声把车门甩上——关美国车车门都得使点劲儿——留下胡德一个人在车内。

胡德再次打开小柜子，拿出一个小酒瓶，朝着妻子离去的方向漫不经心地举起了酒瓶，算是敬她一杯。

胡德的酒量好得连自己也佩服，但是自欺欺人的能力就差远了。他说的谎话人家一听就能知道他在撒谎，就像刚才他竭力掩饰自己想参加游戏，想为自己辩白，但艾琳娜一听就知道他的花花肠子。他再一次举起了小酒瓶——在空调的吹拂下，现在瓶身已经很热了——他暂时不去想那个游戏及其滑稽的后果。胡德好像没有拐杖的瞎子、没有翅膀的小鸟。他管不了那许多了，他要回宴会上去了。

他跟着艾琳娜走进哈尔福德家。宴会上人们喝得烂醉如泥，欢乐的气氛渐渐被推向了高潮。胡德立刻受到感染，也跟着愉悦起来。他艰难地穿过拥挤的人流，路过索耶斯一家人——他们正站在大门口和桃乐西·哈尔福德聊着天——胡德停了下来，参与到热烈的讨论中。他的目标，其实是那只碗。

“能够参与进来，真是太荣幸了。”胡德含糊地说道。他颇有仪式感地把他家的钥匙扔给桃乐西——随手一丢——好像桃乐西是泊车小弟一般，而桃乐西，一时没反应过来，惊讶地张开她那裹了一层唇膏的嘴唇，然后马上伸出碗去接那串钥匙。钥匙掉在碗中，落在其他钥匙上，发出清脆的声响。桃乐西皱了皱眉，索耶斯一家人默默看着好戏。

猥琐的火苗一闪即逝，大家又恢复玩乐的状态。客厅里有很多胡德不认识的夫妇，他们的脸上都挂着下流的微笑，粗鄙地谈论着外面的暴风雪、那个碗、这个宴会和他们交过的好运。胡德在客厅碰上了同事乔治·克莱尔。本杰明本来是要去拿杯喝的，尽管他觉得自己已有喝多的趋势，舌头变得僵硬，话也有点说不利索。然后，扎着蝴蝶结领结、身穿海军蓝法兰绒运动上衣的克莱尔出现在他面前。胡德看见艾琳娜往哈尔福德家的厨房走过去了，他本打算走过去跟妻子再道个歉的，结果被克莱尔打断了。克莱尔身上总有一种微弱的难闻的香水味，胡德想不明白怎么会有这么臭的香水。

沙克利施维墨证券公司的办公地是那条街上最别致最富创造

性的建筑。胡德没有摄入任何致幻的饮品，但他总觉得他越来越像——午饭时间到三一教堂[①]，和教堂里失业的音乐家交朋友，并且能读懂摇滚乐专辑内页暗藏的信息。就连老板沙克利和施维墨也时不时去三一教堂转转。两位老板都反对越战，他们有着同样的政治观点。

说起这两位老板，都是蓄着胡子的哈佛高才生，看上去是思想古板的正教信仰者，实际上是世俗的新教信徒。有时，他们不会扎领带，穿上学生时代破烂的花呢校服。有时他们会自己在熟食店里打发午饭，然后给负责接线的女同事带一份三明治。

他们有什么特别的呢？他们比任何人都要聪明。沙克利和施维墨能有今日的成就，全靠两个人非凡的胆魄。最初，证券市场靠的是一群铁哥们儿撑起来的。寄宿学校里或者乡村俱乐部里的好哥们儿凑在一起，开个公司，就是证券公司了。但是感情好又解决不了业务问题。沙克利和施维墨和其他合伙人一样，碰上了各种专业的问题——信贷、资产、分期偿还、红利、季度收益等。一点市场分析，外加跟紧行情公司也就成了。沙克利还亲自策划了公司的广告

① 纽约三一教堂位于纽约市曼哈顿下城的百老汇大道79号（百老汇大道与华尔街的交汇处），是圣公会纽约教区的一座古老的堂区教堂。

宣传并由麦迪逊大道[①]上收费最高的广告公司负责执行。公司宣传册里必须印上每个员工的简介，并且是每人一页，印上正脸照片，以及员工的学历和工作简历。

胡德记得，那是1969年，他的信息也在册子里，想起来有点小骄傲，但也有点难为情。“本杰明·保罗·胡德，1957年毕业于达特茅斯学院[②]，1958—1965年于波士顿证券事务所工作，1965年至今于沙克利施维墨证券公司工作。商学院毕业的本杰明是一位专业过硬的人才，对传媒业和娱乐业的金融分析无人能及。”下面用黑色字体印着公司的宣传标语。沙克利施维墨——挑战传统的新势力。

广告打出去几天后，胡德都没有见到街坊们有任何反响，就好像宣传册里的内页都被人撕掉了，或者印刷错误导致内页破损一样。没人谈论胡德。好吧，也许镇上的某位理发师聊过那么两句，再算上一个清洁女工，顶多就是这样了。胡德也考虑过问题会不会出在他的照片上。大家是不是不喜欢他不均匀的肤色和满脸的雀斑。大家是不是觉得他那双猥琐的小眼睛和布丁上的葡萄干一样多余。拍照的时候，同事们硬是要他穿紧身衬衫：为了照张相，胡德

---

① 纽约曼哈顿区的一条著名大街，美国许多广告公司的总部都集中在这条街上，因此这条街逐渐成了美国广告业的代名词。

② 达特茅斯学院成立于1769年，是美国历史最悠久的世界著名学院之一，也是闻名遐迩的私立八大常春藤联盟之一。

差点没窒息。因为不光是衣服紧，领子也很紧，领带打得也有点糟糕，就连艾琳娜都不满意他的宣传照。

乔治·克莱尔在那之后的不久，也是1969年，加入了公司。彼时的他24岁，是哈佛大学的文科学士、工商管理硕士。来公司的那一年，他开始留胡子。那时的他喜欢买手肘处缝有拼接布块的花呢夹克。

克莱尔带来了一种全新的金融观。虽然他对拉美借贷文化的看法比较古板，但是他在电影、音乐、体育方面的兴趣感染了全公司。“你要相信！”秋季麦斯队争夺锦标旗的时候，克莱尔如是说。“你要相信！”秘书说自己停在楼下的车被拖走的时候，克莱尔如是说。“你要相信！”他同沙克利讨论周末棒球比赛时，和施维墨讨论尼克松在水门事件中发挥的作用时，克莱尔如是说。

当时有部电影叫作《巴黎的最后一支探戈》。“尺度最大的一部电影。”克莱尔一边用小手指掏着耳朵，一边对他的秘书讲道。“尺度特别大哦！”克莱尔脸上的表情可以说要多猥琐就有多猥琐。他甚至走下楼去跟销售代表推销这部片子。“沙克特，你看过《最后一支探戈》吗？这部片子尺度相当的大！”正在讲电话的沙克特只得放下电话，冲他挥挥手，示意不要再讲了，然后对电话另一头的某基金公司说道：“克莱尔在讲《最后一支探戈》，说尺度特别大。”

克莱尔来公司不久后，胡德开始被同事孤立。他的股票分析、经济走势——突然之间大家都不想让他在例会上做报告。销售部的人说他掌握的季度收益数据不正确，在他背后再次查验胡德的数据，质问他是从哪里查到的资料。就好像，胡德不是在汇报工作，而是在讲笑话。渐渐地，胡德发现他真的被大家孤立了。沙克利后来亲自负责胡德的工作，他也把胡德叫去办公室，让他好好借鉴其他公司的报表，认真计算收益之类的。

办公室排挤问题越发严重，尤其是克莱尔开始讨论《最后一支探戈》之后。胡德没有逢人就说美国银行如何如何——克莱尔的工作内容。克莱尔喜欢电影，他是办公室里第一个对家用录影带和超8毫米胶片感兴趣的人，是第一个提出杂志摊的选址十分重要的人。克莱尔在周例会上开始汇报传媒业和娱乐业股票的情况。他的目的不是要做跨领域研究——他是想取代本杰明·胡德，胡德的奖金，胡德的办公室，胡德这个人。克莱尔在宣传册上的照片照得十分抢眼，就像时尚画报上面的男模一样光鲜。一个哈佛毕业的工商管理硕士，会打橄榄球，有一双封面男模般目光深邃的眼睛，怎么会不招人喜欢呢？1971年，克莱尔的宣传页加入了公司的年鉴，胡德察觉事情越发不对劲了。没人叫他去重要的聚餐，也没人叫他出席重要的会议。他越来越明显地感受到办公室内不正常的气氛。不过被忽略也有被忽略的好处：胡德可以优哉游哉地读年度报告；他从公司的资料库里借一个星期的资料不还也没人管；没事的时候玩玩拼字游戏，办公室里再没有接进任何电话。他当然知道这样下去不会有什么好结果，但是他没告诉艾琳娜，也没跟朋友商量，更不想管未来如何。他不能跟同事撕破脸，不能抱怨。他知道前面等着他的是什么。

每天清晨洗脸的时候，胡德望着镜中的自己，对自己说他绝不会变成乔治·克莱尔那样的小人，一定不会踩着他人上位。如果他还能回去工作——是的，他回不去了，他收到了解雇邮件——如果他能回去，他会成为一名宽容大度的领导，无论公司里的人干着多么不起眼的工作，他都会和他们成为知心朋友，然后回到办公室对秘书大喊大叫："你个蠢货，再去倒一杯咖啡来！"

"克莱尔！乔治·克莱尔，"胡德说着从银色的冰桶里夹出了一块冰块，放到杯中，"真是没想到啊。"

"本杰明！"

两个人紧紧握住了对方的手。克莱尔虽面色如常，但笑容中隐隐透露着些许讶异。

"你怎么会在新伽南哪？"

"真是太有意思了，本杰明，我刚才还和几位投资商聊天——你懂的，投机那点事儿——投资包装厂。就是海运的时候用泡沫聚乙烯包装货物，你知道的，用这种材料，货物绝对不会受到一丝一毫的损伤。能想到用这种东西做包装材料真是了不起啊！说起来，你的邻居，吉姆·威廉姆斯，是他想出来这么棒的主意的！真是太有意思了！”

克莱尔微微举起酒杯。本杰明一下子就看明白了：里面装的不过是苏打水，但别人会误以为是琴酒。胡德的脸涨红了。克莱尔和吉姆·威廉姆斯现在是一条船上的家伙，这让本杰明觉得这个世界充满讽刺，大家伙追名逐利，时而自私，时而慷慨，每个人复杂又多面，心里总是计算着不可告人的勾当，做事之前从不考虑会不会伤害到别人——又或许这就是人类社会的规律呢，阴谋和瞎折腾就是社会的本质，就像尼克松的水门丑闻一样。

不管怎样，胡德都厌恶乔治·克莱尔。厌恶至极。克莱尔是真真正正的乡下小人：这么说他，跟他的学历背景、文化底蕴没有关系。胡德想一把扯下克莱尔脖子上干净的蝴蝶结领结，然后给他一顿胖揍。

“哦，这样啊，”本杰明说，“真是太巧了，吉姆是个梦想家，他总有本事把他的奇思妙想变成现实。”

“太对了！听着，本，看过电影《驱魔人》[①]吗？小说改编的那

① 由华纳兄弟影片公司于1973年12月26日推出的一部现代恐怖电影，该片改编自威廉·彼得·布雷迪的同名小说。

个，看了吗？觉得怎么样？会不会大卖？”

“我不觉得，”胡德说，“主人公就是个小姑娘，那种邪灵，祭祀的东西，不是说那个小女孩儿被印度邪灵附体，然后又说什么祖先啊，驱魔什么的吗？这种东西，我觉得不太会火，乔治，我跟你说，我现在喜欢看灾难片，还有曲棍球比赛。”

胡德知道聊到这里，就差不多没话说了——接下来，就是找借口离开了。克莱尔和他自己都彼此生厌，懒得多言。估计接下来就是，两个人异口同声地说：“行，老兄，和你聊聊真好，我们回见。”或者假装看到了某个熟人，趁机走开。总之，先离开的那个，算赢。所以胡德刚才聊天的时候就一直在寻找熟人。就在他说到比赛两个字的时候，他看见了他的情妇，珍妮·威廉姆斯，那个聚乙烯泡沫天才的有着魔鬼身材的老婆，正路过一间挤满人的房间门口。

“啊，老兄，”胡德说，“我得——”

他还没说完，就发现克莱尔早就转过身和穆拉·卜瑞恩聊泌尿系统的问题去了。

珍妮穿着黑色的低胸丝绸睡衣，没有戴胸罩，胸口处别着绿松石珠子。她妖娆地倚在一旁，一边品着手中的美酒，一边用手整饬真丝睡衣的领口。她今天画着大地色系的妆容，头发柔顺地散落下来，却并不凌乱。胡德看到这样的画面，不禁情动，珍妮手里握着那把能打开他的车的钥匙。不过情欲刚被挑起，就熄灭了。他想起了今天下午被珍妮抛弃的惨样。

珍妮装作对秋千——一座铁制的秋千，上面趴着一只哈尔福德家的小猫——旁边的花瓶感兴趣。

胡德像一个被冷落的情人，委屈地朝珍妮走过去。

“哦，老天是你，本杰明，”珍妮开口说道，手指摆弄着胸前的绿松石珠子，“原来你在这里。”

“呵，别告诉我你现在才看见我，你跑去哪儿了？”

“你说什么呢？”

“别跟我装糊涂，珍妮。”胡德在她耳旁轻声说道，他觉得体内有种抑制不住的情感将要冲出来，有一种隐秘的冲动没法停下来，仿佛他说出来的每一个词都在宣泄情感。他突然觉得自己要哭了。

“老天爷，你把我晾在你家，我没头没脑的，就穿着内裤，傻等了一个多小时。要是有人突然回来，开灯看见我那副模样，要是路过的人看见我在你家，天啊……你干什么去了？”

珍妮喝了一口酒，然后把酒杯放在花瓶旁边。

“就是想起来有件事儿没办。”

“你什么意思？什么事？我是说——”

“听着，本杰明·胡德，在你……在你出现在我的生命里之前，我是有事情要做的，而且遇到你之前，我有那么一两个相好的，不是说，我是你的玩具或是什么。我想起来有事没做，自然要去做。吉姆没回来之前，我得买点东西，就这么点事，明白了吧。”

哈尔福德家的小猫懒洋洋地趴在他们面前的椅子上看着他们。胡德的脸几乎要贴上珍妮的脸。胡德说道：“我不知道该怎么办，你说吉姆，我以为你——”

“你什么样都跟我没关系，本杰明，我——”

“你怎么能这么对我……”

说到这里，本杰明也没有接着说下去。两个人都没有再继续，反倒是看着路过的人听他们谈论纽约麦斯队、石油危机、水门事件、东家长李家短。屋内依旧吵吵闹闹，不过气氛没有之前那样热烈了。

珍妮点燃一支香烟，吸了起来。

“我最近不太顺，”胡德说，“你知道，艾琳娜最近闹脾气，办公室那边也不太好，应该说情况很糟糕。珍妮，我希望你别再添乱了，我不知道你为什么非要这么对我。我现在，要指望你了。”

“我添什么乱了？”珍妮说，“情况是，糟糕，然后呢？我告诉你，本杰明，你家里那个……你的老婆，没有比别人差到哪儿去，当然也没好到哪儿去。在我家，我们还分居呢，分居，分房，分楼上楼下，什么都分。我没指望跟你待一个下午就能改变我的生活。我也没打算为了你，毁了我的家庭、我的地位，我没必要听你的碎碎念，你明白吗？”

“为什么不早一点说？我还以为——”

“我——”

“既然这样，你给我留下那条吊带袜，什么意思？”

“什么吊带袜？老天爷，我出去买东西，给你留什么袜子。吉姆回来之前，我得给家里买点东西，我就记得这么多。行吗？我的回答你满意吗？你以为你是谁？检察官还是什么？还有你说吊带袜到底什么意思？”

“算了。”胡德说。

“等等——”

“我以为你消失，是躲起来了，我以为你——”

“我什么？”

胡德慢慢地喝了一口酒。他越发站不稳了，他觉得自己像具行尸走肉，生活艰难，工作不顺，他却以此为乐。

“我找遍了你家。我以为你躲在窗帘旁边，或是衣柜里。我以为你还在家里。我以为你在跟我玩。我去洗手间，看见了吊带袜。我以为那是你给我留下的线索，让我去找你。我以为，你知道，线索，你知道吧。我找遍了，就这样。”

“你没事吧，本杰明，我放在那里是为了晾干它。就是放在那儿晾着的。你把我袜子怎么了？”

胡德听到情妇这么说，或者说被情妇这样贬损，不但没觉得丢脸，反而感到好玩。他希望被人发现他的把柄，他想让别人知道他出轨、他偷情，最好还看清他的本质，一个彻头彻尾的骗子。他突然想起他曾经说过的谎话，想过他考试作过的弊。

“我拿着你的吊带袜，塞回到你的衣柜里了，跟你的那些蕾丝衣服、内裤胸罩袜子什么的，放在一起了。”

“你真的是，本杰明，瞧瞧你，做事颠三倒四，总是添乱。你老婆去哪儿了？”

“我不知道，她，今天一直不高兴。估计在厨房呢，指不定琢磨怎么收拾我呢。”

胡德绝望地扯开嘴角。

胡德和珍妮朝沙发走去，几个穿着花呢衬衫、双面针织裤的街坊正坐在那里谈天。戴夫·戈尔曼，新伽南大事小情都知道的家伙，正在试图通过阅读小说来吸引他身旁年轻美女的注意。“欢迎来到猴屋！”显然，没人知道他在说什么，坐在沙发另一端的人甚至没听清他的话。

“本杰明，来，尝尝。保证让你把烦恼抛到九霄云外。来，试试。”

戈尔曼咧着嘴嘿嘿地笑起来。

“谢了，戴夫。”胡德礼貌地摆摆手，表示拒绝。下一秒，戈尔曼出其不意，将烟卷塞进胡德的嘴中。本杰明含着小巧芳香的烟卷，轻轻吸入，让烟雾慢慢囤积在肺中，就像电视和电影里演的那样，不能马上吐出来。

“好家伙。”胡德被呛得咳嗽，吐出来的烟雾，不偏不倚，全喷在了珍妮脸上。

“这当然是好家伙。”戈尔曼说道，“这里面有麻醉酊的成分。我都会含上好一会儿呢。它还——”

“里面有什么？”

“别怕，本，就是——”

“戴夫，你真是——”

胡德一手撑着沙发，一手扶着珍妮颤颤巍巍地站起身，赶忙向吧台走去，他要再拿杯喝的。

在嘈杂的聊天声中，胡德听到了管弦乐的声音，分辨出其中有中提琴的声音。他又给自己倒了杯酒，脑海中反复出现一个名字，米尔顿·弗莱德曼。他听到房内的宾客过于夸张地吹捧这位经济学家，因为米尔顿反对尼克松冻结工资和物价的经济政策，他认为既然废除了社会保险，就应该出台一些真正有效的政策，减少政府在教育方面的投入，废除最低薪资制度。

“政府的解决方案本身就有问题。”胡德用勺子一勺一勺地往杯中舀酒时，听见米尔顿说道，“要控制机票的价格，只有这样，才能改变现状。看看加利福尼亚，加利福尼亚州有自己的州内航线，机票的价格都是自己定的。对比从萨克拉门托[1]飞洛杉矶和从洛杉矶飞里诺[2]——距离差不多。但你看机票钱差了多少！加州内的票价也就是政府定价的百分之六十。”

胡德可怜的秘书曼德琳坐在那群人中间，不得不听他们说这些胡话。她正用焦糖色的口红对着小镜子补妆。杰克·莫勒林，弗莱德曼的支持者，在他发表演说的时候，醉醺醺地盯着曼德琳的宽松阔腿裤。

“供、需……放宽政策就对了，”莫勒林说，“少一点限制。”

说起自由放任政策，屋内支持的声音越来越高。几步之外，波比·哈斯凯尔站在壁炉旁边夸夸其谈讲着网球的事，说任何的联盟都是劳动独裁。话题又聊到了体育行业中的反垄断。

弗莱德曼和哈斯凯尔的话在胡德听来就像是二重唱，实际上，周遭谈论着经济的声音，在胡德听来都像是一场剧情复杂的歌剧：生育问题、进出口问题、政府预算、财政问题等。弗莱德曼还提到了货币政策、住房问题、耐用品、产业问题、汽车销量等投资、市场之类的话题。胡德已经喝多了，他觉得房内墙壁上的涡纹花纹和

---

① 加利福尼亚州的首府。

② 美国内华达州西部城市。

各种颜色杂糅在一起，而那些金融政府什么的问题在他听来都像音乐。美国经济的起落，在新伽南变成了一曲铿锵顿挫的乐曲。是一个犹太经济学家撰写出来的乐曲。

胡德利用最后一点理智想明白了一件事：人，每个人，个体像是散落在各地的种子，从遥远的欧洲飘到美利坚的种子。胡德独自一人在屋里转来转去，身边没有任何人陪伴——没有艾琳娜，没有珍妮，没有乔治·克莱尔，也没有戴夫·戈尔曼（现在已经瘫倒在沙发上了）——这样一想，被孤立这件事也没那么难受了。他其实像不会和陌生人聊天的艾琳娜一样孤独，像在荒芜的新大陆上狩猎的野人一样孤寂。

珍妮现在也不知所踪。乔治·克莱尔也不见了踪影。剩下的这些人，胡德都不认识。他看着窗外昏黄的路灯下，白雪一点一点地累积起来。房间的角落里，有那么一瞬，胡德以为自己看见了巴蒂·哈克特。

电视节目。从《恋爱学期》到《美式做派》，从《贝纳克》到《电视购物指南》，电视可谓是温蒂·胡德的避风港。她还喜欢给陌生人打电话——她不想写作业的时候，早上父母还没起床或者已经出门礼拜的时候，傍晚，她一个人待在家的时候。

温蒂还喜欢看《芝麻街》[1]，虽然她早就过了那个年纪，她喜欢里面夸张的木偶，还有插播的各种广告。说到广告，可以说广告仿佛要占领地球一般无处不在，漫画书和青少年杂志上都充斥着广告。温蒂喜欢看电视，因为她觉得只有看电视的时候，她能回归到最原始的自己。她还喜欢反复看《飞翔的修女》[2]《绿色的田野》[3]《家庭事务》[4]。她喜欢吉尼·赖博恩[5]、蒙提·哈尔[6]。不过要说她的最爱，还属周六晚上放映恐怖电影的节目——《恐怖电影院》和《生物特写》。

《恐怖电影院》的画面效果制作得特别精良，特别是那只石头做的六指大手——每到播广告的时间就会出现，旁边陪衬着一根光秃秃的大树，借此显现那只奇怪的手有多么巨大——手指微微扭动，同时播放一段语音提醒大家广告时间不要转台——是悠长、低沉的男声，仿佛荒芜的草原上传来的瘆人的邪恶之声。

---

① 《芝麻街》是美国公共广播协会（PBS）制作播出的儿童教育电视节目，该节目于1969年11月10日在全国教育电视台（PBS的前身）上首次播出。

② 美国喜剧电影。

③ 美国家庭喜剧。

④ 1937年美国乔治·导演电影。

⑤ 演员，主要作品《我又遇见了我的爱人》。

⑥ 美籍加拿大裔节目主持人。

多数时间，温蒂都是自己看电视，以前她都是依偎在哥哥保罗身边看鬼片的。星期五的晚上，温蒂裹了张毯子坐在书房的壁炉旁，外面的雪越下越大，呼啸而过的寒风像是小成本电影里的配乐。电视里放着下期预告。温蒂对这种相似——天气和鬼片一样瘆人——早已习以为常。

周日的主日学校，温蒂上了一半就溜了。温蒂的妈妈总是希望她能在宗教的问题上保持虔诚和坚定。所有的邻居都去主日学校，偏偏温蒂讨厌那些死板的规矩，比如周日起大早去礼拜——温蒂不是起不来床——只是讨厌穿上烦琐又不舒服的宗教服装，讨厌祷告时不能说一句话，讨厌毫无逻辑的宗教教条。每次艾琳娜给她灌输大道理的时候，温蒂想的都是千万不能和她妈一样。因为她妈一开口就是抱怨东抱怨西的，不抱怨的时候就基本不说话了，不说话的时候呢，你跟她说话她也听不见，就像是聋了或者陷入了昏迷状态一样。在温蒂看来，镇上的人都知道艾琳娜・胡德的不幸，无论是认识温蒂的商店老板，还是街头告诉温蒂天冷多穿衣服的实习交警，还是儿子是足球校队明星的警察。单是胡德一家还不够，必须让全镇的人都知道她生活得有多么不幸。

塞莉完全可能把这件事传遍整个萨克森中学。她上八年级。因为她没有参与这件事，所以公之于众对她来说没有影响。她还可以以一个在场观众的身份对其加以指责，同时闭口不谈自己为什么会出现在那儿。温蒂从没想过，就是在最无聊的代数课上她也没想过，黛比会因为她有反应，她又不是蜂鸟。但她确实憧憬，跟镇上的人都搞好关系，除了乡村俱乐部那种活动，平时也能和大家打成一片。另外，温蒂享受这种离经叛道的做法，虽然有损名声。

果不其然，塞莉在学校里到处散布这件事，她添油加醋地说温蒂是如何挑逗刺激黛比的，批评温蒂是如何如何变态。温蒂很快被扣上了婊子的帽子，她的臭名不仅在萨克森中学传播开来，连马路对面的高中部都知道了。二十米开外，温蒂都能知道那群受欢迎的女孩三三两两地凑在一起嚼她的舌根。现在，塞莉待在萨克森的图书馆，这地方安静偏僻，她没去星期五晚上高中部那边男女共同参加的体育活动，主要是避开温蒂·胡德。黛比·阿蒂米奇是温蒂的死党，但是温蒂没有那么喜欢这个朋友。黛比是个悲观主义者。

电视里在放广告，温蒂又换了个频道，《一周电影》，一群穷凶极恶的匪徒把一名女性锁在通风的箱子里，并将其活埋，然后蚂蚁成群结队爬在这名女性身上。

温蒂正看得起劲，电话响了。是保罗。

“天气预报说天气不太好，”他说，“有暴风雪，高速路和旁边的小路都封了。”

温蒂倒没听说这事，但她看见外面在下雪。

“嗯，你觉得我现在回家方便吗？还是应该再等等？要知道，从中央车站开回家的最后一趟车，是十一点过十分。”

温蒂告诉哥哥爸妈都出去参加聚会了，等不到他回来就会上床呼呼大睡，也就是说，没法去车站接保罗。她建议保罗打辆车，想什么时候回都成。

“就是这样，没人能接你，”温蒂说，“打车回来吧。”

“但是现在谁还相信天气预报呢。”保罗说。

他还问温蒂在做什么。温蒂告诉他她在看活埋女人的电影，那个女人正在电视里凄厉地号叫，说着她还模仿起了尖叫。

“今天可是周五，你不会就打算在家里待着了吧？”

“我有我的计划。”温蒂答道。

没头没脑的，保罗叫了她一声小丫头之后就挂了电话。总是这样，保罗挂电话前的声音听起来很孤单，这让温蒂想起父亲挂电话的时候从来不说“再见”，总是抢先第一个挂断。

温蒂还想告诉保罗她很想念他，跟他说学校里关于她的流言，跟他说自己是怎么挺过来的。虽然之前她也给保罗写过信跟哥哥诉苦，但是他从没回过，温蒂想是不是他压根没收到。保罗一直比她聪明。兄妹俩没讨论过温蒂升学后要离家的事儿，保罗离家上学之后山谷路就发生了变化，家庭生活也变了，社会上也开始讨论起父母与子女间的代沟。

又到了广告时间，温蒂把毯子卷起来，起身，在又冷又黑的屋里转悠起来。她想找一件毛衣。温蒂打量着这个老旧的房子，气温低得像是一座冰冷的坟墓。曾住山谷路129号的马克·斯台普斯，新伽南曾经的主教牧师的鬼魂仿佛在跟着温蒂。温蒂想象过这位伟人，应该像《恐怖电影院》里的那些鬼一样，罩着白色的被单，在空气里游来荡去。温蒂还觉得牧师马克跟胡德很像——优柔寡断，郁郁寡欢——正因如此，他才成为新伽南的领袖，成为他们最完美的先人。她总觉得马克的鬼魂在屋子里飘荡，气氛有些诡异。毛衣也没翻到，估计是丢了，算了，温蒂已经不需要它了。

转了几圈之后，温蒂又冒出了去威廉姆斯家的想法。电视里的广告放完了，关在箱子里的女人现在竟然爬了出来。外面一群警察和医护人员已经抵达现场——也不知是谁告诉他们这女人困在这里的。那名女子的潜意识里已经明白她即将得救，所以她伸出手拼了命地扒开土层。

温蒂穿上风衣和紧身滑雪裤，电影还没放完，但她决定出门了。她觉得她需要改变。她还阅读《南茜·朱尔》侦探故事，她想吃白面包夹辣味火腿，她还想要宽松的罩衫，她想要一个对她说喝汤有益健康的妈妈，她想要保持身材，她想回到小时候。

暴风雪已经进入第二阶段，就像尼克松的经济政策也进入了第二阶段。风越刮越大，湮灭了深冬寒夜中的所有声响。走在车道上的温蒂觉得自己就是世界的中心，仿佛上帝锁定了新伽南，故意用风雪来为难她。道路两旁的树在暴风雪中凌乱地摇摆着，大雪一层一层地积压在地面上。温蒂弓着腰，在暴雪中艰难前行。寒风无情地打在她身上，温蒂的袜子都被浸湿了。

大路上的清雪队还在加班加点地工作，车顶的灯在风中散发着虚弱的微光。温蒂走上山，路过银草中心，这是她今天第二次去威廉姆斯家了。

温蒂站在威廉姆斯家的前门，大声地、迫切地、充满情欲地喊着米奇的名字，好似米奇这个名字是她的救命稻草，好似下一分钟她就要被拖到精神病院去。温蒂还在大声呼喊，但无人应答。其实门是开着的，透过门缝，温蒂能看见威廉姆斯家的前厅亮着灯。温蒂悄悄地走了进去，一个房间一个房间地寻找着，像个小孩子一样好奇。温蒂找了客厅，找了厨房，还去阳台转了转——看样子威廉姆斯太太的花盆只整理到一半就出门了。接着，温蒂又去地下室瞧了瞧，没有米奇，但是有一堆口香糖。下午被爸爸抓到的事情，还历历在目，想到这里，温蒂有点害臊。

温蒂上了楼。

温蒂抓住米奇房间的门把手的时候，里面的报警装置就嗡嗡地响了起来，打破了威廉姆斯家里看似无休无止的沉寂。温蒂又试着拉了拉门，报警装置又响了起来，她没有理会，用劲儿推开门，门滑开了六英寸左右。米奇就躺在床上抱着枕头，身子背对着门，看不到他的脸。温蒂一下子把门推开，冲了过去，头发飞起来的时候，温蒂看上去像个怒气冲冲的死亡精灵——原来不是米奇，是塞满了脏衣服和臭袜子的睡衣摆在那里。多搞笑。米奇才永远长不大，像个傻瓜。

现在这房子就剩温蒂了。她拿起一件米奇的脏衬衫，凑到她小巧的鼻子前，深吸了一口气，然后转身，走向米奇的衣柜。温蒂在那里找到了米奇藏起来的色情杂志，还找到了一件吊带袜，上面还有不明液体。温蒂刚发现这东西的时候，有些惊慌，她小心翼翼地把袜子放在地板上。她开始为米奇难过起来，他偷女人的内衣和袜子，还要藏起来不被发现，她同情他的羞涩。温蒂拾起吊带袜，把它塞到自己的衬衫下，用紧身裤勒紧。很恶心，但温蒂喜欢。

温蒂看见了水床，以前米奇告诉过她那是什么——他们站在被圈起来的历史旧址前——好像是罗斯福总统[①]的故居，当时温蒂只有九岁，她和米奇参加学校的校外学习活动——在那儿，温蒂第一次见到了水床。米奇偷溜进去搅动了水床。温蒂记得那是早秋里的艳阳天，她跟着米奇走到床边，把手陷在水床里，准确地说是陷进可变形的乙烯基材料里。恶作剧之后，二人赶紧撤回门口，看着水床因为受力变形弹来弹去的样子。

---

① 美国第三十二任总统。

米奇有点惧怕那个主卧，就像温蒂也打怵她父母的房间一样。温蒂一想到父亲的睡姿——原始的，像个胎儿一样蜷在那里——她就觉得恶心。她情愿想象父亲清醒着的时候，看财经报纸的样子。她觉得只有告诉自己父母从不做爱，她就很心安。毕竟，不管怎么看，他俩都谈不上相爱。

但现在在威廉姆斯家里，温蒂什么也不怕。既然主卧的门开着，既然水床是空着的，那温蒂毫不犹豫地躺了上去。她陷进去的时候，感受到了如待在羊水里一样的安全。温蒂陷下去的地方，水被赶到旁边去了，下一秒又流回了原位。温蒂拉过脚下手工缝制的枕头——然后又把它踢回去。刚才她从厨房里顺来的巧克力现在已经有点变形了，但不影响美味，温蒂打开包装袋，吃了起来。

然后，有人进来了。

“你在干什么？”

是桑迪·威廉姆斯。原来桑迪在后面偷偷跟着她。跟踪别人是桑迪的兴趣，这不奇怪。听上去，他似乎并不生气，甚至也不好奇，只是随口一问。

温蒂惊得赶忙起了身，坐在床边，理了理弄乱的风衣。

“小桑迪，你睡裤上印着哪个队的标志啊？”温蒂的嘴里还塞着巧克力。话毕，温蒂已经站起来了，水床开始上下波动。

“奥克兰掠夺者。但是我不看橄榄球。”

“是你哥哥的旧衣服吗？”

桑迪没回答，静静地站在门口。桑迪的个子长得矮了点，现在穿着橄榄球队的周边睡裤，戴着眼镜，额前梳着刘海，脸上挂着一副无辜的表情，整个人看上去是婴儿和中年白领的结合体，好不别扭。他也不知道米奇去哪儿了。他知道爸爸妈妈出去参加宴会了。他和温蒂简短敷衍的对话弄得气氛略微尴尬。

“所以你来这儿干什么？”

“就是来看看啊。”温蒂说，“那你在这儿又干什么呢？我以为你今晚会去朋友家玩的，你的朋友应该都乐意招你去家里玩吧。”

桑迪没理会温蒂，转身下楼向客厅走去。温蒂应该注意到桑迪的房里有光的，她应该知道他在家的。但也说不定他故意没有开灯，拿着小手电筒暗地里使坏呢。温蒂跟着桑迪一起走出主卧，她感到十分烦闷，甚至是挫败感，她知道桑迪肯定会把她闯空门的事儿告诉威廉姆斯夫妇的。说不定她爸爸会把下午抓到她和米奇的事儿也告诉他们！想到这里温蒂变得更加无措了。她才十四岁，屡次被发现逃课不说，万一被发现了和米奇的事儿，她还能不能在新伽南待下去了？“桑迪，”温蒂开口道，“给我看看你收藏的模型好吗？快点，带我看看吧。唉，你怎么了？”

桑迪站在客厅里，斜眼看向温蒂。他的眼睛上缠着遮光的东西，看上去像是大联盟里时的外场手[1]。桑迪在楼梯边转了两圈，没说一句话，回到房里去了，但他让卧室门开着。

旁边的客房里，温蒂走过去的时候瞥到，床上很凌乱。

桑迪站在床边，床上放着最新的G.I.Joe[2]人偶玩具，嬉皮士的造型，脸上还有一条鲜红的塑料做的疤。这款玩具会说话，只要按一下他的胸牌。桑迪指了指这款大兵，“虽然坏掉了，但是还能说一句话，不管你怎么按胸牌，大兵只会说：‘呼救！呼救！请求总部支援！’”

大兵人偶穿着橙色跳伞套装，看上去干干净净，并不像逃亡的战俘或者战斗中失踪的士兵。桑迪心中打起了坏主意。温蒂还在看，桑迪拿起皮筋，套在大兵身上，橡皮筋刚好压在它胸牌的位置上。

“呼叫总部！”

“有的时候他也会说得短一点。”桑迪说。

“呼救！呼救！”大兵喊道，“呼叫总部，请求支援！请求支援！请求支援！”

“快让它停下，”温蒂说，“太烦人了。”

桑迪拿起大兵，放在腿上，给它摆出新的造型——像纳粹敬礼一

① 棒球比赛中，负责防守整个外场区域以及外场两侧界外一部分区域的球员。

② 美国20世纪40年代推出的JOE大兵系列人偶玩具。

样的造型，好像一边踢正步、一边敬礼的造型，然后设法解开套在它身上的皮筋。温蒂做得太投入，没有听清桑迪问她天气的问题。

“这儿脏了。”温蒂指着大兵说道。

“你把水床也弄脏了。”

可能吧。温蒂衣服上沾着尘土、沙子和泥浆。

“就一点点。”

“今晚恐怕还要降温。”桑迪说，“说不准会停电。你家有蜡烛吗？我知道我家的放在哪儿，我还有手电筒，就放在那儿。我还知道这一层的应急出口在哪儿。”

“那你知不知道米奇在哪儿？”

“我告诉过你，我不知道啊。”

桑迪的视线从模型上离开，抬头看着温蒂。

“可能，在精神病院？”

温蒂想这倒是有可能。顺着山坡下去就是银矿路，离银草中心不远了。冬天的时候她和保罗玩过滑坡的游戏，找个餐盘那么大的东西作滑板，从上坡上滑下去，关键在于滑进河里之前要把滑板扔到对岸去，然后再踏着石头过河，把滑板捡回来。银草中心的保安捡到了保罗的滑板，狠狠地抓着保罗的肩，警告他下次不准再这样，并且强行没收了他的滑板。但是温蒂就不一样了，她对付银草的保安自有一套。保罗就学不来。

“他去那儿干什么？”

“应该是去找你了。”

说着，桑迪起身，用眼睛打量着衣柜顶端和他之间的距离，接着，他搬出学习桌前的凳子，拿了根绳子，然后站在凳子上，并将绳子系在之前他钉在衣柜顶部的钉子上，打了个怪复杂的结。完成这一系列动作后，桑迪炫耀似的对温蒂说道：“这种系法叫帆脚索。”

“呼救！呼救！”

“你就不能让他正常一点吗？”温蒂说道，又按了一下胸牌。

“呼叫总部，请求支援！呼叫总部！呼叫总部！”

“重新按也没用。”桑迪说，“什么招儿我没试过。”

桑迪的语气听上去悲伤又无奈，温蒂相信他说的是真的。看来大兵玩偶坏了的事实对桑迪·威廉姆斯打击不小。

“呼救！呼救！呼叫总部，请求支援！”

桑迪把凳子推回到桌子前面。

“好了，把俘虏带上来。”

“能不能别这样对它？”

温蒂不想把大兵交出去。最终还是下了床，把大兵递给刽子手桑迪。

“女生总是心慈手软。恐怕这对他没什么好处。”桑迪若有所思地说。

温蒂再次按下大兵的胸牌。

这一次——

“前方有直升机！”大兵喊道。

“怎么会！”

“巧合罢了，”桑迪解答温蒂的疑惑，“按五十次能出来一声这个，不过一般他会说救援的事儿，这次竟然变成了直升机。”

桑迪把大兵抬起的手和腿归好位。

温蒂和桑迪看着现在躺在桑迪床尾的大兵，看着看着，温蒂突然觉得她不想再按胸牌看它是好是坏了。她意识到宇宙间存在“巧合”，她不想破坏这种巧合。桑迪已经迫不及待地想要处决大兵了。他是那种在残次品和劣等文化中找尊严的那种人，他渴望受骗，也做好了受骗的准备。但一直以来桑迪并没有得偿所愿，这样一看，世界似乎是那么美好和纯真。

“攻下北边！”大兵又喊道。

温蒂再一次感觉到威廉姆斯家的寂静。窗外的暴风雪越来越猛烈。没料到大兵今天居然这么多话的桑迪下意识地搔了搔他下面的“家伙”，然后拿起大兵。

“赶紧实行绞刑吧。”

“好。”温蒂说。

两个人说着便把大兵吊了起来。

帆脚索刚好套住大兵，桑迪又固定了一下绳索，大兵在那里来回摇摆。温蒂让桑迪试着把大兵的脸转向墙，桑迪转了转，但是大兵的脸还是冲向外面，因为绳索系的方向有问题，所以大兵的脸不管怎么拨弄都会转回来。

后来，奇怪的事情发生了。温蒂看到桑迪双腿夹着枕头坐在床上。一种诡异的气氛弥漫开来。温蒂当然明白是怎么回事。这之前，在他哥哥米奇出去寻找温蒂的时候，温蒂一个人闯进来的时候，桑迪故意没有出现。现在，两个人在家里，气氛总是很暧昧。要是有氦气气球的话，她就可以吸一口氦气，对着桑迪用奇怪的声音耳语了。温蒂这样想着。她还想用孔雀羽毛搔桑迪的痒，她想象着桑迪只穿一双冰鞋，赤裸着站在聚光灯下的样子。

“你之前为什么不出来？为什么躲着我？”温蒂问。

桑迪笑了起来。

“我没躲你。”他回答道，下一秒又恢复了愁容满面的样子。

温蒂躺回到床上，接着桑迪也慢慢躺了下去。温蒂脱掉了雪地靴，恍若脱掉细高跟鞋一样优雅细致。温蒂知道桑迪的枕头下面是什么，是一段小小的像一段树桩、像小手指一样的迷你版桑迪，他的“小家伙”。温蒂告诉桑迪，她想和他同床共枕。

桑迪不自主地开始颤抖。

“我们，还是去客房吧。”桑迪说，“我们不能在这儿，要是米奇回来了……去客房吧，把门关上，总之不能在这里干……我爸妈——”

“不用担心，他们都去参加宴会了，肯定会喝得烂醉如泥。他们不会知道的。”

桑迪看上去快哭了，实际上，他确实哭了。温蒂倒没有生气，甚至也没有同情。桑迪流泪确实很尴尬。他当然也不会引以为傲，所以桑迪偷偷抹掉眼泪；他会说他是太累了，是眼睛不舒服，或者说因为眼睛上的遮光装置所以才哭的。实际上，他也不知道自己为什么会哭。温蒂问他为什么。

“就是，就是……”

温蒂牵起桑迪的手——他的手在颤抖，温蒂的也是——走向客房。温蒂故意让房门半开着。他们像一对在客房的格子床单上拍摄写真的年轻情侣。

“喝一杯吗？”温蒂问道。

伏特加还摆在那里，在桌子上。听到温蒂这么说的桑迪吓了一跳。

“你没喝过？自然是不一样的，没有那么爽，但还是不赖的，查尔斯。”

还是下午胡德剩下的那半杯。温蒂重新倒满杯，不禁暗自窃喜。温蒂第一次喝酒的时候也很激动，还是保罗叫她喝的。桑迪看上去无助、脆弱、紧张，但又跃跃欲试，他的眼镜不知不觉间已滑落到鼻子上。伏特加渐渐填满玻璃酒杯。

温蒂举起酒杯，桑迪则举起了酒瓶，两个孩子像大人那样碰起了杯。

温蒂忍着辛辣吞下了一大口，桑迪则浅尝辄止抿了一小口，但一小口也足以呛得他直咳嗽。温蒂让他再尝一口。桑迪希望做到像米奇一样会喝酒，在成长的道路上小伙子总是充满斗志，所以桑迪给自己也斟了一杯酒，一饮而尽。温蒂看着桑迪喝下人生中的第一杯酒，就萌生了让他尝试其他新鲜事物的想法。桑迪拼了命地咽下那杯酒。温蒂知道，以后桑迪会习惯的，她自己也越来越会喝。在家的时候，只要是假期，胡德夫妇都不会拦着她喝酒；在学校，她和那些不良学生混在一起，不论高年级还是低年级，是工人阶级家庭出身的孩子还是黑人少年，她和这些人喝过酒。

桑迪把她的手掌放在自己的胸膛前，“喝完感觉暖洋洋的。”

“你爸妈从不让你喝的吗？”

“让我尝过几次。”

她知道，威廉姆斯夫妇是让米奇喝。

“再来一杯？”

温蒂越来越得心应手，她突然觉得天气恶劣也不是件坏事，电影里那个被活埋的女人最后反转得漂亮。她不怕桑迪脱光衣服。

“好。”桑迪欣然接受她的意见。

两个人接着喝了起来。

屋外，风雪越来越大。

“我爱你，温蒂。”桑迪说道。

“不错，桑迪，”她说，“我爱《恐怖电影院》。”

客房没有开灯，全凭客厅里的灯光照亮。此刻的静止大概是对心满意足最完美的解读。温蒂知道，这个开端不错。

“再来一杯？”温蒂说。

“我也这么想呢。”

温蒂坐起身，她看到被随意丢在地上的衣服、被弄乱的床单，她喜欢这种凌乱的景象。她倒了一杯酒，不小心洒出来一点——洒出来的酒顺着杯壁流到了温蒂的身上，也流到了床单上。

“你醉了吗？”温蒂问。

“我不知道，我怎么能判断自己喝没喝多呢？”

“我也不知道我喝没喝多。如果你觉得头晕，躺下的时候也觉得头晕，那就是多了。我只知道这个。”

温蒂和桑迪像两个依偎彼此取暖的难民一样抱在一起，他们为此刻的温暖、此刻的陪伴感到幸福。他们想着今晚不会有父母或是哥哥回来打扰他们，所以安然地睡了过去。

宴会在十点半进入了醉生梦死的高潮，如何看出大家都在兴头上呢？因为他们变得不一样了。要描述这种变化、这种不一样——哈尔福德家的狂欢——也许这样的描述会震撼到《今日心理学》的读者们。托马斯·哈里斯[①]曾这样写道："艾瑞克·伯恩[②]在早年撰写《人际关系分析》一书时曾提到，借助仔细地观察和倾听，你会清晰地看到他人变化的过程。这里的变化指代所有种类的变化。这些变化同时发生，面部表情、交际词汇、首饰、姿态和器官，你会看到脸红、心跳加速、呼吸加快。任何人身上，我们能做出相应的判断。"

艾琳娜就不觉得这一套适用于她。虽然她会阅读关于个人成长的书籍。不过，大部分时间，她喜欢阅读《天地一沙鸥》[③]《巫士唐望的教诲》[④]《人们所玩的游戏》[⑤]《活在当下》[⑥]《冰上的灵魂》[⑦]

---

① 美国著名作家、编剧，以撰写系列悬疑小说而闻名，其笔下最出名的角色就是食人魔汉尼拔·莱克特。

② 艾瑞克·伯恩（1910—1970），美国心理学家。

③ 美国作家李察·迪克·巴哈于1970年出版的图书。

④ 作者是卡洛斯·卡斯塔尼达。该书自1968年在美国出版以来，被翻译成二十几种文字，四十几年长销不衰，在世界范围内产生了巨大的影响，被誉为最佳的灵修入门读物，早已跻身新时代思想的经典著作之列。

⑤ 心理学家艾瑞克·伯恩所著图书。

⑥ 西方世界最受尊崇与喜爱的灵性导师之一拉姆·达斯所著。

⑦ 美国作家兼社会活动家埃尔德里奇·克利弗（1935—1998）1992年出版的著作。

《完形治疗》[①]《霍比特人》[②]《指环王》[③]之类的书。所以，这对她在宴会上的表现并没有助益。

现在大家的想法基本可以分为两种：一种是一心想玩换妻游戏的，另一种是以之为耻的。可能还有一些人在两种想法间摇摆不定。

感觉浑身不自在的艾琳娜怎么可能发现自己的变化？怎么可能意识到其实到这里不久后她有种愉快的感觉？新伽南的人现在的心思都在这个游戏上，大家的谈话变得空洞敷衍，艾琳娜注意到了这一点，尤其是她发现夫妇们开始躲着彼此，拿酒或是饮料的时候遇上对方的话也不敢抬头看对方的眼神。艾琳娜自己也躲着本杰明。她开始觉得自己也很兴奋，除了兴奋她不知该怎么形容。那是一种禁锢了她多年的枷锁突然断裂的感觉，她意识到，现在是她放松的时候了。于是，艾琳娜选了一把钥匙，挂在脖子上，让钥匙垂在她扁平的乳房中间。游戏？她也要玩玩。

艾琳娜做这个决定的过程和她的世界观形成的过程类似，首先是依靠外界间接获得认识，再到内化吸收理解，最后再结合自己的想法。实践中并不是全然依照自己的意愿的，那么大致会出现四种

---

① 德国心理学家波尔斯的著作。

② 英国作家J.R.R.托尔金创作的奇幻小说，被誉为20世纪最伟大的文学经典之一。

③ 同为英国作家J.R.R.托尔金创作的奇幻小说。

后果：艾琳娜不情愿——大众却认可；艾琳娜不情愿——大众也不认可；艾琳娜情愿——大众不认可；最完美的状态当然就是艾琳娜心甘情愿——大众也接纳认可。艾琳娜做这个决定的时候把四种可能都考虑了一下。

要分析她为什么做这个决定，还需联系实际。比如今天下午艾琳娜一直在反思她和丈夫子女的相处模式，然后她又不得不接受丈夫的鬼话连篇并答应他和他一同出席宴会——既然来参加宴会，那么势必——为换妻游戏做了铺垫。她有那么一瞬让自己相信，丈夫的不忠到头来也只是他自己的事，她再怎么生气伤神都是徒劳。或者像大家常说的那样："所有的苦难都源于自己。你要明白只有依靠自己才能化解苦难。关键在于，拿出面对的勇气。"艾琳娜决心为自己重活一回。

托马斯·哈里斯还说过："三种情况下，人会改变自己。一是遭受重大打击的时候。二是感到极度无聊的时候。三是当他们发现他们'可以'去改变的时候。"时机成熟且客观条件充分时，像艾琳娜这种情况，自然会发生变化。

艾琳娜不明白本杰明怎么就理直气壮地决定参加这个游戏呢？而她就连开口说出自己所想所盼都要很困难。艾琳娜想，本杰明一定早早预谋好了，搞点小动作，比如在钥匙上拴个小马挂坠，让珍妮一眼就知道。说不定珍妮和本杰明约好了一会儿溜出去，兴许溜到诺沃克吃早餐。在那儿没人知道他们的破事儿，在那儿，兴许全是逃出来偷欢的奸夫淫妇。

艾琳娜越想越忧郁，她拖着沉重的步子，缓慢地走着。她看到了阿米蒂奇夫妇、索耶斯夫妇、富勒夫妇、汉密尔顿夫妇、斯蒂尔夫妇、博伊尔斯夫妇、杰克布森夫妇、戈蒙夫妇、厄尔夫妇、雷根夫妇、博朗夫妇、克莱德夫妇、米勒夫妇，也看到了新伽南的老住户们，本尼迪克特夫妇、布顿夫妇、卡尔特夫妇、纽博特夫妇、伊尔夫妇、芬池夫妇、汉福特夫妇、凯勒斯夫妇、罗克韦尔夫妇、普林敦尔夫妇、希乐斯夫妇、史劳森夫妇、塔尔梅奇夫妇、塔特尔夫妇和威尔斯夫妇。当然，她也看见了镇上离异的人——查克·斯波福德，琼·德维尔，汤米·芬勒特和妮娜·凯洛格。艾琳娜避开了客厅，因为里面坐着的珍妮·威廉姆斯，她径直向厨房和书房的方向走去。过去的一个多小时，艾琳娜除了听别人说话，就帮桃乐西收拾盛前菜的盘子，再有就是和乔治·克莱尔说了两句话，胡德跟这个人合不来，但艾琳娜觉得他还不错。和克莱尔聊完后她就去了趟洗手间，躲在那里足足哭了好一会儿，发泄完之后，还对着药柜上面的镜子补妆。

那个时候，艾琳娜还没做出什么改变，但她很快就开始那一套情愿不情愿、大家接纳不接纳的纠结。“有时，改变是内在的，外表也许看不出什么。”艾琳娜在洗手间哭的时候，恰巧被马克·博兰撞见——不能怪马克，因为哈尔福德家洗手间的锁头坏掉了——艾琳娜正岔开双腿，坐在马桶上涂口红，最尴尬的是——好看得像包装纸的内裤就横在膝盖之间。身边都是梳子，四周的墙上粘满了梳子。桃乐西喜欢收集这东西。

撞见这一幕的博兰一下子就脸红了，支支吾吾地说了声抱歉，就关上了门。那是这一晚荒唐闹剧的开始。

艾琳娜觉得这个游戏和小学生玩的转瓶子的游戏没差别，都是随机的，转到哪个算哪个。反正她也不能再糟糕了。她要和大家随意攀谈，她要掌控谈话的节奏和走向，她要伴着波萨诺伐舞[1]大师安东尼奥·卡洛斯·若宾的舞曲起舞，她要吃好多好多前菜，她要一醉方休，她要和那个碗里随便的哪个男人回家。

走出洗手间的她仿佛蜕变的蝴蝶。艾琳娜开始四处寻找今夜的猎物。他会躲在哪里呢？他会有像雕塑一样完美的线条吗？重生的艾琳娜·奥马利·胡德寻找的第一个目标是马克·博兰，他正同玛利亚·康拉德聊天，旁边站着玛利亚的儿子尼尔。

博兰，住在诺沃克附近，是他们镇上出了名的业余历史学家。他也是出了名的无趣。宴会一开始他就发表了关于鞋厂的长篇大论——为什么呢？因为往前数二十年，新伽南是全美第二大的制鞋

① 类似桑巴的巴西爵士乐舞曲。

中心——他论述了1850年后，鞋业是如何衰落的，还提及原来的工厂旧址现在变成了消防站。“你们知道吗，政府曾经希望通过修建铁路来招商引资，振兴鞋业，结果一个都没招来！”

很难想象头发花白，眼镜比酒瓶底还厚，动不动就掉书袋的博兰是各种宴会的常客。他讨厌他的妻子，有一次甚至当众打翻了她手里的酒杯，原因就是他和别人下棋下输了。博兰经常辱骂妻子，连带着辱骂她的朋友，但他们还是结婚了。他一如既往地和别人侃侃而谈。有的时候，他能和别人聊上整整四十五分钟，甚至还要更久。话题从历史到当地选举、镇上的大小会议——不管谈论什么，都是为了隐藏其痛苦人生的事实。自从他没了工作后——博兰投资了施乐公司[①]——无处诉苦的他就开始在各种公众场合露脸。这么多年过去了，艾琳娜发觉博兰的妻子越发强大起来，为了不再自取其辱，她不和他一起出席这些场合了。她更乐意开着她墨绿色的奔驰满费尔菲尔德地收集艺术作品，她变成了这一带的万事通。艾琳娜想博兰夫妇一定是分房睡的，就像很多新教夫妻那样，虔诚，迷人，彼此疏远。

不奇怪马克·博兰也想玩这个游戏。艾琳娜料到这一点，所以才找他搭话。她想好好打量一下这个博兰。

① 商标名，美国办公设备制造公司。

“哦，老天，是你，艾琳娜，刚才真抱歉。”他说。

“没什么。”艾琳娜莞尔一笑，“偶尔也有这样的事啊。最后还是得向前看，不是吗？你不也一样，所以来哈尔福德这儿玩玩。永远猜不到结局，不是吗？”

“没错，确实如此。”

“我和马克正聊天气呢。”玛利亚打岔道。

“哦，天气。”艾琳娜说。

“嗯，简直太冷了，应该会结冰的。明天肯定不宜出行。”玛利亚说。

“近几年最大的暴风雪了吧？你和本杰明做好防备了吗？”博兰问道。

“防备？”

“嗯。”

这个话题似乎进行不下去了，博兰终于可以讲他的历史了。他说新伽南以前差点被划分到斯坦福德或者诺沃克的行政区域里。他还说可能当时也有今晚这么罕见的暴风雪。当年还建了一堵墙来纪念当初那条分界线，那堵墙还因为暴风雪的破坏重建了好几次。博兰说话的时候，嘴角飞出了唾沫，艾琳娜想他大概已经讲得口干舌燥了。博兰又说殖民地时期，诺沃克殖民地建立于1651年，1650年在康涅狄格殖民地的基础上又拓建了斯坦福德（或者叫斯丹福德，那个年代叫后者居多）。到了1686年，新伽南变成诺沃克和斯坦福德共同管辖的区域。1699年诺沃克管辖下的新伽南因为银矿山的存在而独立出来。

“那个时候银矿山名字拆开来念，银色矿山……当然，这个小镇独立出来，用作教区——你们都知道吧，原来是新伽南教区，这样斯丹福德和诺沃克的居民就不用跑到很远之外去礼拜了……”

这种话题可以说是要多无聊有多无聊。找到插话机会的尼尔，尼尔·康拉德，开始跟艾琳娜聊天。今天的尼尔穿了扎染的高领毛衣，带补丁的牛仔裤和登山鞋。尼尔的头发有点长。艾琳娜好奇尼尔会不会玩换妻游戏，如果他不玩，那没有和丈夫一起来的玛利亚带儿子过来做什么呢？这个比保罗大不了一两岁的长发少年，会不会是今晚和艾琳娜一起离开的对象呢？

显然不是。

年纪轻轻的尼尔说话古怪——而且有口臭——正抱怨宴会有多无聊，新伽南的人有多死板，然后，他问了艾琳娜一个问题。艾琳娜从以前就发现青少年都特别喜欢和她聊天，因为他们觉得艾琳娜的沉默就是倾听的最佳表现。尼尔最近在接受沃纳·艾哈德[①]的EST

① 精神分析师心理学家，EST训练法创始人。

洗脑训练[1]。几个星期以来，尼尔一直被关在组织里接受洗脑一般的灵修课程，连厕所都不能去。现在他已经完全领会EST的精髓了，即万物皆空。有了这样的精神觉悟，尼尔的人生就变得不一样了。在哈尔福德家的聚会上，尼尔选择了艾琳娜做他的传道对象。

尼尔絮絮叨叨地说他对心灵禅修很感兴趣，说他喜欢冯内古特[2]笔下基尔戈·特劳特[3]，还喜欢听《月球的阴暗面》[4]这张专辑。尼尔的话越来越叫人听不懂了。“吸一口气，”尼尔对艾琳娜说，“别去在意。”和《天地一沙鸥》的中心思想一样。每个人心里都有一只伟大的沙鸥。

“你对心理训练感兴趣吗？如果你想试试的话，就像信仰某种宗教一样，就像……哦，你应该跟这个人聊聊。”

尼尔突然领着艾琳娜去了另一间屋子——博兰和他母亲冲他们挥了挥手——艾琳娜跟着尼尔去了书房。艾琳娜之所以问都没问就跟着尼尔去了，是因为她知道这里的某个人会改变她的人生。所以

---

① 美国曾风靡一时的“EST训练法”培训中，学员的人身自由受到限制，还不断受到辱骂，据说这是为了打破常规自我之后解决乱伦、虐待儿童、虐待配偶、怕暴露自己等问题，进而获得“重生”。

② 库尔特·冯内古特（1922—2007）：美国黑色幽默作家。美国黑色幽默文学的代表人物之一。代表作有《囚鸟》《五号屠宰场》。

③ 冯内古特的许多小说中，评说人生世事，荒唐中充满机智，像是作者本人的影子。

④ 英国著名摇滚乐队平克·弗洛伊德乐队的第九部专辑。

她不介意到处走走，看能不能遇上他。原来，尼尔是想让艾琳娜见见韦斯利·迈尔斯。书房内一群人正围在六角的玻璃咖啡桌旁（底座是用铜和铁制成的）忘我地跳波萨诺伐舞——所以艾琳娜一开始没注意到他。雪一直在下。马上就快11点了。

尼尔向艾琳娜介绍这个其实她之前在咖啡店就认识的韦斯利，再次见面，艾琳娜并没有觉得很惊喜，抑或说惊喜感很快就消失了。她在咖啡店里跟韦斯利说自己婚姻幸福，家庭和睦，夫妻感情特别好。现在再次碰见，艾琳娜心想他可能会知道真相，不过她并不担心，她喜欢在生活中扮演苦情的角色。她猜想，既然韦斯利会来参加哈尔福德的宴会，说明韦斯利目前单身。当然也是因为这里能够让人明目张胆地违反十诫[①]。所以大家才像见了苹果派的蚂蚁趋之若鹜来到哈尔福德家。不过，迈尔斯在这里并不受欢迎。艾琳娜已经看到两三个人没有对他热络地打招呼。迈尔斯是一个脾气暴躁的家伙，生得又矮又胖，乍一看像是缩小版的圣诞老人，身上的味道也不是很好闻，不受待见也属正常。再者，他对换妻游戏一无所知，兴许就是来这边走个过场。

迈尔斯亲切地笑了起来。

---

① 十诫，是《圣经》记载的上帝借由以色列的先知和众部族首领摩西向以色列民族颁布的十条规定。第十诫不可贪邻居的房屋，也不可贪邻居的妻子、仆婢、牛驴和他一切所有的。

“见到你真高兴，真的是很高兴。”

他的口中散发着琴酒的味道。

尼尔见介绍得差不多了，赶紧把话题带回EST训练的方向上，迈尔斯对这种话题并不排斥，因为他见识过各种近乎邪教的信仰模式，比如山达基教会[①]、人民圣殿教[②]之类的。

按迈尔斯的话来说，人要活得有尊严。一个活着的人，在尘世苦苦挣扎的灵魂，最重要的是，要维护自己的权利。

“但是维护权利，我用沃纳和他学生的话来解释一下啊，权利不代表正义。做对的事就代表你不会快乐。沃纳还说过，只有经历困苦和磨难，人才会得到精神上的升华。他还说做人要坚持自我为中心，你想看到什么样的世界，世界就会是什么样子的。”

“但是，要维持良好的人际关系，一个人也不能太过自我，你得注意别人的想法和感受。”迈尔斯说道，“你要给予他人关爱和照拂，这样别人也会顾及你的感受。只有这样，才能让你的双脚踏上天堂。就像沃纳说过的，你，就是至高权力的象征、最神圣的存在。”

说着，迈尔斯厚颜无耻地笑了起来，露出一排难看的牙齿。

---

① 又称科学神教和科学教派等，新兴宗教之一，由美国科幻小说作家L.罗恩·贺伯德（1911—1986）在1952年创立的信仰系统。

② 教士吉姆·琼斯打着帮助流浪者、失业者和病人的旗号，在1953年于美国印第安纳州创建了人民圣殿教这个组织。

“嗯，我很高兴，有人会成为神圣的存在。”艾琳娜说。

“我猜你也会为之高兴。”迈尔斯愉快地说道。

“能不能和我说说，你们两个是怎么认识的？”艾琳娜问道。

“哦，他是我的神父。”尼尔说。

艾琳娜一下子明白过来，她早应该想到的。迈尔斯是主教教堂新上任的神父，没人喜欢那个教堂。虽然迈尔斯看上去不算讨喜，但他倒像是个关爱唱诗班少年的神父，不像是在咖啡馆和她拼饭的普通人——虽然往日碰面的时候他从没提过自己是神父。艾琳娜为他感到遗憾。她猜想，面对新伽南的镇民布道，多半得到的是尴尬的沉默，而不是充满共鸣的鼓励。

“《冠军早餐》[①]写得真不怎么样，写出《五号屠宰场》的人怎么能写出这种垃圾？”迈尔斯对尼尔说，“《五号屠宰场》的辉煌啊，只能留在过去了。”

尼尔尴尬地笑了笑，并没有回应。新伽南怕是少有人能应付他的毒舌。

几分钟后，桃乐西·哈尔福德走了过来——11点20分——艾琳娜、尼尔和韦斯利已经陷入了无话可聊的尴尬境地。那个数月前艾琳娜在市中心咖啡馆遇到的韦斯利已经不见了。迈尔斯看上去有点

① 冯内古特1973年发表的小说。

累了，不再聊天的他似在思索着什么，倦怠的神情中带着自怜自嘲的悲楚。

桃乐西关了电视。实际上，大家心里都有数，接下来应该干什么——大伙早就停止交谈，静静地等着今晚最精彩的环节。换妻游戏即将开始。

艾琳娜注意到了墙上挂的现代主义的画作——白色的帆布背景上画着无规则的红色黄色的涂鸦。

“好了，”桃乐西懒洋洋地说，“我们要办正事儿了。留下来的人，咱们到客厅去吧。”

说完，桃乐西率先走向客厅。

换妻游戏还是需要再完善一下，因为大家对于很多细节还不太了解，应该怎么做、怎么排序之类的。大多数不想玩的人早就已经离开了，新伽南那些老住户们也早就离开了——本尼迪克特、布顿、卡尔特早就离开了。屋内笼罩着不安和躁动的气氛，艾琳娜看得出来，桃乐西和她的客人们一样，虽然喝得酩酊大醉，但仍免不了对接下来的游戏抱有忐忑的期待。

咖啡桌旁边的一群人中，有六七个已经冲到客厅去了，去拿外套。留在桌旁的人有的伸了个懒腰，有的走向洗手间，有的匆匆结束了对话，看样子他们不打算留下来——尽管他们的心一直都在前厅的沙拉碗上，那个简单的白色的碗，里面装着五花八门的钥匙。

艾琳娜被这种不确定性深深地吸引住了。现在，大家都聚到了客厅里，人人脸上带着期待的神情。马克·博兰、玛利亚·康莱德、尼尔·康莱德、塞利·阿米蒂奇、史蒂芬·阿米蒂奇、爱丽丝·索耶斯、皮尔斯·索耶斯、厄乃斯特·斯蒂尔、莎莉·斯蒂尔，博伊尔斯夫妇、戈尔曼夫妇，珍妮·威廉姆斯、吉姆·威廉姆斯、加德夫妇、史蒂芬·厄尔和玛丽·厄尔、富勒夫妇、巴克利夫妇、查克·斯波福德、琼·德维尔、汤米·芬勒特、艾丽西亚·梦露，桃乐西·哈尔福德和罗伯特·哈尔福德。

最后还有，胡德夫妇。

艾琳娜一向对困难的事物有预知能力，她很快就看明白今晚的换妻游戏肯定有人会落单，总数是个单数。

韦斯利·迈尔斯早就从后门溜走了。现在的选择很是微妙。艾琳娜想象不出她最后会跟谁走。

本杰明没有离开，也就是说，从概率上讲，她不是没可能抽到他。本杰明和她靠得很近，夫妇二人并肩站立。

“咱们走吧？”满嘴酒气的本杰明对艾琳娜低声说道，“我……你知道，我在想……要不还是走吧，亲爱的，离开这儿。我想走了。我……玩够了。什么破东西。”

本杰明一脸挫败的表情，脸颊两侧缀着细密的汗珠。他看上去情况不太好。艾琳娜不太想管他，以前他喝多的时候，会在床单上尿尿，艾琳娜一晚上给他换过好几次床单，第二天还要帮他向公司请假。

“我们哪儿都不去。”艾琳娜说。

本杰明嘴里不停嘟囔着什么，喝醉酒的人都是如此。

“好了，好了。”艾琳娜低声说道。

艾琳娜朝站在客厅另一头的珍妮挥挥手。

“你好啊，珍妮。”

珍妮也冲她挥了挥手。面无表情。

桃乐西放了首十分暧昧的曲子应景，还特意调暗了灯光。一共是三十一个背叛者，不知道的还以为他们正聚在一起取暖。胡德夫妇身边站着阿米蒂奇夫妇，另一边站着玛利亚和她儿子尼尔。这个未成年的孩子，应该是剩下的那个吧？总不会有人会跟玛利亚这个未成年的儿子共享鱼水之欢吧？

“那么，怎么确定顺序呢？”桃乐西说话的时候显得格外镇定，“按字母表？还是按今天到场的先后顺序？”

“按高尔夫差点[①]来吧！”皮尔斯·索耶斯低吼一声，“差点最低的先选！”

---

① 高尔夫球手打球的水平与标准杆之间的差距，目的是允许程度不同的所有业余高尔夫球员能在任何球场公平竞争，从而使高尔夫运动更加富于乐趣。

哈！哈！哈！哈！客厅内爆发出一串笑声。

“高尔夫差点？”桃乐西说。“那女士先来吧！”

“我先来！”玛利亚·康莱德说道，“在我后面排队啊！”

于是男士们站到了女士们的后面。玛利亚的手伸向沙拉碗时，大家都屏住了呼吸。她挑到了一把深色的缠着皮质套子的钥匙——史蒂芬·厄尔。史蒂芬又好色又软弱，艾琳娜从他走路的样子就能看出来。看他的表情，他仿佛早就有其他心仪人选了。谁知道呢？玛利亚一手握着钥匙，一手挽上史蒂芬手臂的时候，屋内的人都为他们鼓起掌来。两个人默契十足地走向客房拿衣服。就连史蒂芬的妻子玛丽都祝福他们。她看着丈夫离开的样子，就像中世纪妻子在港口送走出门做香料生意的丈夫一样。

尼尔呢？尼尔似乎对他母亲的举动无动于衷。但屋内仍没有任何一位成年人把主意打到他的头上。他今年有十九岁吗？但好像也没人叫他离开。桃乐西那边已经进行到下一对儿了。旁边的罗伯特手中举着酒杯安静地看着妻子把控着大局。大家排着队，有条不紊地玩着游戏，好像公民投票一样。

玛丽·厄尔跟着丹·富勒走了，后者的妻子紧接着就抽到了查克·斯波福德。琼·德维尔选到了汤米·芬勒特。下一个是伊莉丝·戈尔曼，抽到了其丈夫的高尔夫球友皮尔斯·索耶斯。索耶斯的妻子选到了托尼·博伊尔。加德夫妇选择了彼此，证实了艾琳娜之前的猜测，叫她好不失望。不过加德夫妇看上去像是松了一口气。

游戏还在进行。艾琳娜又开始犹豫要不要参加，现在的情况很严峻——再有，要是她跟别人的丈夫回了家，人家的孩子看见了会怎么想——剩下的选择越来越少。马克·博兰、尼尔·克莱德、珍妮·威廉姆斯、吉姆·威廉姆斯，罗伯特和桃乐西，莎莉·斯蒂尔，还有本杰明。

接下来的顺序打乱了，大多数的人都喝多了。不过也不是很关键，这毕竟不是一个跟先后顺序有很大关系的游戏。下一个是珍妮·威廉姆斯。她纯粹是等得不耐烦了，干脆先选。艾琳娜特意看了一下本杰明的表情，哪怕他现在喝得不省人事，还是隐隐能看出来他的希冀。他或许说过他想离开，或者故意说自己想离开，现在他毕竟没走，等着珍妮选他。现在的数量对他有利。音乐播到这里刚好戛然而止，壁炉里的火也熄灭了。本杰明就等着这一刻呢。桃乐西把碗递给珍妮，珍妮伸出纤纤玉手，小心挑选着。

珍妮太熟悉胡德的钥匙了，上面挂着小马挂坠的就是了。但珍妮没有选择她一眼就能认出的钥匙，她刻意避开了那串钥匙。这一切艾琳娜都看在眼里，艾琳娜想她应该是要选……尼尔·康莱德。

那个未成年人！吉姆·威廉姆斯在看国家地理杂志，似乎没看见他妻子抱上玛利亚未成年的儿子的那一幕。但其实，谁都没发现他嘴角翘起的诡异弧度。最最戏剧化的一幕，还属艾琳娜的丈夫，见他的身形，颇有上前去拆开珍妮和尼尔的架势。有那么一瞬，胡德好像还有抽尼尔耳光的冲动。艾琳娜觉得很没面子，赶紧喊道：“嘿，嘿，本，撑住，别这样。”本杰明听到妻子的话，才发现自己确实有些傻气。他后退几步——

这一退，就不偏不倚地撞上了咖啡桌，重重地摔倒在粗毛地毯上。最丢人的是他貌似没有站起来的打算。艾琳娜没有动弹——她真的觉得丢脸极了，她不想管他——反正哈尔福德夫妇也没说什么。吉姆悠闲地抬起头，看着这出好戏。本杰明瘫在地上，抱怨着公司，抱怨着过去，抱怨着新伽南。他的声音不大，但是字字清楚。艾琳娜和其他人一样，没去理会。她试着不去理会。

但是，本杰明的声音越来越不容易被忽略。艾琳娜觉得她必须得做点什么。

“起来，亲爱的。”她说，一手攀上了他的后背，本杰明膝盖抵在沙发上，挣扎着想要站起来。“慢点。咱们去洗手间。走吧。”

艾琳娜闻到了丈夫嘴里的酒气，布满血丝的眼睛里写满了失意。她没时间为丢人的事儿烦心了。她要赶紧处理完他的烂摊子。

“桃乐西？”艾琳娜喊道，“我用一下洗手间好吗？很快就好。真是不好意思，麻烦了！”

“没事的，胡德要是不来，宴会就没意思了啊。”桃乐西回道。

桃乐西拿起一张薰衣草色的餐巾，擦拭本杰明撞到桌子上后洒出来的咖啡。

马克·博兰帮助艾琳娜让胡德站起身，碰到胡德的脚时，本杰明嚷嚷着——粗鲁地喷着酒气——不要别人帮他。不要别人帮忙的胡德一路咳嗽着走向洗手间。当艾琳娜的注意力回到游戏上的时候，她已经意兴阑珊了，不仅扫兴，还有一丝负罪感。她生气了。马克·博兰不知道什么时候跟桃乐西悄无声息地走了。游戏还在继续，为了不再出其他乱子，大家开始自行组队。现在只剩四个人了。罗伯特·哈尔福德、莎莉·斯蒂尔、吉姆·威廉姆斯还有艾琳娜，前三者孤零零地站在客厅里，看着艾琳娜，微微笑着。

“其实，我们俩没把钥匙放在里面。你们不会说出去吧？”罗伯特尴尬地笑了笑。

“这是我们组织的宴会。没想到桃乐西……嗯，咱们上楼喝点什么怎么样，咖啡或者饮料？”

四个人面面相觑。对艾琳娜来说，选谁就像给家里置办一件昂贵的家具、新的组合音响或者高级的洗碗机之类的，总要好好挑一挑。艾琳娜仔细地打量着吉姆。

“罗伯特，我们自己可以的。”艾琳娜说，“你和莎莉看着办吧，好好聊聊。我们知道前门在哪儿的。”

最后就剩艾琳娜和吉姆杵在客厅里。到处都是半满的酒瓶，满地的烟头，数不尽的一次性纸杯、薰衣草色的餐巾还有前菜的残渣剩余。酒瓶数量之多，艾琳娜看了都为哈尔福德头疼。沙发上的垫子散落在地板上，就是刚才本杰明瘫坐的地方。从门口到客厅，留下一串清晰的雪水和污垢。屋子里有一股从外面带进来的臭气。

壁炉里燃着哈尔福德家最后一点煤炭。

“其实，”吉姆说，“我不知道钥匙是不是还在碗里，要是真放在那儿，估摸也不大安全，是吧？哪能把自家的钥匙乱扔呢？”

沙拉碗被人放在靠墙边的地板上。

“我去帮你拿吧。”艾琳娜说。

艾琳娜颇有仪式感地庄重地走向那个碗。她把手伸了进去。里面还有两串钥匙，当然，里面有一串是她家的。不过，和吉姆的妻子一样，她避开了那个选项。起初，艾琳娜只是想帮他把钥匙拿回去——但回去的路上她想这何尝不是在游戏呢？是啊，拿到了钥匙，做了选择，她就是玩家之一。艾琳娜把那串钥匙递给吉姆的时候，她隐隐在期待着。

“今晚，真是没什么劲，对吧。”吉姆说道。

“我来的路上，觉得这个宴会就是个笑话。我是说真的。”艾琳娜说。

“说实话，跟我想象的并不一样。我没想到是这么回事。”

威廉姆斯今天穿着绿色的花呢裤子——上面交织着红色和黄色的线条——上身是带褐色条纹的白衬衫。大得不协调的领子平整地翻出来立在外面的花呢夹克上。脚上穿着平底皮鞋。吉姆两侧留着鬓角，鼻子下面蓄着一团大胡子，说话的时候，吉姆总会若有所思地捋胡子。

珍妮和吉姆在沙发上坐了下来。

“喝咖啡吗？”威廉姆斯问艾琳娜。

“嗯……你是从城里回来的吗？天气怎么样……”

“天气不太好。”吉姆在回来的火车上听了收音机，气温一下子足足降了二十几度。

“嗯，这么冷啊，可真够受的。”艾琳娜应道。两个人说着话的工夫，已经来到了厨房，准备沏咖啡。“你说……”

“听着，艾琳娜，我们，嗯……是邻居，对吧，算是很亲密的朋友了吧。要是咱俩，是吧，有点奇怪。”

也对，两个被另一半背叛的可怜虫，没必要在出轨的问题上互舔伤口。他们都是过来人。今晚过来之前，艾琳娜就酝酿着一种很复杂的情绪。想要描述出来这到底是什么情绪还真是困难。这是银草中心的人该干的事。

“本杰明已经在洗手间里睡过去了。我们俩结婚十七年了，但我现在没有一点想去管他的想法。就今晚，我不想管他。和你……他不是我生活的全部……你能明白我在说什么吗？”

吉姆没有回答。

“所以我恳请，在你的妻子已经和一个男孩离开的情况下，看到你一个人站在那儿的时候，我恳请你能同我做一点不算浪费人生的事。在一起，就当两个可怜人在一起取暖好吗？打发些时间罢了。就这样。如果你还——”

不知再如何开口的两人一会儿看看手里的咖啡，一会儿又看看橱柜里的餐具，环视着哈尔福德家的厨房，冰箱贴、调料瓶、水槽、果酱罐，什么都看了，唯独没有看对方的眼睛。

“我结婚了，你知道的，”艾琳娜见吉姆没有开口的意思，“所以以后对你，没有威胁的。要是你担心以后的话，如果你以后不想提，我也绝不会开口。所以，拜托你别让我觉得就我一个人在唱独角戏，好吗？别让我觉得我在犯傻。这件事，不难，对吧。”

漫长的寂静再一次降临。

“那什么，”吉姆终于说话了，“我们开车兜兜风吧。”

艾琳娜犹豫了。

“好，好的。我们要不要先收拾一下这里？你觉得，这样可以——”艾琳娜踟蹰道。

“不用管。”吉姆马上反驳道，“游戏的规则里没有这一条。”

二人走出厨房，回到客厅，关上了所有的灯，她特意不去在意洗手间里的流水声——没多久之前马克·博兰还撞见她脱下内裤坐在马桶上的样子——不去在意里面开着灯，不去在意里面还有人。他们最后检查了厨房的电器、餐厅的电灯，确保所有的电源关闭后，他们又把前厅的雕塑搬回到原处，也就是客房旁边的空位置上，桃乐西总是把它放在那儿。吉姆和艾琳娜帮彼此穿上外套。

室外的天地早已不是宴会开始前的模样。这样恶寒的天气在东北部很是少见：雨、雪、冰雹还有凛冽的风——上层的气温兴许会高一些，但地表温度已经到了刺骨的程度。电线杆上、树上和房顶上，一切能落雪结冰的地方都裹上了厚厚的一层白衣。（电台里的天气预报员称这可能是三十年来最大的暴风雪。）冷空气从东海岸外四百英里的大西洋刮来，一直席卷至宾夕法尼亚州。

艾琳娜和吉姆像所有从哈尔福德家里出来的宾客一样，走进了这场罕见的冰风暴。雪已经积了三四英尺深了。寒风裹挟着冻雨敲打在吉姆的凯迪拉克上，车的风挡玻璃已经冻上了一层厚厚的霜。

“我们得先除霜。”威廉姆斯说道。

艾琳娜怀疑车是否还能打着火。好像刚才点火的时候，它能走，毕竟是凯迪拉克。她还担心其他的宾客会发现他们的行踪，撞破他们的计划。偷情的快感不就在于获得精神上的麻痹吗？如果偷情的时候还要担心这担心那，那偷情还有什么意义？但是在这样的冰风暴中，就连偷情都听起来可笑了。她本打算告诉吉姆的，但是吉姆已经俯身来吻她的嘴唇。空调里吹出的热风喷在两个人的脸上，风挡玻璃上的霜还没有化开。“座子能放倒吗？”艾琳娜问道。

这就意味着正式开始了。艾琳娜从未有过车震的经历，她只在书里读到过。她不知道什么是摇滚，不知道什么是种族冲突，不知道在车里做爱是什么滋味。实践证明，空间不足，还是需要技巧的。

一切发生得太快了，艾琳娜甚至还没有感觉到什么就已经结束了。吉姆哀叫了一声。比除霜的时间还要短，就结束了。

吉姆很不好意思地挠了挠脖子。

“做爱时间短证明丈夫对妻子不甚满意，许多妻子都会表现得不耐烦或者不兴奋，故而这样的现象频繁发生。男性和女性对待性的反应和享受方式不同，所以夫妻间会出现矛盾。尤其在上层社会中，受教育良好的女性相对保守，对性的态度远不及男性开放。”艾琳娜突然想起曾经看到的这么一段话。

“真是太糟糕了。真的太糟糕了，非常抱歉，艾琳娜。”

现在要从她的身体里退出来还有些困难。艾琳娜有些焦虑，她想她得开开门，至少先让脑袋探出去换口气。不过，她最后选择滑到储物柜的下面，提上裤子。

“家里已经一团糟了。”吉姆说道，“你都无法想象有多糟糕。珍妮很冷漠。她情绪不稳定。我想……现在跟你聊这些可能时机不太对，但，艾琳娜你知道吗，情况就是这样。她不开心。我不知道她为什么不开心。我不能让她开心，孩子也不能。她就是开心不起来。她总是觉得我跟她撒谎，不说实话……她现在不想要以前想要的安稳日子了。这样下去不是办法。我只能说到这儿了。”

“开车吧，”艾琳娜说，“我得看看孩子。保罗应该今晚回来。”

“老天啊，这个天气。”吉姆说，重新系好裤腰带，“我想补偿你，艾琳娜。我可以做得比刚才好，真的。我认真的。”

艾琳娜叹了口气。

“那我们聊聊吧。”

“好。我希望你别想歪了。”

“或许你需要……我们随时可以聊，你知道吧。”

“我也需要，我也需要来一下。”威廉姆斯说。

吉姆系上了安全带。

他发动了车，同时他注意到车道上的轮胎印，他看见厚厚的积雪下面还有一层坚冰。那层冰不比雪薄。凯迪拉克似有自己的主见一般，车一直在打滑。吉姆猛地打了转向，试图控制轮胎。

两个人都陷入了自己的情绪里。这一刻他们又做回了邻居，如果说刚才有那么一会儿他们不是邻居的话。艾琳娜觉得自己廉价又孤独。她情愿去加油站排队，情愿看一部战争纪录片，她情愿——她发现这一点的时候吓到了自己——收拾那个喝多了的胡德。为了赶时髦，她怎么让自己做了这种事？现在和邻居家的男主人，她原先瞧不上的男人，坐在车里，刚才还和他做爱了。

车子终于前进了，驶向了菲利斯山大街。他们都看见了山脚下停着的一排排车，显然是被丢在那里的，没人会在这样的天气里出行。吉姆的凯迪拉克又失去了控制，不止打滑，还原地转圈，甚至不止一圈，而且越来越快。艾琳娜能听到自己惊慌失措的叫声，这可不像她。就跟电台事故一样罕见。她不管叫声是来自喉咙还是内心，情急之下，她只想到了死亡。她回想起好多的未完成。家里的老狗还没有喂食。保罗得剪剪头发了。她的宝贝女儿温蒂，她想看温蒂穿上美丽的新鞋子。还有，她得和胡德把客厅的窗帘换了，还要买一辆小一点的车。

凯迪拉克最后奔向了路边一道浅沟里。轮胎打转的最后一圈，速度降了下来，比小孩子玩的摩天轮还要慢。车的前脸有一半扎进了沟里，熄火之前，引擎发出突突的声响。

吉姆的头撞在了方向盘上。他问艾琳娜是否没事。

艾琳娜点了点头。

“节日快乐。”吉姆说。

他试着抬了抬僵直地踩在刹车上的腿——奇迹般地没有受伤——然后看了看艾琳娜是否真的没事。旁边竟然也停了不少车。应该是宴会上宾客的车。

“这样，今晚你在我家过夜，毕竟离这儿不远，亲爱的，明早你再离开。”吉姆建议道，“客房或者什么地儿，你随便睡。现在走着去车站不现实。反正今晚不能再出门了。”

艾琳娜思量着吉姆的话。

“还有你儿子，他不可能坐今晚的火车。我跟你保证。他比咱们清楚这种天气太危险。火车说不定都停运了。温蒂现在肯定上床睡了，安安稳稳到明早不会有问题。都没事的。再说，我欠你的，我得弥补。就回我家吧。”

艾琳娜仔细地琢磨着他的话。

在这个特别的午夜，发生的最后一件事，就是菲利斯山大街和山谷路交叉口的路灯，几英里才有这么一盏路灯，突然熄灭了。

莱贝茨·凯西告诉保罗·胡德，她爱他，但是是对朋友的那种爱。莱贝茨给出的理由很牵强，话说得也不是很有底气。保罗不想去理会外面的烦心事，他只想和莱贝茨享受当下。他也告诉莱贝茨，她是他最好的朋友，是这世上唯一一个与之相处没有拘束的朋友，其实这样的夸赞是为了避免说出保罗心声的尴尬，既然莱贝茨把他当朋友，他也不好再进一步。这一点，莱贝茨也看出来了。

两个人并排坐在莱贝茨的床边。她开口道：“但是，你对我的了解不算多。”

“我当然了解你！”保罗说道，“我太熟悉你的味道，莱贝茨，我还知道你在食堂习惯坐在角落里。在我眼里，你很好，真的，很好很好。我也很喜欢你。”

莱贝茨又提到她把保罗当成朋友爱护。没人知道这句话到底意味着什么。两个人索性拿起彩铅在莱贝茨的空白笔记本上涂鸦起来。保罗有种被她牵制住的感觉，即使坐在她身边，也不能往前走一步。保罗在纸上描绘出霹雳火的样子，用黄色和橘色填充颜色。漫画中霹雳火从大学里辍学了——保罗也希望如此——而且恋爱运非常不顺。保罗在一旁写道：“献给吾心所系——莱贝茨。”

莱贝茨夸赞保罗像个漫画家，画得很是不错，但保罗很快就擦掉了自己的作品。

保罗静静地注视着在纸上画来画去的莱贝茨，他在想自己会不会出现在别人的梦里，这个别人，比如躺在书房沙发里呼呼大睡的达文波特，那位会在梦里梦到他吗？也许那是一个美梦，也许是一个没有多少开心的片段，即使有也是为了最后不开心的结果做铺垫的噩梦。现在，就像在做梦。在寂静的房间里，在世界仿佛只剩下莱贝茨和他的时刻，她吞吞吐吐地告诉他她像朋友一样爱护他，保罗可以接受，接受莱贝茨的坦率，接受自己与寂寞为伴的命运。他时常感觉自己的人生滑稽得就像是别人做的一场梦，做梦的人时不时还会醒过来。又或者将之比作周播的搞笑连续剧，动不动就因为热门综艺节目而换档甚至停播。

“我不是说我不在乎你，”莱贝茨试图挽回点什么，“因为我其实很关心你的，也许吧，但我觉得，咱们不该发展成别的什么。我觉得你像，哥哥。对，你就像我哥哥。你明白我什么意思吧。因为——”

铅笔凌乱地躺在记事本旁边。保罗琢磨着该怎么回复她。“你错了，你会后悔的。”要说这样的话吗？保罗也弄不清自己的心意了，他要怎么说，怎么安抚她呢？他唯一确定的就是，他不想离开这张床，离开她，他不想回到学校面对枯燥的学业。他想就这样坐着，陪着她，想和她享受涂鸦的乐趣，欣赏漫威的作品。可是她不明白，看不出保罗的心思，也看不出漫威有什么魔力。她看不出，他不想长大。

“我们去酒吧玩玩吧。”保罗突然提议道。

“去酒吧合适吗？我现在的状况有点……”

“你不想和我……你不想在回学校前痛痛快快地玩一场吗？放假了，你不想好好庆祝一下吗？就这一回！我保证不会让你出事，会送你安全回来的。”

“那，”莱贝茨说道，“那，我们打个车去吧。”

时针指向数字10。

保罗先给家里打了个电话。他得跟他母亲报备一下，但实际上他更想和妹妹聊一聊。他想跟她说追女失败，自己大概要孤独终老。他想告诉她自己出了一身汗，像酒窖里的墙壁，浑身湿漉漉的。他还想说他现在连坐都坐不住，呼吸的每一口气都浑浊不堪。但是，他对温蒂只字未提。因为他若是跟家里人说这样的话，他们只会问他介不介意帮忙把垃圾丢一下。所以，他从来不和他们说心里话。简短地说完之后，他挂上了电话。

莱贝茨的家长给了她不少零用钱，她给保罗看，自己却并不在意有多少钱。门卫帮他们拦了辆车，保罗赏了他们不少小费。

麦克斯[①]酒吧门前的广告牌上写着今晚邀请到巨星带来两场精彩绝伦的演出。隔着一条街，保罗都能听到酒吧内传来的甜美音乐声。他紧紧地拥着莱贝茨，静静听着音乐。他们站在酒吧对面的人行道上，安保的一句“未成年人禁止入内”让他们只能站在这儿听了。毕竟两个人一个十七岁，一个十六岁，怎么看都不像穿着深色牛仔裤和毛衣的成年人，更何况两个小孩子连头发都没染过，一看就是未成年。他们原是带着伪造的身份证的——纽约市民的身份证——他们以为能混进去的。结果被识破的两个人只得站在寒冬的路边，远远地听歌。出租车疾驰而过，高高地溅起了雪水和泥浆，两侧的行人赶紧避让。

莱贝茨和保罗看着大批大批的人涌入麦克斯。

① 纽约市内知名社交俱乐部，更是摇滚乐、朋克乐、流行乐的表演殿堂。

1973年最炙手可热的摇滚巨星非加里·格利特[①]莫属，而纽约市内最耀眼的乐队则是一群化着浓妆、戴着浓密假发的男孩儿组成的纽约娃娃乐队[②]。他们在纽约最顶尖的华尔道夫酒店演出过，也在新泽西的国家剧院登过台。纽约娃娃乐队最为畅销的单曲是《人格危机》。这个月莫特乐队[③]在纽约表演了他们的新曲，此前他们的作品都不大畅销，一度濒临解散的危险，但自去年他们发行了单曲《致所有年轻的孩子》，名声大噪，服装越来越多变。卢·里德[④]几周前在与麦克斯酒吧隔街而邻的音乐学院演出。华丽的鞋子、皮裤和罩衫都是这些摇滚巨星表演时的必备行头。他们的歌曲主题大胆前卫，歌词内容往往涉及异性装扮癖。

保罗的《摇滚乐》杂志11月刊上，一位摇滚乐批评家将1973年称为“属于变性流浪汉的一年”，一夜之间玩摇滚的人都梦想变成怒发冲冠的女王。就连娱乐先锋迪克·克拉克[⑤]都在同一期的《摇滚

---

① 20世纪70年代英国摇滚歌手，以浓厚的妆底、全身亮闪的装备以及高筒靴子闻名。他因模仿著名摇滚歌手大卫·鲍威的着装使他在华丽摇滚的全盛期卖出不少唱片。

② 摇滚史上极其重要的一支乐队，他们是朋克音乐最早的先驱者之一。1971年成军，1977年宣布解散。

③ 1969年成立的美国知名摇滚乐队，也是20世纪70年代代表性的摇滚乐队。

④ 卢·里德（1942—2013），美国摇滚乐歌手与吉他手，纽约摇滚老将、前“地下丝绒”乐队主唱。

⑤ 迪克·克拉克（1930—2012），美国知名电视制片人，曾于1965年担任《美国舞台》节目主持人。

乐》杂志上谈到这个问题："雌雄同体……还可以称为异装癖，是吗？个人认为这只是时下的新潮，孩子们只不过是跟风罢了。就像上街游行的孩子中，也多半是因为他们觉得那是一件很酷的事。所以摇滚乐的主题很快会更新。从另一方面看，摇滚乐坛出现这样的现象，是否反映了做音乐也需要商业回报的事实呢？我们在电视上看见明星卖力的演出，都是商演。像爱丽丝·库珀[①]这种只会要帅装酷的伪摇滚人，还能在电视上招摇撞骗，真是可笑。不过最可笑的是整个世界还为这种人而疯狂。"

如果保罗留神的话，他会看见大名鼎鼎的安迪·沃霍尔[②]也走进了麦克斯酒吧。沃霍尔的工作室"工厂"与麦克斯酒吧就隔了一条街。今年夏天沃霍尔还在罗马拍摄电影《弗兰肯斯坦与德古拉》，现在回来致力于翻新他名下的知名杂志《Interview》[③]。该杂志11月9号发行的期刊里提到："知名编剧鲍勃·寇莱西勒身着纪梵希[④]祖

① 爱丽丝·库珀，美国休克摇滚歌手。

② 安迪·沃霍尔（1928—1987）被誉为20世纪艺术界最有名的人物之一，是波普艺术的倡导者和领袖，沃霍尔除了是波普艺术的领袖人物，他还是电影制片人、作家、摇滚乐作曲者、出版商，是纽约社交界、艺术界大红大紫的明星式艺术家。

③ 1969年，沃霍尔和友人创立了Interview杂志。起初是一本电影杂志，后来变成了一本专访杂志。

④ 来自法国的时装品牌，纪梵希最初以香水为其主要产品，后开始涉足护肤及彩妆事业。该企业品牌在世界品牌实验室编制的2006年度《世界品牌500强》排行榜中名列第四百一十一位。

母绿灯芯绒西装，内搭圣罗兰[1]真丝衬衫，深棕色定制夹克，下着黄褐色西裤，加之纪梵希古龙香水的衬托，堪称社交男性搭配典范。著名导演杰德·约翰逊身着圣罗兰蓝色休闲外套，内搭布克兄弟[2]浅蓝色衬衫和巴黎世家[3]畅销款条纹领带，下配时尚休闲裤，整体搭配协调，给人以轻松舒适之感。安迪·沃霍尔身穿高定棉质夹克、布克兄弟衬衫、红灰撞色布克兄弟领带、圣罗兰棕色V领羊毛套衫，下穿李维斯[4]限量男靴。近日三人相约在中餐厅小聚。”

但自从极端女权分子薇乐丽·索朗纳斯[5]枪击沃霍尔后，后者就大大减少了公开露面的次数。所以沃霍尔从不在周五的晚上前往

---

① 法国著名的奢侈品牌，主营品类包括时装、护肤品、香水、箱包、眼镜、配饰等。

② 美国知名男士服装品牌。

③ 时尚界最有影响力的品牌之一。有代表性的成衣系列体现了品牌的身份，皮具、鞋和饰品也取得了全球性的成绩。皮包是品牌的主打产品之一。

④ 著名的牛仔裤品牌，作为牛仔裤的“鼻祖”，象征着美国野性、刚毅、叛逆与美国开拓者的精神。它历经一个半世纪的风雨，从美国流行到全世界，并成为全球各地男女老少都能接受的时装。

⑤ 女同性恋者薇乐丽·索朗纳斯曾给沃霍尔一份女权主义的手稿，他承诺把这个手稿拍成一部电影，但是后来没有，薇乐丽·索朗纳斯担心沃霍尔想偷窃自己的想法。在1968年6月3日，她去工厂见了出版商，出版商说沃霍尔骗了她不让她离开，但是她后来出来了，跟踪沃霍尔到了拍摄地，并且开枪射中了沃霍尔。经过五小时的手术，沃霍尔被救活了，这一次的经历也深深地影响了沃霍尔，后来一直没有完全康复。1973年，沃霍尔重新解读了弗兰肯斯坦和德古拉，包含了明显的性和暴力镜头，特别是用隐喻的手段表达了他遭受薇乐丽·索朗纳斯的枪伤伤害。

麦克斯酒吧。沃霍尔热捧的女性伊迪·塞奇威克[①]才是真正的悲剧人物——很多新伽南、格林尼治的人都了解她的私生活，他们对沃霍尔也颇有微词。虽然新伽南出过著名女星，却没出过摇滚巨星。莱贝茨和保罗念书的地方，新罕布什尔州也没有出过什么有名的摇滚人。

大晚上站在街边瑟瑟发抖的两人不知道接下来该做什么。莱贝茨感觉不大舒服。十六七岁的年轻人正如他们一样，兜里揣着足够的钱，就敢满纽约地乱走。但是有钱的是莱贝茨。保罗想去附近的联合广场[②]转转。可他知道没戏，毕竟他只是个身无分文的穷小子。本来他还想带着莱贝茨去上东区的另一个酒吧玩玩，但是现在他更想回家，他还需要十美元坐车回家。

“回去吧。”他说，“我们不该来这儿，是我不好，抱歉，实在抱歉。我送你回家，然后我也回家去。”

“你，你可以不用管我。”莱贝茨说。

“不行，我得带你回去。你身体不舒服，我得先安顿好你。”

莱贝茨现在的脸色十分难看，她紧皱着眉头，双唇紧闭，似

---

① 伊迪·塞奇威克（1943—1971），美国20世纪60年代当红的影星、社会名媛，以及在许多安迪尔·沃霍短片里的女主角。

② 位于美国旧金山的一个广场，占地2.6英亩，是美国西部百货公司、高档精品店、旅游饰品店、艺术画廊和沙龙最集中的区域之一，是旧金山吸引游客的主要地点之一，一个世界一流的购物区。

在隐忍莫大的愁苦。然后，她就吐了。站在纽约市内最繁华的地段之一，站在冬夜的街边，莱贝茨再也克制不住，吐了起来。她难受地弯下身子，不断地呕出白色的液体。发出腥味的呕吐物混着地上的雪水流向下水道，很快莱贝茨吐出来的东西就会像放射性物质一般顺着下水道流向整个纽约城。很不幸，保罗的鞋上也沾上了呕吐物，他的脚趾愈来愈清晰地感觉到黏糊糊的东西在往下渗，恶心得保罗赶紧跳起来想甩掉脚上的脏东西，却怎么也甩不掉。他还是不能甩掉莱贝茨吐出来的东西，也不能甩掉莱贝茨。他必须得把她安全送回家。

保罗好不容易和姑娘出来约会，结果人家当街就吐了起来。真是太刺激了。

“抱歉。”莱贝茨呻吟着向保罗道歉，“老天，抱歉。”

保罗不知如何回答，他赶紧走到大街上，拼命地挥着手去拦出租车。

保罗打到了车，扶着莱贝茨上去，小姑娘难受地哭出了声。今天是感恩节后的第二天，她全家都出去滑雪了，唯独把她留下。保罗看得出她和自己一样面临着家庭矛盾。他希望自己能够变成霹雳火拯救这个可怜的姑娘。抛弃，在美国这片土地上并不稀奇。保罗也想抛弃她，这个吐起来没完的姑娘。他爱她。他想甩了她。现在是晚上十点二十八分。

“对不起，弄脏了你的鞋。”莱贝茨哭哭啼啼地说。

保罗什么都没说，反而去亲吻她沾着呕吐物的双唇。吻她，是因为他想克制自己跟着反胃的生理反应。他想证明他不嫌弃她，他是个善良的男孩。

两个人终于回到莱贝茨的家。保罗扶着莱贝茨下了车，一路进了电梯。保罗的手掌轻轻摩挲着莱贝茨纤细的脖颈，扶着她回到卧室。莱贝茨一进卧室就直冲进洗手间吐了起来，不过这次比在大街上优雅多了。保罗不禁干呕起来。接着，他听到莱贝茨在洗手间里大便的声音，他还听到一种像水一样缓缓流向便池的声音。这是保罗第一次听到女人上厕所时的声音。莱贝茨仍然在哭。莱贝茨家的房子里能听到三种声音——莱贝茨拉肚子的声音、她抽噎的声音以及隔壁房间里达文波特打鼾的声音。隔壁是莱贝茨姐姐的房间。达文波特应该是梦游到那里去的。

莱贝茨换上睡衣，从洗手间走了出来。保罗的眼睛盯着她纤弱的脚踝。莱贝茨站在床头灯旁边，昏黄灯光的陪衬下，保罗看不清她的脸，只见她透视睡衣下凹凸有致的身材若隐若现。

“你还好吗？”保罗问她。

“好多了。”莱贝茨喃喃道，“再不能混着吃了。”

“今晚谢谢你，我过得很愉快。”

“嗯。”

保罗接着说：“我以前没怎么逛过纽约城，主要是我不经常来。圣诞节的时候，爸爸妈妈倒是会带我来。有一次，我们还看了马戏，特别好看。但现在我不怎么来这里了，你知道的，我没什么朋友，所以也不会常常拜访——”

莱贝茨早已筋疲力尽，哪里还有气力和保罗聊天。仿佛柔美的幽灵一般，莱贝茨轻轻滑进被子里，蜷缩成问号的形状，安然地入睡了。

保罗问她能不能让自己躺在身边，就躺一分钟，陪她睡着，然后他就离开，赶车回家。睡着的莱贝茨当然不会回答他，于是保罗大胆地脱下被弄湿的运动鞋——上面沾满了呕吐物和灰尘——也脱下他的卡其裤。穿着格子四角裤的保罗——圣彼得没人会穿三角短裤——爬上了床，在莱贝茨身边躺了下来。

他只是想环着莱贝茨，像父母哄孩子睡觉那样哄着莱贝茨睡觉。他只是想陪着她。莱贝茨突然翻了个身，调整了呼吸。于是——莱贝茨抵上了他正抚摸她额前碎发的手臂。像是打开了身体的某个开关一样，保罗起了反应。他深谙人体的秘密，现在莱贝茨能否回应他的变化不重要。真的不重要。重要的是他知道接下来该怎么做。

保罗开始磨蹭莱贝茨。他知道这是为了什么，但他从心里拒绝承认。倒不是说他觉得这有什么不妥。他才不管你是窝囊废还是大英雄，那种混杂着罪恶感和欢愉的感情即将涌现。其实最佳的效果，是在被发现的那一刻达到的，如果是被你母亲发现，那就更加妙不可言了。那一刻内心的呐喊是比什么都要真实的——谁会爱上我吗？没人会爱上我！

保罗明白，这些都不能给他极致的享受。他知道自己是个变态，不是什么聪明伶俐的家伙。他也知道在这个星球上的任何一片土地上干这事儿，都不会有过高的回报。但是想得再清楚明白也不如那一刻来得痛快。

保罗尽量不打扰莱贝茨，翻到她的身上。这个姿势，他能得到一丝宽慰。

“莱贝茨……”保罗闷哼道。

保罗，靠自己，完成了一场欢爱。但就是，弄脏了莱贝茨的床单。

倏地，保罗下了床，去看时间。他听到自己的心跳越来越快。他急急忙忙穿上衣服。他这是鬼迷心窍了吗？他是傻子吗？是白痴吗？他赶紧冲向洗手间，洗净手上的污秽，接着又抓过一条印花毛巾，回到床边。莱贝茨还在睡。他用毛巾擦拭着离莱贝茨后背不足一英寸的地方。莱贝茨又翻了身，这下只有几英尺远了。保罗小声地说着对不起。他狠狠地擦拭着床单。想弄掉上面的污秽，但因带着零星的结块，着实不容易掉。得等彻底干了，才能弄掉。他暗暗期盼着明早他弄到床单上的污渍就会消失。他祈祷着如果消失不掉，至少也变成别的什么印记，不要叫人瞧出来才好。

快到十一点了。达文波特会不会听到这里的响动。现在已经听不到他的鼾声了。保罗的命运总是如此悲惨。他穿好衣服，去找他的杂志。整栋公寓就剩他一个人，仿佛整个世界都在替他保守秘密。以后，他还能和莱贝茨在法语课上并排而坐吗？圣诞节前他的罪恶感会消失吗？他要以什么面目来迎接1974年呢？

最好的方案就是一切照旧。他应该按计划搭上火车回家去，按原计划，返回新伽南，明天一早和父母一起吃早餐，陪他们一起晒太阳，努力感受家庭的意义，然后，还是按计划，周日搭车返回波士顿，再从那儿转车去康科德。周一的早上去小教堂参加例行仪式，然后去上课，第一门是他最讨厌的《西方起源》，然后是《几何学（一）》《化学（一）》《英语（五）》和《法语（四）》。他要按部就班地回到正轨，一心想着考试，想着买个圣彼得周边产品，比方说车尾贴，送给父母。

保罗穿好了衣服（其实上衣没有完全穿好），系上花呢夹克的扣子。他的"家伙"还在隐隐作痛。他俯身至莱贝茨身前，抚摸着她平滑干净的脸庞。

"嗯……"睡梦中的莱贝茨轻哼道。

保罗又向她说了声对不起，仿佛道完歉就真的什么也没发生过一样。

保罗拦了辆车，拜托司机一定要在十一点前赶到中央车站。时间不太来得及。出租车驶过繁华的街道时，保罗已经没有欣赏的心情。他也没空理会雪正越下越大。他没注意到天气的变化，反倒是沉浸在青春期的困惑里。他还算不上是一个男人，只是个男孩，一个还享受宠爱的孩子。他的父母或许能帮他。他可以去银草中心。他的爸爸有的是钱，可以花钱让他接受心理治疗，到了探访的时间，他爸爸还可以带着换洗衣物来看他。圣彼得开除他以后，他就可以让爸爸送他去银草，或是送到别的专门关变态的地方。

十分钟后，保罗在售票窗口买了票，急急忙忙地去赶车。就在车门关闭的前一秒，他踏上了回家的火车。车上还有三三两两的少年——他记得他们是公立学校比他年长一点的孩子，混酒吧的孤独的孩子们——坐在空荡荡的车厢里。火车开动了，一路狂奔赶车的保罗像大理石停尸板上的尸体一样，横在三人座的座席上。

车厢里的人大多都睡着了，百无聊赖的保罗只好拿出第141期的《神奇四侠》看了起来。窝囊废、失败者、怪胎和缺爱的人，像保罗这样的人，是漫威漫画最忠诚的粉丝。

前情回顾。上期讲到，安尼西鲁斯妄图称霸负能量世界，即与地球平行存在的空间，该世界的自然法则与地球略有不同。来自负能量世界的变异虫人安尼西鲁斯进化成带翅金属战斗虫人，为求长生不死、称霸世界，开始了他的邪恶计划。神奇四侠当然是安尼西鲁斯称霸世界最大的障碍。所以，安尼西鲁斯看准了和母亲苏独自生活的幼小的富兰克林·理查兹，趁着其不负责任的神奇先生父亲不在身边，削弱了富兰克林的魔力。

与此同时，苏的老师安格尼斯·汉克内斯受到安尼西鲁斯的蛊惑，带着苏和富兰克林进入了负能量世界。里德、约翰尼、本和美杜莎——从112期刊起作为四侠中苏的替代出场——以及约翰尼曾经的大学室友，怀特·温福德听到苏单枪匹马闯入负能量世界后，立即展开营救。

其实这一期大部分都是讲述安尼西鲁斯和怀特之间的渊源，主线情节没有实际进展，而它之所以能成为一期杂志发行，是为了吸引保罗这样的读者继续购买第141期杂志。

第141期中，里德前往安尼西鲁斯的星球拯救和他早已疏远的妻儿，既为承担家庭的责任，也为守护世界的和平。保罗从未见过这样冲动的神奇先生。第141期开篇就是安尼西鲁斯控制住了里德，队内其他成员也陷入了反重力的瘫痪中。“你把我们引过来，无非是为了复仇。”里德对虫人吼道，“但是我儿子，跟他没关系，你要把他怎么样！”

另一边，深爱着石头人本杰明的盲女艾丽西亚·马斯特斯正前往拉脱维亚，寻找治疗眼疾的方法。

神奇四侠摆脱了瘫痪的颓势——不管怎样，就是做到了——他们开始采取行动，登陆安尼西鲁斯的老巢。英雄们与星球上的会心灵感应的外星人成了朋友，并在它们的帮助下，从安尼西鲁斯的老巢下开挖隧道，很快就挖到囚禁苏、安格尼斯和富兰克林的实验室，三个人被囚禁在一个巨大的试管里。

这最后八页的精彩内容足以让保罗从刚刚的自责中解脱出来。就像封面上画的那样，富兰克林的双眼里冒出像原子弹爆炸时发出的光，情状比银河系中无时无刻不在发生的原始爆炸还要可怖。最后美杜莎、约翰尼和本成功制服安尼西鲁斯，将其尸体扔在报废的机器中。结局平淡无奇，正义最后总是战胜邪恶，恶人必有恶报。

里德想把大家都带回纽约，这样他才能利用反物质设备稳定富兰克林的情况，问题是该设备未经测试，风险较大，所以里德的打算遭到了苏的反对。安格尼斯利用超能力将众人送回纽约。回到基地的里德马上将孩子放在反物质装置上。“等一下！”苏大喊道，“美杜莎，你看他在干什么！那东西太危险了！不要，里德——不要！”

看到杂志第三十一页的下半段漫画时，保罗突然觉得，仿佛这一整天的事，这次的感恩节假期，都是因为这一刻而变得有意义。他仿佛察觉到斯坦·李以某种交流方式，直接与这个宇宙交流——

通过某个人物来，好比漫威中最神秘的观察者①，类似于诺斯替教②教徒一般的存在——通过李的超前设想，通过这些人物，实现漫画家个人与整个宇宙的对话。而保罗，在过去的无数岁月里，都是最忠实的看客。漫威渗透着他的生活，他也影响着漫威。

里德的儿子最后还是死于他父亲的疯狂举动。慌乱中，里德冒着巨大的危险，将电离反物质投放到儿子身上，由于操作时空违反了自然法则，导致其在爆炸中身亡。富兰克林眼中不正常的激光终于消失了，随之消失的，还有他的生命。曾经天真快乐的回忆似在他的眼中流转，最后渐渐被黑暗吞噬消弭。富兰克林就这样死在父亲的手中。

“你看看你都干了什么！你弄死了你的亲骨肉！那是你的儿子啊！”

最后几个漫画格子里画着里德绝望地怀抱着他过世的儿子，苏、怀特、约翰尼、美杜莎和本从里德身边离去。绝望的里德抱着他的儿子，一言不发地坐在那里。本期《神奇四侠》到此结束，下

---

① 美国漫威漫画旗下角色。观察者的种族在宇宙形成时出现，因此他们亦拥有比宇宙中其他生命早上亿年的科技水平。

② 一般认为起源于公元1世纪，比基督教的形成略早，盛行于2—3世纪，至6世纪几乎消亡。它们在组织上互不相属，并无统一的机构。但在教义上则大同小异，称为“重知主义”。那认为物质和肉体都是罪恶的，只有领悟神秘的“诺斯”（希腊文gnosis，意为“真知”“灵知”“直觉”），才能使灵魂得救。

期再会。

车厢里的灯突然暗了下来，火车缓缓地停下。今天一直在这趟铁路线上来来回回的保罗知道，这是又到站了。不过十分钟之后，紧急照明开启的时候，保罗就没这么确定了。很快，灯又灭了，留下不祥的漆黑。一名举着手电筒的乘务员匆匆忙忙地走过保罗的座椅，其他乘客似乎被这一点骚动吵到了，仿佛梦到被人架在火上炙烤一样不安地翻着身。窗外，闪着95号州际高速路旁的路灯，路上的积雪也早就被清到一旁。火车停在切斯特港和格林尼治中间的地方。雪一直在下，看样子今晚是不会停了。乘务员走进车厢，通知各位乘客："前方有电线杆倒塌，我们将尽快维修。"他嘀嘀咕咕地报告着这条消息，看上去他和其他乘客一样并不相信官方的说辞。

保罗又无聊起来，杂志已经看完了，车厢里大多数人也已经睡下，整辆火车困在这里，像是没了传感器的坦克。

在康州铁路线上的各个站台都有保罗留下的痕迹。格林尼治的站台男厕里有保罗刻下的名字，柯斯柯布港站台的小卖部里有他留下的零钱，韦斯特波特站台旁的灌木丛里有他留下的尿液，罗威顿站台上的某位姑娘手里有他留下的电话号码。他曾经乘车穿过康州的西南部，所以他对沿线的地名了如指掌。他还知道斯坦福德和达连港之间有一块尼克松选举的宣传看板；他能准确地叫出康州和纽黑文之间每一站停靠站点的名称；他知道诺沃克港、五里河和柯斯柯布港的具体位置，他也知道那里有几座桥，叫什么名字；他知道要从95号高速路出去，顺着山道向下，才能到达诺沃克。他对这一带了如指掌。

就算知道这些，又能怎么样呢？他的生活仅局限在费尔菲尔德里，他庸碌的生活对外面的暴风雪一点影响也没有。只有在不同的站台穿梭，在铁路线上耗上几个小时，他平凡无趣的人生才算有些微弱的变化。现在，他被困在这里，一个滞留在火车里的孩子，很快他也不再是孩子了。马上要拿到驾照，从一家子失败者中走出来的失败者，很快就要长大了。车停在切斯特港附近，这是纽黑文沿线上唯一一处居住着大量非洲裔美国人的地方。

保罗认识几个出身切斯特的黑人。小学的时候，学校里一个黑人都没有。但是保罗上到萨克森中学的时候，学校里就有五个黑人，其中三个是女孩儿，不过她们基本都是抱团在一起。保罗还是从年鉴上看到她们的，要不然他压根不认识她们。但是那两个黑人男孩子，保罗是一定会认识的。布赖恩·哈里斯可是萨克森中学的大哥大，他的头发留得很长，所有孩子都怕他。他是个天生的运动员，或许是新伽南的孩子从小就被灌输“黑人都是体育健将”的思想，保罗的父母也确实这么教过他，所以大家都认为大块头哈里斯不好惹。哈里斯发明了特殊的投篮姿势，大家都竞相模仿。只要他走进球场，所有人都会自动避让。哈里斯就是萨尔森中学的超级英雄，大家都敬仰他。

另一个黑人男孩叫罗根·克里格，这个人有阅读障碍，上英语课的时候，总是坐在保罗后面，还总是越过保罗的肩膀，偷看他写的东西。克里格每次喝多之后来学校的话，老师们就会收到他写得乱七八糟的作业。他写的字像小孩子的字一样难以辨识。他总是和白人同学在一起玩笑，但实际上他都不认识他们。他只是希望离开特殊教育班，他不想和一群智力低下的人一起学习。大家都晓得罗根爱撒谎，撒谎称病，撒谎说他写完了作业，总之一直在撒谎，撒谎之后又不得不圆谎，直到最后圆不下去为止。后来，他就从学校消失了。辍学，还是去了别的地方，谁知道呢？他的那些朋友，从来就不是真正的朋友。

以上就是保罗对黑人孩子的全部认知。圣彼得的黑人同学也很少，也总是凑在一起玩。他们很聪明，也很暴躁。其他关于黑人群体的认知，则来自电视，电视剧《菜鸟总动员》中就有一个黑人角色，《桑福德和儿子》中也有。他记得和父亲一起看到安吉拉·戴维斯[①]无罪释放的新闻时，喝醉的父亲低声咒骂道："肮脏的臭虫——"

---

① 黑人女演员，社会活动家，1970年涉嫌卷入武装暴力事件，后无罪释放。

切斯特港——保罗滞留的地方——这不是保罗第一次听说这个地方。保罗还小的时候，艾琳娜不止一次跟他讲过她朋友的事故。那是艾琳娜小时候的朋友，独自一人爬上从切斯特港出发的电动火车的车顶，大概是想尝试站在高处俯瞰风景，结果他在车顶撞到了高压电线，就这样丧了命。那是保罗第一次了解到电磁学的知识。

四十五分钟之后，乘务员再次出现："各位旅客，非常抱歉，列车出发时间尚不能确定，维修人员还在进行抢修。请您在车厢中休息片刻。有任何需要请随时联系我们。"

说完之后，他走到下一节车厢通报去了。

接下来的几个小时，如同在医院候诊室里一样煎熬。夜，越来越深，时间缓慢地流动着，空气中弥漫着不祥的分子。应急照明灯慢慢暗淡下去，车厢里的旅客们在睡梦中迷迷糊糊地咒骂起来。保罗也想睡一觉，不去理会眼下的事故，但是他失眠了。今晚太冷了，他只得搓搓手来取暖，他甚至能看到呼出的白气。保罗，害怕了。

临近清晨的时候，保罗似乎看到从隔壁车厢走来的身形庞大的人物，他暗自想象，那会不会是漫威里面的邪恶反派。原来，是一位头发花白、浑身酒气的人。在应急照明灯微弱蓝光的映衬下，这位上了岁数的人看上去倒和《神奇四侠》的作者斯坦·李有几分相像。说不定，他其实是中情局[①]的特工，平日里伪装成小学教师掩人耳目。这名体形肥硕、来历不明，看上去心情愉悦的陌生人径直走向保罗旁边，隔了一条过道，坐了下来。

保罗不知道他该期待些什么，说不准下一秒这个陌生人就要攻击他，甚至是强暴他！如果真的是强暴他，那也是他活该，今晚他也对莱贝茨做了同样的事。

“小伙子，知道厕所在哪儿吗？”“中情局特务”问道。

“嗯，我不清楚，可能下节车厢吧。”

对方突然笑了起来，好像想起了别的什么事。

“这趟车可真够呛，是不是？”

保罗点了点头，并不想回他的话，也不想让他有任何想要强暴自己的想法。但保罗还是回答了。

“我要是有手电就好了，再不济有露营用的小夜灯也好。再有点冻干的零食，充电式唱片播放机，几张碟片，再来几本漫画书，晚上也不至于太难熬。”

“特工”倾过身子。

“再有个姑娘，”他猥琐一笑，“有个人陪就好了。”

---

① 美国中央情报局是世界四大情报机构之一，总部位于美国弗吉尼亚州兰利。

“我想回家了。”保罗说的是真心话。

对方点了点头。窗外的高速路上一辆车都没有，只有几辆清扫车停在上面。

“我猜，你到新伽南下车？”对方开口道，“我有种感觉，我应该见过你的父母，我觉得你小时候我见过你。怎么说，似曾相识的感觉。对，就是这感觉。”

接着，他告诉保罗他叫什么，威廉什么什么的。

“不，没见过。”保罗支支吾吾道，“我，我，我住在斯坦福德，对，斯坦福德。”

保罗真希望乘务员能快点回来。

“是这样吗？看来是我搞错了，你不是本杰明的孩子吗？我还想说到了地方，我可以载你一程。但你要去城里的话，我就帮不上忙了。你只能打个车或者——”

“不用，”保罗赶紧打断他，“我爸妈会来接我。”

“停了这么久，他们知道什么时候到站吗？怎么等你呢？”

“嗯，我希望，也许，等着我吧。”

“好吧。”

他站了起来，准备离开。保罗看清了他下垂的眼袋、粗壮的脖颈，还有金属一般的皮肤。他靠得很近，一手扶上保罗的肩膀。他呼出的气有福尔马林的味道。这个人应该是毁灭博士[①]的助手，只有这样才解释得通。

“我想你不大愿意和我认真聊聊，保罗。当然，只是我的猜测。我无所谓的。祝你一路顺风。”

“嘿，我——”

“到站的时候如果需要我载你一程，到后一节车厢找我。”

“好的，我会的。”保罗答道。

那人出去之后，保罗赶紧朝着反方向狂奔起来，跌跌撞撞，碰醒了不少睡着的旅客。强奸犯，保罗心想，杀人犯。保罗跑了足有两节车厢。他害怕地把头埋进花呢夹克里。保罗的脑内不断涌现着最近报纸上登过的强奸犯，那些听到妇女尖叫声就会高潮，看到小孩子就想玩弄的变态。接着，他想到了另一个人，不是罗根，而是总抄罗根作业的斯基普·穆恩地。穆恩地总是在食堂拦住保罗，索要午餐费。自从保罗说服父母相信学校的饭费涨到了一美元（其实七十五美元分就够用），剩下的二十五美分就给了穆恩地做饭费。保罗害怕穆恩地打他。于是每天，穆恩地都会在食堂等着他，“小保罗！我们又见面了啊！哈哈哈哈哈哈！”

① 《神奇四侠》中的大反派。

后来，不只是饭费，学习上的事他也经常“麻烦”保罗。“考数学的时候，记得把你的卷子传给我。别耍花招！”穆恩地每次讲这些无理的要求时，总是笑嘻嘻的，装作一副慈祥和蔼的样子。

保罗多希望能够听到关于穆恩地不幸的消息，或者关于他家庭不幸的情况——诸如爸爸得了绝症，母亲酗酒之类的——这才能解释为什么会有这么人渣的儿子。保罗没跟任何人说过自己被穆恩地欺负的事情。他默许穆恩地这样做了。

在学校里温蒂总是被孤立。保罗见过孩子们转身离开，不和妹妹说一句话的尴尬场面；他见过法官和工人的孩子叫她骚货、荡妇。把头埋在花呢夹克的保罗又一次想不明白，他的父母、他们的基因，怎么一家子都这么不幸。

斯基普的事后来发展得更为严重。在新伽南高中的时候，穆恩地在厕所里欺负了一个弱智的女孩，莎拉·琼·福尔摩斯。

据说，穆恩地把尿尿在了女孩儿的身上。他把她打倒在地，站在她身上撒尿。据说，是这样子的。欺负一个智力发育有缺陷的女孩子，把她打倒在地，脱下裤子，对着她撒尿，还抽了烟。不知道这件事有没有被添油加醋，穆恩地看上去倒像是那种以欺负别人为乐的坏人。保罗一直在想这件事。

莎拉那一瞬间，当穆恩地的尿泼在她脸上，弄湿了她的衣服和头发的时候，她是什么感受？斯基普又是什么感受，事后他会后悔、会自责吗？就像保罗那样对莱贝茨之后？保罗不知道。

这件事的结局没什么特别，就这样发生，就这样结束。保罗只是不解，什么样的家庭会教育出这样的魔鬼。

第三章

Part 3

好了，我们来研究一下上帝的想法吧。为了不影响故事的发展，我们还是长话短说。上帝的思想自然不是我等凡人能揣测的，所以我并不清楚他为什么要这样安排胡德家的事，只得依靠侧面的描写、隐喻和列举自然中的实例来展现。比如，周六一大早睡在哈尔福德家洗手间里的本杰明·胡德做了个梦——宿醉带来的头痛让他这场梦做得并不舒爽。描述梦境是件麻烦事，所以还是长话短说。胡德梦见，因在自家院子里种了果树而被征收特殊“果税”，身旁开车的吉姆·威廉姆斯说有这么一种税的（梦里吉姆开的车是带着木制镶板的旅行轿车，现实中吉姆开的是凯迪拉克）。胡德试图向院子里的税务局的办事员说明情况，那些工作人员穿着白色西装，正在测量院子里李子树的尺寸，估算着果实的产量。

“我不明白，”胡德对吉姆说，“现在是1973年还是1991年啊？”

“好了，伙计。”威廉姆斯回道，“过去和未来都在此刻发生着。本来就是这么一回事。”

就是这么一回事。那是场梦。最神奇的是，本杰明的儿子，多年之后也会在新泽西的家中梦见同样的情形。梦中胡德还是主要人物，梦见的内容都一模一样。但是躺在洗手间地板上做着噩梦的本杰明对这一点毫无所知——以后他也不会知道——他的儿子也会做和他相同的梦，然后他儿子醒来之后还会讲出梦里父亲是主角，是叙述者。

保罗和他父亲之间的联系有点像作为故事的叙述者的我与上帝之间的联系。在本杰明和保罗存在之前，所有的巧合和设定早就确定好了，就像新伽南的历史、新伽南的现在——河流的流向，税收政策的改变，过去，未来——一切早已命定，本杰明也好，保罗也好，都沿着命运既定的轨道前行。你我皆是如此。

这也是一种隐喻。我还提到过来自自然的例证。这里也有。如果说上帝运用隐喻最明显的特征是巧合和重复，那自然的例证就没有这些明显的特征了。自然所展现的是无聊和暴力。所以我们的故事中也有暴力的成分，本质上讲，它也是无聊，或者说无意义的。这个故事不是从某一个出演者的角度来讲述的。而这一节，有一个小人物站出来讲话了，他可能较之前面的更不起眼。米奇·威廉姆斯。

所有物体的表面，房顶、车顶、管道上都结了一层冰。仿佛树枝、电线都被裹在奶白色的茧里面。大半夜的，米奇·威廉姆斯居然还在街上闲逛。他在屋子里听到被积雪压在枝头发出的清脆的声音，如此恶劣的天气竟让他迫切地渴望出来走走。

米奇走在银矿路上，他刚从石磨路上的丹尼·斯波福德家里出来。路上偶尔有汽车路过，每到这时米奇总会躲起来。米奇看到康莱德的车载着人过去了。前半夜，他花了好一段时间才走到斯波福德家去的，他和斯波福德看了半宿的连续剧，直到暴风雪切断了他们的电源。暴风雪阻断了他们看电视的乐趣，让他们能够静下来谈谈男孩子该聊的话题——性。他们讨论起来做爱是种什么感觉。丹尼为了解释这个问题，特意走去厨房拿一罐草莓果酱，把中指插了进去。丹尼若无其事地站在厨房中间，平静地舔了舔中指上的果酱。他告诉保罗，如果是这种滋味的话，真想马上来一次。

“草莓味的美眉啊，查尔斯。”

米奇当然比丹尼经历得多了。他可是名副其实的好色之徒。但看在丹尼厚唇扁额、双耳奇大、天生丑陋的分上，米奇还是不显摆他的能力了。暂且放他一马。地下室里越来越冷了，米奇和丹尼只得裹紧毯子和被子，瑟缩在老旧的沙发上。米奇聊起了温蒂。

“你说那个骚货？”丹尼问道。

“伙计，你不了解她。别这么说。”

“她就是个荡妇，查尔斯，而且还是个同性恋。你别告诉我你——”

“你不明白，别说了。”

米奇没法解释温蒂在他心中的形象，没法解释他俩之间那点少男少女都会有的情愫，更没法解释他被温蒂的父亲捉奸在床的事情，那毕竟太丢脸了。他甚至说不清为什么在那之后，他对温蒂的感情更深了。他不明白在这昏暗的地下室里，此刻，为何又会想起她。他把她的名字刻在戒指上，把她的名字藏在英文作文中，找歌词或者歌名包含温蒂二字的歌曲，甚至和“温”“蒂”同音的字他听到了都会心动。米奇真的不知道该怎么形容他和温蒂，才能避免丹尼误会他是一个疯子、流氓、同性恋、白痴、蠢货。他不太会说话，最擅长的事，就是在街上闲逛。

“算了，”米奇说，“我想去银草中心走走，来吗？”

“不了，就着蜡烛的火烤点火腿肠吃。怎么样？”

米奇知道丹尼不会和他一起溜达的。丹尼的爸爸很快就会从宴会上回来，说不准还会带个女人回来，上楼前，他会来地下室看看丹尼，大概那个女人也会跟过来，甚至会在丹尼的额头上亲一口。丹尼把游戏的事儿都告诉米奇了。丹尼的爸爸得过来看丹尼，确保蜡烛够用，确保手电筒里有新电池。他会帮丹尼掖好毛毯，整理他额头凌乱的碎发。米奇想丹尼有位好爸爸。

也不是说自己的父亲不好——米奇在家的时候，爸爸对他不错。但现在，新伽南有许多无人看管的小孩，米奇就是其中一个。他离开丹尼家，又听到了雪花压在树枝上发出吱吱嘎嘎的响声。

他想银草中心的疯子们肯定在安保的监管下，庆祝着感恩节，他们会从药柜里拿出镇静剂，抱成一团安慰彼此，或者到处找酒喝，比如琴酒、伏特加之类的。银草中心其他的房间一定黑漆漆的，无人把守。

现在是闯空门的好时机。

米奇决定去银草中心冒冒险，他先是路过胡德家，然后来到银草中心的后院。来银草中心玩耍从来不是难事。接着，他溜进银草的保龄球室。他推了推门，竟然开了！那些家伙还真是一如既往地蠢啊！借着安全出口指示灯微弱的光亮，他看到了两条球道。因为都是自动的，所以按重置按钮没有用。没有保龄球。米奇违反了打保龄球的第一原则——鞋一定要穿对——他走到球道的另一头。他一直都想走到保龄球球道的尽头看看。米奇轻快地踢倒了所有球瓶。踢倒，再摆好。太容易了。他听到有声响，是保安的声音。米奇赶紧离开。

他溜回到院子里，在院子里来来回回绕了几圈。他幻想着和温蒂坐在旅行轿车里，后排坐了两个孩子，他和温蒂的小孩。

果然有一个保安出来巡逻了，米奇只得蹿来蹿去，躲避巡查。保安手里拿着明晃晃的手电筒，他可得小心点。等保安离开后，米奇又转悠到大街上，自顾自地玩起来。银装素裹的新伽南看上去美极了，平日里乏味的风景，此刻也变得可爱起来——梦幻，危险，新奇。树木矗立在风雪中的样子，街道横纵交错的样子，电线杆排列有序的样子，万家灯火点亮的样子，他都没有好好地看过。似乎一切都被上帝翻新了一样，整齐，规矩，有条不紊。米奇心情大好。

接着，米奇生平第一次看见了冒着火花的电线。一截被雪压断的电线，孤零零地躺在深夜的街头。电线发出吱吱啦啦的声音，同枫叶落下来的声音一样。电线杆和电线都横在马路上，一部分还倒在了灌木丛里，米奇看到这样的景象不禁哈哈大笑起来。静到瘆人的深夜里，还有这样一桩可怜的电线杆倒在路边。米奇笑得前仰后合。被切断的电线躺在一旁，暴露在空气中的那一头还迸出金色的电火花。像是发了疯或是中了邪一样，那截电线不停地扭动着，像是一条舞动着的蛇。简直太酷了！

看，他不是个聪明孩子。功课什么的也学不好。他很懒，并不好学，多数情况下都是抄同桌的答案。但他知道用电安全，知道带电的线很危险。他站在离电线几尺开外的地方，保持着安全距离，看够之后，回到山谷路上，继续闲逛。当下的他并不孤独，因为他觉得生活里充满了情趣。米奇真希望温蒂能来看看。米奇小心翼翼地翻过钢索栅栏，仔细观察着从山谷路下到银矿路的那段斜坡，如果好好清理一下表面，应该是个天然的冰滑梯。于是，米奇用脚清理了一下路面上凸起的杂物，最后清了一条十二英尺到十四英尺长的滑道，不知道的，还以为他要慎重地把自己的名字刻上去。然后，米奇从十英尺开外的地方跑过来，加速，然后——

他听见冷空气灌入肺部的声音，他听到冷风在耳旁呼啸的声音。天寒地冻，镇上的人都在庆祝感恩节，只有他，在这里肆无忌惮地享受自然的馈赠。感觉真不错！米奇又清了几尺滑道出来。夜空中的星子闪着迷人的光，月亮静悄悄地隐没在云端后，再过几个小时，就要日出了。有它们的陪伴，米奇不再觉得孤单。街上是不会有车的，大晚上的，路面这么滑，谁会开车出门呢。米奇觉得自己像是镇上的学生竞相膜拜的橄榄球明星。他好像奥克兰袭击者队里四分卫的“毒蛇”肯·斯特布勒敏捷灵活。他又好似英勇无畏的冰上英雄。他是斯特布勒那样的体育英雄！他是体育竞技赛场上最耀眼的新星！

米奇再一次回到滑道顶端，然后顺利地滑下来。他仿佛听到评委给他亮出了高分，观众热烈地为他鼓掌。他马上就要击败以色列的选手，成功夺得金牌了！就连吱吱啦啦响着的电线也在为他喝彩。再来一次！与风雪，与黑夜，与自然，再来一次零距离的交流！

第四次准备出发的时候，米奇觉得有些累了。风越来越硬，雪也越下越大，就连那截电线舞动的幅度也在加大。他想回家了，想倒在床上呼呼大睡。但，他突然感受到了性冲动，伴着风雪，伴着获得金牌的喜悦，他下半身也高兴起来。看来，现在还不是睡觉的时候。还得再滑一次！

这一次，米奇想来点更刺激的。他加快速度，跑向滑道，接着张开手臂，在寒风中使劲地挥舞起来，下一秒——米奇摔倒在地。

夹克、鞋袜、衣服、手臂、脖颈全都沾上了冰雪。米奇吃力地站了起来，双手已经冻得又红又僵，他下意识地把手贴在脸上取暖。真是倒霉透了！发现贴在脸上不管用，米奇又把双手夹在腋下，试图缓解疼痛。他轻声地呻吟起来。现在这个位置距离米奇家大概有四分之一英里的上坡路，再这么玩下去，估计一会儿就得吵醒邻居，免不了挨骂。

于是米奇决定坐到栅栏上去歇一歇。

新伽南的次干道边上都是这样的钢索栅栏：木桩间隔地铺排在路基上，靠着一根钢丝绳连接着彼此。设置这样的栅栏是为了发生交通事故时，若有汽车撞向路边，栅栏能够起缓冲的作用，减小车体本身和车内乘客受到的冲击力。问题就是，这种栅栏不能算作纯粹的插入地下的金属装置，钢丝完全裸露在外，所以，这个装置实则是可以导电的。山谷路附近那截不安分的漏电电线好巧不巧地连到了钢索栅栏上，上面坐着米奇的钢索栅栏。偏又赶上米奇把脚踏进了雪里——电线、木桩、钢丝绳、米奇、地面，刚好一个完整的电路——电流径直通过米奇的身体。

他的脸瞬间涨成难看的红色，口中不断冒出白沫，牙齿被电得格格作响，发丝开始生烟，下一秒，是米奇的心脏，心脏仿佛被揪起来一样，停止了跳动。就在片刻之间，一条鲜活的生命这样草草地终结了。不是因为心律不齐，也不是因为动脉堵塞，年轻强壮的心脏被迫和世界告别。电流，裹挟着他所有的爱恨，化作缕缕白烟抽离躯壳。米奇的手因为抓着钢丝绳，已经烧焦了，耳中涌出的白烟和口鼻中流出的鲜血让曾经鲜活的少年看上去面目狰狞。米奇的尸首仰面倒下——这种情况下，米奇肯定再抵挡不过重力的拉拽，而且那截漏电的电线已经扭动到别的地方去了——米奇的身体顺着斜坡，滚了下去，最后停到银草中心的边界处。远远望过去，路面上能隐约看到米奇的橘色夹克，不仔细看的话，根本看不出来有人。

只有平静安详的夜色和米奇自己知道到底发生了什么。米奇最后的意识里，交织着痛苦、疲倦、悔恨，自己为偷溜出来而雀跃，也为无人寻他而伤感。他一直渴望一个完美温馨的家庭。他只是玩累了，想坐在栅栏上休息一下，先是跳起来把屁股坐上去，为了保持平衡才抓了一下钢丝绳。事先没有任何警告，应该有些响动来暗示他电线接到栅栏上了，但是夜里的响动，风吹雪落湮没了漏电发出的细微的吱吱声。命里注定，谁也没有办法。

米奇最后本能地反应：“不要！”也没有多余的时间容他多想，过电不过一瞬间的事，眼睛望到天上奇怪的星象的时候，他就知道了，他，要死了。接着，代替星象出现的是生命的走马灯，回忆、梦想，涌现，消逝。米奇最后的一丝力气化作两个字：“不要！”不要也来不及了，生命的火苗瞬间熄灭。

本杰明·胡德在哈尔福德家洗手间里醒来的时候，根本不知道米奇的事。天，就快亮了。

喉咙里火辣辣的，又干又痒。嘴里又冒出了许多溃疡。桃乐西家墙上密密麻麻，各式各样的梳子，条纹的，塑料的，黑玛瑙的，现代的，老式的，看得本杰明很是心烦。他打开水龙头，顾不上干不干净，大口大口地喝起自来水。胡德抬头看看镜中的自己，胡子拉碴，不修边幅，该死的领结也不知道去哪儿了。他想起来衣服好像还在客房里，也不知道有没有被人拿走，里面还有钱包呢。

总是有男子在家被肢解、被虐待的传闻。是这些朦朦胧胧的想法唤醒了胡德，醒来后，他就忘了前夜发生的事，记忆像关电视的时候浮现的那些雪花样的又白又小的点点。他不记得是怎么来到洗手间的，也不记得为什么身上有星星点点的呕吐物。

被遗忘的灰色瞬间突然重现了。宴会上，艾琳娜就在他身边站着，他在跟邻居们热火朝天地聊着，后来太激动了，口水都喷了出去。再后来，他还和罗伯特·哈尔福德聊了两句，为着某件事向罗伯特道歉来着，但是罗伯特没怎么搭理他，自顾自地走开了，剩他一个人尴尬地站在那里。胡德本来才说到一半，另一半真心诚意的自白还没说出来，罗伯特连个借口都懒得找，直接就走开了。在公众场合，本杰明总是不受待见，他越来越明确地感受到，大家瞧不起他，都把他看作窝囊废。胡德觉得自己太尴尬了，高声地宣布

“就聊到这里”，其实他在对自己说，对自己一个人说的。

一个人醒来的本杰明开始在哈尔福德家的一楼到处转悠，屋子突然空下来，他有点不适应，总要做点什么才安心。灯都关着，钟表竟然也停了。胡德的外套还放在客房的床上，远处看过去，像个郁郁寡欢的人躺在那里。前厅里，他家的钥匙仍旧放在沙拉碗里，昨晚上没人选他。

之后，本杰明·胡德离开了哈尔福德家，想把昨夜的不愉快都留在身后。其实昨晚发生了让他更难受的事，只不过他记不起来了。门外的世界，银装素裹，就像被刷上了一层聚苯乙烯涂料。一夜之间发生了不少事，连世界都看起来陌生了。冰雪折射出来的光似乎射入了他内心深处，将他的罪恶曝光——酗酒，笨嘴拙舌，偷腥，投机取巧，贪便宜，知错不改，亲情淡薄，身为一家之主却没有以身作则，明知换妻游戏会给家人带来莫大的伤害，却还妄图偷欢。活该没人愿意搭理他。

好在，他家的火鸟牌汽车还停在车道上。不过驾驶员那侧的车门冻上了。又一个让人头痛的麻烦。本杰明并没有气到骂人，处理这种北方常见的现象，他还是游刃有余的。虽然解冻有点费事，不过没关系，他现在有的是时间。回到哈尔福德家。烧壶水。装上一茶杯热水，带上钥匙和毛巾，回到车边。把钥匙浸在热水里。趁热插进锁孔里。好了，冻上的锁化开了。还有一个问题，风挡玻璃上结了层冰。这些琐碎的麻烦倒是有一点好处，让他姑且忘记更麻烦的事——比如他妻子此刻身在哪里，孩子们见他彻夜未归该怎么想。胡德用并不好使的塑料刮刀费劲地刮着风挡玻璃上的冰，估计得刮上一个早晨才能弄干净。那也挺好。

胡德终于开上了车。灰白色的世界里，胡德驾着他的小车来到菲利斯山大街，马路两边停放着各式汽车，也有不少是陷进沟里没法开走的。针叶树顶着皑皑白雪凄凉地站在两旁。看见吉姆的凯迪拉克的那一刹那，胡德的心脏漏跳了一拍。他赶紧下车，顾不上冷风呛得他咳嗽连连，慌忙跑到车前，看看里面有没有人受伤。凯迪拉克周围有几个脚印，万幸车里没人。

回到车上，继续往家开。银草中心越来越近了。马路上有牵引车、扫雪车，为着暴风雪，加班加点，但是效果不大明显。好在他现在顺风行驶，玻璃干净，视线明朗。（威廉姆斯家的房子跟哈尔福德家的一样，看上去很荒凉。）

开到山坡下，胡德看见路边倒了一棵树，外加一根电线杆。

他停下车，想了半天。一截裸露的电线，还在漏电。扫雪的、拖车的，这时候怎么不来了呢？轮胎走过去会不会连电呢？开车过去会不会有事？万一那电线扭动到街中心怎么办？胡德没主意了，到底走还是不走？终于，胡德下定决心，行动起来。他要走到银草中心去，打个求救电话。他把车停到安全位置，打开双闪，十分谨慎地迈下车门，然后赶紧朝着电线的反方向跑了起来，一直跑到二十英尺开外的冰面上。胡德大口喘着气，胸脯起起伏伏，任由比刀片还凌厉的冷空气进进出出。这一跑，让胡德有点头疼。还好，他还活着。他绕到钢索栅栏的另一边，想着离电线再远点，然后——他看见了米奇·威廉姆斯。

树下有一块橘色的衣料露了出来。不，绝不可能是有人睡在那儿，不可能是宿醉的酒鬼，不可能是像他一样不省人事的酒鬼。不。胡德心里很清楚。绝不是有人在那儿睡着了。老天，上帝，千万不要。胡德跪了下来，绝望地祈祷着。不要，拜托千万不要。顾不上风雪有多刺骨，他静静地跪在雪地上，双手覆在脸上。

他得逃离现场。他起身跑了起来，朝着车的方向跑过去。摔了一跤，爬起来，接着跑。必须在别人看见他、看见他的车之前逃离现场。他必须离开。

但是，命运绊住了他要跨过栅栏的那条腿——正好是米奇死前坐过的地方——胡德冷静下来。寂静的清晨里，胡德看见了命运无情的那一面，当然，他也很难过，所以他必须得做点什么。就算跑，又能跑去哪里呢？暴风雪里，去哪儿都不安全。那接下来他该怎么办？胡德走回尸体旁边。

他一手抬起米奇毫无生气的脑袋，一手拉开他的夹克，卷起衬衫，把耳朵贴到米奇的心脏位置上，没有声响。胡德学着抢救时医护人员的模样，先是嘴对嘴做人工呼吸，接着双手按压在米奇胸膛上，做心脏复苏。他知道，没用的。确实没用。

米奇死了，而且死了有一段时间了。不管胡德用什么方法，都救不回来了。他强烈地希望能够救活米奇，但是希望只是希望而已。说来也神奇，死亡本身也不简单。尸身，很快就不再是“身”了，会被细菌分解，会继续消亡。胡德怀抱起米奇，虽然他不喜爱这个孩子，但是他还是小心地怀抱着他，为他的突然离开，为他的不幸，难过起来。他抬起米奇的上身，让他坐起来，米奇已经跟其他东西一样，冻得硬邦邦的。

阳光洒下来，却一点也感觉不到温暖，气温有所回升，但还是零下。两三百码之外就是银草中心的正门了，再往前走走，过了灌木丛和停车场，就是胡德家，然后再往上山的方向走上不到一英里就是威廉姆斯家。胡德得把孩子带回威廉姆斯家去。胡德很快就这么决定了，哪怕风阻雪拦，哪怕米奇足有一百一十磅的体重，他也要带他回去。恍惚间他有种感觉，死亡，尸身，这些都是冲着他来的。

把孩子带回去，那是当然的，得给他的情人珍妮，还有珍妮的丈夫，和胡德有千丝万缕联系的人，把孩子还给他们。他几乎能感受到为人父母的丧子之痛。胡德没有回去开车，半拖半抱，艰难地搬运着米奇的尸体。被架起来的米奇和胡德脸颊相抵，肩肘相碰，米奇的眼睛和头发扫着胡德的头颈。冰冷的死人的皮肤就这么贴着胡德，他没有感到反胃，但是他得停下来喘口气了。每走一步，向着漆黑的银草中心的每一步，哪怕近在咫尺，也让胡德觉得遥遥无期。

胡德再次扛起米奇的时候，安保人员看见了他，赶紧朝他跑了过来。在胡德看来，这些保安没什么差别，殊不知这些人和他女儿混得很熟，还撵过他的儿子，甚至前一晚，他们还把米奇赶出了保龄球室。他们跑得上气不接下气，整齐划一的黑色鞋子也沾满了白雪，他们冲胡德喊道："是你孩子出事了吗？他怎么了？"

保安围在米奇身边，本杰明讲述着来龙去脉。大家都试图安慰胡德，因为他说话已经连不成句，浑身发抖，看上去很不好。这是胡德第一次见到尸体。保安没有拍他的后背，也没有抱抱他，更没有虚伪地说没事了。他们就这么站着，彼此都离得远远的，低着头，分享着悲伤。

"节哀，老兄。"一个保安说道。

"我想……请问电话能用吗？"胡德问道。

"我们有无线电。"另一个声音说道。

"嗯，这样，打个电话叫救护车。"胡德说，"警察也行……叫医护人员也行。过路的都行。这个孩子，叫米奇·威廉姆斯，就住在这条路的上半段……他应该，应该被电到了，都……烧焦了。"

“为什么不——”

胡德指了指自己家，“我住那儿，就那儿，山谷路129号。那是……我把他放进车里吧……我想等……”

保安们揣起手，站在一旁。他们知道，安慰的话没有用，赶紧行动才是正确的。于是他们跑向门卫收发室，拿出无线电，广播里正在播大学生橄榄球联赛的新闻。

胡德带着米奇离开银草中心，穿过蜿蜒的小径，回到自家的车道上，这一系列过程如同史诗中的英雄拯救世人般波澜壮阔，大义凛然。他自然没有他想象的那般英勇，但是这件事反映出胡德的好单靠眼睛是无法察觉的。虽然没有刀光剑影，没有恶龙或是精灵，也没有魔戒没有圣器，但短短几小时内发生的事和英雄历险斩妖除魔一样惊心动魄，充满着魔幻色彩。这个周六的早上，胡德不再是那个惹人讨厌、一事无成、宿醉未醒的证券分析师，而是，直白点说，富有同情心的好人。再者说，试问谁的生命不能称得上一部历险传奇呢？单是活着，就已经是一种英雄主义了。清晨和家人喝着咖啡聊聊天，也是英雄的行径。

站在家门口的车道上，胡德高声叫喊着妻子的名字，“娜”字被拖得很长，余声散落在冬日早晨清冷的空气中，乘着风飘往银矿河的方向。没人应答。胡德又喊了一次。他又喊了温蒂的名字。还是没人理会。胡德只好扛着米奇朝车库走去，走了一半就带不动了，最后半拖半扛抵达了车库，里面还停放着一辆旅游轿车。他把米奇放下来，走上前去发动车子。

车子怎么也打不着火，最多发出几声“突突”的声响。他没办法，只能把米奇带回屋子里。扛着尸体实在不方便开门。“快他妈来人开门啊！”胡德咒骂道。他显然还不晓得家里现在空无一人。家里人都到哪儿去了？

胡德总算把门打开了，赶紧把米奇放倒在前厅。老狗戴斯兴高采烈地从桌边蹿出来，拼命地谄媚地摇着尾巴。看到戴斯这么热情，胡德憋了一肚子的火便不忍心冲它撒了。

“好了，可怜的家伙，好了好了。”

胡德没有再去管米奇的尸首。戴斯却一个劲地在门口附近蹦蹦跳跳的。

“想出去放放风是吗？好好，我知道的。就连你都不愿意在家待是不是？”

戴斯像听懂了一样，兴奋地蹿到米奇身边，跳得比刚才更高了。本杰明开了门，允许戴斯，就像允许其他家人一样，出去玩。砰的一声，胡德关上了门。

本杰明这才发现水管爆了。整个家就像是喷泉，四处存水。水，一滴滴，不对，是一汩一汩地顺着客厅的墙壁缓缓流下。看样子已经漏了半天了——墙和地板都被泡起来了。从天花板到沙发，没有一处幸免。尤其是沙发上，因为漏水，上面形成了一个笑脸形状的足有十八英寸宽的椭圆形的水渍。深陷各种麻烦中的胡德突然想起壁炉燃烧的原木和工作了五六个小时的电视机。椭圆形水渍还在不断扩大，向着沙发上的亚麻色印花图案蔓延。天花板上也像挂了水帘洞一般，导致地板上也存了一大摊水，看来地下室也免不了遭殃。

胡德还没搞清楚漏水的源头。他开始顺着水流的方向回溯。墙体另一端的衣柜也淋得湿答答的，而且这面的情况更严重。水流，准确地说更像是一条小溪，蜿蜒着流向厨房。水虽淹成这样，但好在米奇的尸身没有被淋湿。胡德打开柜子，里面挂着艾琳娜的皮草、皮制的衣物和若干网球拍——自然没逃过这场“洪水”劫难。

回到前厅，路过米奇，直奔二楼。胡德猜想可能是最大的那个洗手间漏水了。虽然那里的墙壁有一部分是凹进去的，虽然重灾区楼上就是抽水马桶，但胡德并没有在洗手间里看见有任何水管爆裂。他能想象出墙体里面水流就像血管一样到处游走，铺陈开来，顺着这些水流就能直达这个家的“心脏”，找到了这个家的心脏，说不定就能找到让家人凝聚在一起的办法。不管那颗心脏在哪儿，胡德很确定的一点是，它一定是静止的。家庭关系这么紧张，一定跟那颗停止跳动的心脏有关系。水一直在流，温蒂的卧室也遭了殃。但奇怪的是，水流到温蒂那儿就戛然而止了。漏水的事胡德完全没有头绪，找不到根源，也解决不了问题。他觉得应该打个电话给水管工。胡德的卧室里有一部深红色的老式拨号电话，虽然有点跟不上时代，但外观甚是精美。刚拿起电话，他才想起停电了。他只好再去看看水龙头和淋浴器好不好使。吱的一声，水龙头和淋浴器喷出干燥的气体，像是临死前的最后一口气。

房子里又冷又湿还开不了灯。真是愁人。胡德想起父亲教过他如何修理水管。就像所有父母教给小孩子的道理一样，都是前人传下来半真半假的经验，不能说没用，也不能说字字真言。比方说，父亲告诉过他："有时候，漏水，不一定会把所有地板都泡起来。有时，水流的源头可能在房子没湿的那边。"胡德记得，水管一般都会纵向地爆裂开来。

接下来该干什么呢？是应该去找不知所踪的孩子呢（可能是被他终于爆发的妻子领走了），还是想法子解决水管的问题，还是再检查一下其他受灾的地方，再或者去处理米奇，也就是他上一个情妇的儿子的问题。

每次从前厅路过，米奇都好像换了个位置。

门外传来哼哼唧唧的叫声。是戴斯回来了，它在挠门。

"上帝。"胡德打开门，让戴斯进来，同它商量道，"我有一堆事儿呢，伙计，自己玩好吗？"

胡德从柜子里拽出一双雨靴，朝着地下室走去，那里还放着洗衣机和烘干机。地下室里的积水已经漫过了胡德的膝盖。似乎这里的水要是流了出去，就会直接汇入银矿河。如果真是这样，那胡德家就成了河道的一部分，从阿巴拉契亚山脉[1]到长岛这一路上的一段河道。

地下室的墙上又喷出来一汩水——这里的水管爆开了很大的一个口子。胡德抬腿向水管走去。一定是因为一直在流动，所以这些水还不至于冻住。他踩着雨靴，战战兢兢地蹚过“小河”，艰难地行进着。洗衣机和烘干机摆在这里真是太危险了。一个不小心，胡德踩在了轮滑上，脚底一滑，登时栽了个大跟头——水深刚好没过腰间，裤子已经湿透了。没道理，那个管子也不是漏水的源头，那究竟是从哪儿漏的水呢？胡德不打算继续在这个问题上纠缠了。他掀起烘干机上盖着的床单，想把它盖在米奇的尸首上。那其实是温蒂的蓝色印花床单，因为放在烘干机上，所以早就湿透了。但胡德没得选。他再一次艰难地摸索着蹚过地下室的浑水，回到前厅。这是他眼下唯一能做的事了。

回到一楼，他发现戴斯正在米奇身边转悠，热情地嗅来嗅去，甚至咬住了米奇的衣袖，用力地扯起来。

① 位于美国东部，北美洲东部巨大山系，是北美洲东部众多山脉的统称，又称为阿巴拉契亚高地或阿巴拉契亚山系。

胡德激动地拍起手掌以吸引老狗的注意力。床单已经被夹到了腋下。

“停下！该死，戴斯，滚开！快点，该死。”

戴斯在胡德接近之前，最后舔了一下米奇的手掌，然后跳着离开回到客厅去。

胡德把床单盖在了可怜的米奇身上。

“怎么着，非让我把你锁外面是不是？你连邻居都想吃？上帝，真是要命。”

胡德跟着狗一路来到客厅，揪起它的脖子。“跟我来！”他到底把戴斯锁在了厨房。从客厅取了点原木，径直走向书房。他太想念书房里的躺椅了。筋疲力尽的他只想休息一会儿，好好喘口气。他点燃书房里的壁炉，困意渐渐袭来。胡德管不了那么多了，本能地想要歇息，殊不知这样取暖会让上冻的水管融化得更快——水灾会更严重。

没过多久，救护车到了。是警署派过来的医疗队。刚才在梦里，吉姆和珍妮的脸不断变换，和星期天早上播放的电视节目里的父母有着一样的神情，那个节目温蒂和保罗经常看。那是个宗教节目。他们焦急的面容和迟缓的动作，他们祈求上苍、祷告垂怜的样子让胡德这一觉睡得并不安稳。警车停在胡德家的车道上，没有开警笛，只听得“笃笃笃”的敲门声——其实是有电铃的，但是最紧急的事也不再紧急了，没必要按电铃。被吵醒的胡德缓了缓神，因为那串敲门声在梦里面听起来特别不真实，他想了好一会儿现在是做梦还是醒着。戴斯在厨房里汪汪地吠着。

“有人报警，说有人被火烧死了。”救护车的司机表明来意。

后面跟着两个略显疲惫的工作人员，看来昨晚值了夜班。其中一个抬手搔了搔头发，俨然正规急救队的派头。米奇就躺在前厅，大家一眼就看到了。

“就是这个男孩。”胡德说着，目光飘向米奇。

“他——”

“对的。”

司机从胡德身旁走过，上前去看威廉姆斯家的男孩。剩下两名工作人员回到车上去拿担架。

“现在你应该不热了吧？”司机面无表情地对着米奇说道，揭下米奇身上冰凉的床单，伸手摸向米奇的脖子。“为什么说是烧死的呢？没有火烧的痕迹。而且这个床单为什么这么湿？”

“哦，是电——”

“我猜，你没试着救活他？”

“不，我——”

“你在哪儿找到他的？你认识他吗？”

胡德长话短说，讲完了全过程。

“路面上的情况如何？”司机接着问。

“嗯，电线杆倒了，还漏电。”本杰明回答说，“我的车还——”

“当时他距离电线有多远？你是什么时候发现他的？为什么不把他送去附近那个精神病院呢？”

那两名工作人员掀开米奇的夹克和衬衫，检查身上是否有其他伤痕。他们很清楚，本杰明也说了，就是电死的。他们把米奇抬上担架，朝着门口走去。司机宣布米奇确认死亡，就像是破解了什么咒语。他把米奇的一只手掌翻过来，对大家说：“电死的，伙计们，这孩子是被电死的。死亡时间应该在凌晨，有几个小时了。”

温蒂那条湿答答的床单被扔在楼梯上，他们给他换了一个干燥的、新的裹尸布。他们把米奇抬回救护车上去。

“听着，”胡德说，“送他去诺沃克医院对吧？是不是先联系一下他的家人？至少捎上我，把我放到他家那里，就在这条街上。电话现在不好使，车又……能带我过去吗？”

司机没有回答他。

“他们是我邻居，这孩子是我邻居家的孩子。我家孩子还常和他一起玩，我女儿跟他关系特别好。”

胡德表现得十分沉稳，态度举止不似昨晚那般颓废。生活中，这样的麻烦事他没少碰上。他清楚自己在干什么。

“想想，要是你的儿子这样，你什么心情。”胡德补充道。

司机舔了舔下嘴唇，他长得像个闷骚的拳击手。还是没有说什么，但他领着胡德走到救护车边上，给他打开后门。本杰明坐了进去，靠着后门。身上仅穿着雨靴和夹克，胡德觉得特别冷。他的头发还是乱糟糟的，他需要洗个澡。车内广播放着新闻——今天下午气温还将下降。工作人员放好担架，扫视一圈，没什么岔子，迅速关上车门。胡德继续听着广播里的消息——英国削减财政支出；联合国派遣维护部队在布雷区巡查，雷区两侧分别驻扎着埃及军队和以色列军队；电影《天地一沙鸥》面临多方审查；加利福尼亚发生凶杀案件，两名当地知名人物，华特尔·帕金和妻子乔安妮，包括他们的孩子、保姆、保姆的父母及其男朋友在内，被谋杀；还是加州，某中学内突然冲进恐怖分子，当场射杀一名教导主任，自称是反对该主任的“法西斯”政策。

“哪条路比较安全？”司机扭头问道。

胡德也不清楚。车厢后面的两名工作人员正低着头，双眼无神地盯着地面。

谁也不知道，那只好摸索着前行。本杰明还是成功抵达了威廉姆斯家。本来很短的一段路，却因为躲避电线开了很长的时间。救护车的笛声刺破了滞涩的空气，从银矿路一路开向独舟山，但是那一带满地都是被砍倒的树，只得转而驶向山脊路，再折向玫瑰河

（路上路过一个野生动物保护区），最后又拐回独舟山，从旁边的斜坡下去，驶入123州际公路，再转入月桂路，一路奔向特纳山，最后再返回山谷路。这一趟线跑下来，路过了不少宝马车、沃尔沃和大众，路过了数不清的庭院和森林。在路上耽搁的时间越长，胡德的心里就越乱，他有一肚子的话要说，他的生活从此会变得不一样。

半梦半醒间，温蒂哼起了各种跟爱有关的歌曲，有的唱着索取的爱，有的唱着无私的爱，有的唱着虚伪的爱，有的唱着世俗的爱，有的唱着上帝的爱，有的唱着自然万物的爱，还有的唱着父母的爱，甚至还有唱着婚前充满情欲的爱。当清晨的阳光照进来，温暖踏实的感觉充盈着整间屋子，温蒂感觉到一种归属感，一种充满爱意的归属感。仿佛威廉姆斯家的门、窗、山墙、采光窗、玄关、走廊甚至是出口都属于她。就连漏水的屋顶和七扭八歪的楼梯也是她的。爱情就是甜蜜又柔软的力量，温蒂显然已经陷入其中无法自拔。她爱上桑迪了。“桑迪，我是个好姑娘，我以后会是个好妻子的。”二人之间鲜少有现在这样温情蜜意的时光。“亲爱的，呼喊我的名字吧。呼喊我吧。”我愿意同你一起乘上午夜的列车去流浪。

等一下。客房？温蒂再次睁开双眼，她看到呼出的一团白气在眼前慢慢升起。身旁是桑迪轻缓的呼气声。她竟然还在威廉姆斯家？温蒂赶紧起身下床。踏在冰凉的地板上，温蒂忽然又变得烦躁起来。停电了，屋子里太冷了。再有，已经是早上了，她现在走的话，肯定会撞见桑迪的父母，也肯定会撞见米奇。但不管怎样，她爱桑迪，这也是肯定的。不管怎样，她都想把桑迪的名字文在乳房上。不管怎样，她想给桑迪生孩子，甚至想看着他的第一批胡楂长出来。

温蒂粗暴地摇醒桑迪，就是想看看他懵懂的表情。“桑迪。”温蒂轻声叫道。桑迪睁开眼睛，像是想起来什么，双眼中充满惊慌与悔恨。他坐起身，挠挠胳膊，揉揉脸，双脚因为不够长，只能悬在床边。

“上帝，还在……我们怎么办？”

温蒂笑了起来。

她穿上衣服，偷偷把那条弄脏的吊带袜重新塞进裤子里，套上高领毛衣。

“咱们必须得去我房间。”桑迪说道，“你也必须得走了。”

“哈？”

“别讲这么大声。”桑迪轻声道。

“我没大声！再有，你现在根本就是假正经，装什么啊？谁在乎啊？”

桑迪下了床，仔细检查着床单，生怕上面留下什么痕迹，比如他身体里的某种液体，再比如温蒂身体里的某种液体。桑迪知道要是真的和处女发生关系会怎么样。还好，没什么可疑的。接着，桑迪开始整理床铺。温蒂知道，整理被褥这种事，一人一个样，就像每个人的指纹和心跳频率都不一样。她看着桑迪努力地叠好被褥，铺好床单，她知道他拙劣的技术会被珍妮一眼就识破。

气氛暧昧的狭小空间内，两个年轻的灵魂坠入爱河，就像两个书虫头也不回地扎进书海一般，不管外面的世界如何，当下的这一刻，温蒂是幸福的。

她将刚穿好的毛衣脱到腰间，她要展现她的魅力，无论用什么方式。温蒂朝着房门走去。

“表停了。”桑迪的声音从身后传来。

温蒂很兴奋，有什么变化呢？反正她是变了。一个少女喊破天能弄出多大的噪声？为什么楼房建得随时要倒的样子？五角大楼[①]是不是真的悬浮在空中？温蒂打开门，大义凛然地蹦跳着出了客房，走向桑迪的房间。大兵玩偶还吊在那儿呢。温蒂突然提高音量，唱起歌曲来——

下一秒，温蒂的妈妈就出现了。毫无预兆，突然之间，像女巫一般冒出来了。顿时吓得温蒂惊慌失措。她发现妈妈竟然还穿着昨晚的衣服。该不会，妈妈真的学会了隐身的魔法，一直注视着她的

① 美国国防部。

一举一动吧？温蒂翻来覆去地琢磨母亲突然出现的原因，如果她没从客房走出来，是不是不会这么尴尬？

“马上，穿上衣服！”艾琳娜说，“见鬼！穿好！”

温蒂能用余光看到客房的门被人轻轻关上——就留了一条小缝。她知道门后面的桑迪肯定也吓得不轻。但温蒂现在差不多缓过来了，她还能尽量保持一下镇定，也做好了准备面临接下来要发生的事。她继续朝着桑迪的房间走去，淡定自若。从桑迪床上拿起外套和风衣，温蒂像在展示丰收的庄稼一样，一件一件慢慢整理。她又不着急。但是她已经冷得起鸡皮疙瘩了，双手交叉在胸前，抱住自己来取暖。艾琳娜也进了桑迪的卧室。

“你怎么会在这里呢？”温蒂问。

“我在这儿干什么跟你有关吗？是你该问的吗？”艾琳娜说道，“我还要问你呢，你来这儿干什么？昨晚你都待在这儿吗？谁让你来？谁允许你这副德行在别人家里晃悠的？你昨晚待在哪个房间里？”

温蒂穿衣服的时候，艾琳娜打量着桑迪的房间，看到桑迪的柜子上挂着一个娃娃，没发现什么奇怪的。于是，她扭过头去看客厅的方向。看到客房的时候，艾琳娜明白了。她大声地喊吉姆的名字。“吉姆！”艾琳娜抓着客房的门把手——桑迪正躲在里面紧紧地攥着腰间的睡裤边缘——她等着瞧是威廉姆斯家的哪个男孩如此胆大妄为，威廉姆斯家的一家之主闻声赶来。

“老天，你们两个怎么会在这儿？该死的！”吉姆看着小儿子吼道。

吉姆和艾琳娜举着手电筒，仔细地搜查起来，光看表象显然发现不了实质。他们抖开桑迪仔细整理过的被褥，像考古学家在漫天尘埃中考古一样检查枕头。最后，他们甚至扒下窗帘，翻看床垫，除了发现了一摊从前留下的经血的痕迹，没有其他特别的。这时，艾琳娜注意到了床头空空的伏特加酒瓶。整个过程，温蒂和桑迪都老老实实地跟在父母身后。惩罚即将降临。

“这是你喝的？”艾琳娜晃了晃酒瓶，威廉姆斯见状对儿子说道。“你知道你给自己惹了什么麻烦吗？知不知道说不好会酒精中毒？知道中毒会有什么后果吗？你没听过喝酒会喝死人吗？这可是伏特加，孩子，知道后果会有多严重吗？”

艾琳娜则拽着温蒂到走廊里去，上来就是一顿臭骂。类似的教训她说过太多次了。她是怎么看着家里的人，她母亲、她哥哥堕落的。她怎么可能让历史重演。她当然知道，家族遗传，血缘里埋下了酗酒的基因，温蒂和保罗……“等你见到你的外祖母、你舅舅，你看看他们的失意人生，看看他们受的苦……还有你父亲……精神疾病，甚至是死亡。你明白吗？孩子，死亡！”

“你听我说话了吗？”

“两个耳朵都听到了，妈妈。”

下面该到体罚了。温蒂总结过经验，口头批评很快就会上升成身体惩罚。但是今早，似乎有些不同，但温蒂又说不出来是哪里不同，模糊地感觉是大人之间有猫腻。比如，为什么不见桑迪的妈妈？她爸爸本杰明又在哪儿？温蒂一时之间也想不明白，只得像个上刑场的囚犯规规矩矩地跟着母亲下楼。

胡德家是有体罚传统的，而且是有固定模式的。保罗就是领受体罚的第一人，他从小身体不好，幼儿园的时候因为经常生病，上学的时间比养病的时间还要少——嗓子发炎、耳朵感染、麻疹、百日咳等他都得过。因为保罗常常难受得睡不好觉，大早上就能听到他满地打滚的折腾声和凄厉的惨叫声，艾琳娜和胡德听到自然是心急如焚的。家家有本难念的经。保罗因为嗓子有病，没法正常量体温，于是艾琳娜想了个法子，通过肛门量体温。被酒精消毒过的玻璃体温计变得异常透明可爱。后来，保罗终于见识到母亲是怎么把体温计插进来的，他觉得新鲜又刺激，但是很快病就好了，保罗并不否认不再量体温让他有些失落。

温蒂·胡德也是这样量体温的，和她哥哥一样，异常享受那一刻的“按摩”。矫正牙齿和逛珠宝店的时候，空气都会变得特别安静，量体温的时候也是，那种说不出也不用说出的兴奋让温蒂欲罢不能。

在胡德家，不是只有量体温的时候，才需要露屁股。打屁股也是家常便饭。在温蒂看来打屁股不是惩罚，更像是充满爱意和呵护的独特仪式。温蒂记得第一次被打屁股的经历，虽然她记不得因为什么被打了。父亲扛着她进了自己主卧，母亲阴沉着脸站在旁边。小温蒂拒绝当着父母的面脱裤子。这引来父亲称得上恶毒地咒骂其“小贱人”。这些话在小温蒂听来并不让人难过——毕竟她才四岁。她还是不情愿地脱了裤子。父亲把她横放在腿上，母亲递给父亲一把梳子——胡德家打孩子的传统，是用带齿的那一边打孩子——但是父亲看了看小温蒂无辜的小屁股，无奈地换成了没有齿的那一边打她。当时她妈妈在干什么呢？弄自己的指甲？

温蒂意识到，自己的屁股会受到各种注视，无论是量体温还是挨打，都没有太大差别。展现屁股的时候才是展现真正自我的时候。温蒂从小就这么想。母亲量体温时的轻抚和安慰，父亲揍她时有所顾忌的下手，在温蒂的记忆里慢慢模糊，但是在成长的道路上，吃什么，穿什么，什么时候学会化妆，浓妆艳抹后沾沾自喜，这些事情远没有被父母关爱来得重要。温蒂很清楚。她是父母心头的一块肉。

温蒂也明白，现在和母亲下楼的目的。她听到桑迪在楼上哭泣的声音，听到威廉姆斯滔滔不绝的斥责，在温蒂听起来，吉姆·威廉姆斯训斥的话像印度佛经一样神秘难懂。艾琳娜使劲地掐着温蒂的腰，要求她脱下裤子。温蒂明白——挨打是躲不过了——但是她已经十四岁了，而且裤子里还藏着那条从米奇衣柜里拿出来的脏了的吊带袜。所以温蒂拒绝了。

“我让你脱裤子，脱！”艾琳娜命令道。

“我都长这么大了！要干什么，打我屁股吗？妈妈，我上了大学你是不是也要追到学校里打我屁股啊？”

“没商量的余地。”

“脱裤子干什么？”

对话戛然而止——艾琳娜一把掐住温蒂的喉咙，赶紧捂上她的嘴。被弄疼的温蒂一下子哭了起来，艾琳娜冷着脸拖着不成器的女儿朝着前厅的方向走去。温蒂的注意力集中在奇怪的细节上：威廉姆斯家带有东方特色的地毯踩上去特别舒服，镜子黄铜边框折射出的艾琳娜的脸异常扭曲，不知从哪里传来水滴落下的声音。艾琳娜的力气比温蒂大上几倍，她没好气地捂住温蒂的嘴，一路拖进洗手间——地下室入口附近——艾琳娜一手拧开水龙头，蓄上满满一盆水，丢进去一块肥皂，用力地搓出泡沫，然后捏开温蒂的嘴——温蒂哭着求她别这样，但因为艾琳娜掐得太使劲，温蒂几乎没法把字吐清——艾琳娜掬起一捧泡沫，糊在温蒂嘴上，狠狠地用手堵住她的嘴巴。

温蒂真想一拳把母亲打翻在地，最好这一拳重重地打在她那口又白又正的牙齿上（那里最容易出血），看着鲜血从母亲的嘴中涌出来，她才算解气，然后踏着蜷在地板上的母亲的身体走出洗手间——但是她没有。她的心连同她的身体被禁锢在密闭的空间里，除了忍受折磨，根本无力回天。温蒂似乎预感到接下来要发生的事——她决定接受，接受母亲对她的羞辱，接受因为吞咽肥皂泡而引起的口腔内火辣辣的灼烧感，任四肢软绵绵地耷拉着，不再反抗。终于，母亲停止了惩罚，温蒂趴在水池边剧烈地咳嗽起来，稍微吐出了点肥皂泡。那块蓝色的肥皂就躺在她脚边的地毯上。温蒂抬起头，擦干脸上的泪痕。

“吃早饭去吧。”艾琳娜又发号施令了，这一次，她的声音听上去有些奇怪，但依旧不带感情。

温蒂太累了，瘫坐在地板上。

“起来。赶紧从人家地板上起来！”

但是温蒂没力气动弹了。

“把肥皂捡起来，你也站起来。”

温蒂干脆躺下去。

艾琳娜只得弯下腰去，一下子就把温蒂拽起来了。温蒂发现胳膊是拧不过大腿的，母亲的力气太大了。但是温蒂才是笑到最后的那一个，因为母亲一定没她活得久。生活就是如此虚张声势，不过一场权力争夺的游戏。爱让人受到折磨，但是，得排在家人之后，家人才是带给你最大折磨的人。

艾琳娜和温蒂走到厨房，这是少数几个女人凑在一起能达成共识的地方——要给男人做饭，给楼上的男人做早饭。当然，也做给自己吃。兴许借着做早饭的机会，温蒂能和母亲重归于好。温蒂的一双眼睛哭得又红又肿，像个幽灵似的在厨房里晃来晃去，但是她没跟艾琳娜说一句话。吉姆家用的是煤气，艾琳娜点上火，坐上一壶水，然后开始找咖啡机。她打发温蒂摆桌子。艾琳娜越来越熟悉威廉姆斯家的厨房了。温蒂到外面，壁炉附近，一边整理纷乱的杂志，一边听着母亲在厨房里叮叮当当的声音，感觉既窝心又踏实。她找到了俄亥俄蓝标[①]火柴（在任何物体表面摩擦都会起火的火柴），在自己的衣服拉链上划着火。

吉姆和桑迪走进了厨房，他们都在想米奇去了哪儿。见到温蒂费力地生着火，纷纷蹲下来给她点建议。男人一贯如此，擅长给女人各种建议。吉姆用火钩帮温蒂点燃壁炉，桑迪则在一旁拉动风箱的活塞。

“温蒂，”吉姆一边生着火，一边镇定地问道，“昨晚，看见米奇了吗？”

温蒂告诉威廉姆斯先生，昨晚她一直在家看鬼片，甚至讲了那

① 美国香烟品牌。

个被活埋的女人的故事。等她来这里的时候，米奇已经不在了。温蒂的嘴还是很疼，每说一个字都揪心地疼，好像嘴巴要烂掉一样。

“桑迪说，他应该在银草中心。来的路上，我好像看见他了，也可能是我看错了。貌似他在山脚那边玩吧。”

“但他也说过他要去丹尼·斯波福德家。”桑迪补充道。

吉姆将两只手分别放在两个孩子的头上。

“听话，老实地待着，不准你们俩触碰对方。我去打个电话，小东西——”吉姆笑着交代道。

电话就摆在直立式钢琴的边上，上面还摆着《月亮河》[1]的乐谱。刚拿起电话他就想起来停电了。吉姆的笑容瞬间消失了。他回到厨房，和艾琳娜商量起来。温蒂安静地听着他们谈话。

“能不能是珍妮把他带出去了？”

“他一定没事的。”艾琳娜说，“说不定在我家和本吃早饭呢。”

“现在也打不了电话。”

“别大惊小怪，没事的。”

谈话到此结束。一时间，没人说话，屋子里静得出奇。只听木柴在壁炉里偶尔迸出噼里啪啦的响声。

---

① 是一首由奥黛丽·赫本演唱的歌曲，第一次亮相于1961年电影《蒂凡尼的早餐》。

威廉姆斯又开口道：

“好吧。你们两个，到这儿来，该好好谈谈了。”

温蒂和桑迪都暗自庆幸着有对方陪伴。两个人围坐在壁炉旁，虽然沉默不语，但心有默契。他们都在想那瓶伏特加是怎么来的，一开始并不是他们拿过去的。桑迪在往壁炉里鼓风，温蒂也学着桑迪的模样鼓弄着风箱。得到空气的火苗燃烧得更加炽烈，迸发出红色的甚至是蓝色和绿色的火苗。温蒂一不小心呛到了，燃烧不充分的烟蹿进她的肺部，堵得她很难受。

两个人最后还是进了厨房，艾琳娜刚刚准备好培根和打散的鸡蛋，现在她在找胡椒粉。做早餐这件事掩饰了她的不安，虽然面无表情，但是温蒂看得出她心里有事。吉姆看起来倒还好。艾琳娜和吉姆达成了一种默契——两个人在厨房里忙来忙去，保持着客客气气的距离，不亲密，有些疏离，甚至有点过于礼貌。威廉姆斯指了指餐桌。桑迪和温蒂坐了过去。

“好了，大家都就座了吧？”威廉姆斯抱着手臂站立在长桌前，俨然一副大家长的姿态，“好了，现在，我们得谈一谈今早发生的事，即使难以启齿，但我想还是有必要把话说开的。首先是昨晚，温蒂，你的母亲，在我家而不是在你家过夜的事……的确，她和我在一起。对，这是第一件事。她之所以来我家是因为全镇都停电了，我的车也坏了，现在还扔在菲利斯山大街路边的沟里。我必须得说，昨晚你的母亲和我……在……水床上睡的觉。孩子，我得把话说明白，也得对你们诚实。要知道，婚姻是会让人感到厌倦的——这种事情时有发生。结了婚的人，像我和你妈妈，桑迪，像本杰明和艾琳娜——在一起过日子，时间长了难免会有其他想法。这个想法就是，是时候出去找找新鲜感了。看，解释起来没那么复杂，都是人之常情。和你这一周吃汉堡的时候选择番茄酱，下周你不想吃番茄酱了，就想吃蜜汁芥末酱一样。再好比，这周六你想去吃麦当劳，下星期就想去吃必胜客了。婚姻让你选择的空间变得有限。结婚不代表当初的爱情能够得到永久的保鲜，也许后来的人生中你又爱上了别的人，而且爱意不减当年，怎么办呢？生活告诉我们这通常不是件坏事——想要新鲜感。这是允许的、可行的，听起来可能有些离谱，但一夜情真的没关系的。我和你母亲，相信胡德夫妇也一样，从小接受的教育就是在婚姻里，幸福与否，都不应该违背誓言，背叛感情。我们的父母之所以这样教导我们是因为他们对自己的婚姻并不满意，他们也分房睡，背叛，欺瞒，想出去找乐子，他们说这些冠冕堂皇的话来骗小孩子，对！我们当时就是小孩子——所以他们无视我们，吵架的时候也不管我们的感受，吵架，甚至动手，为了他们的欲望。没错，这是事实。”

艾琳娜做的鸡蛋的香味弥漫在整个厨房，给人一种异常和谐的感觉。看得出来，威廉姆斯先生在发表他像推销员卖货时一样冗长的演说的时候越来越紧张。温蒂一时之间难以接受，她的嘴似乎更疼了。她埋下头，不想说话。

“所以，我们长大了，明白是怎么回事了，自然可以做我们想做的事，我们有能力和别人过一夜但不……破坏家庭。不是说翻脸无情，只是偶尔听从本心，放松一下，就像你叫上个朋友一起分享秘密一样，对，就是，分享。这就是我想跟你们说的。早起你们发现妈妈不在家，但是你朋友的妈妈出现在你家。车也不见了，你想到可能是坏在路边了。我说这些，关键是想让你，桑迪，（吉姆双手撑在桌子上，俯身倾向桑迪，直视儿子的眼睛）明白，咱们家不会受到任何影响。我现在是这间房子的主人，永远都是。就算你妈妈和我各有各的想法，但我们不会分开。我们会永远在一起，不管这个家有电还是停电，都不会离开。我们想要陪着你们，陪着彼此。”

“现在，你的妈妈，”威廉姆斯继续说道，“你的妈妈……在宴会上跟别人回家了，我还是得和你说实话，也不想跟你拐弯抹角。可以吧？估计她现在，应该和我们一样，抓住机会，找找乐子，当然可能她是找乐子，也可能她后来发现没她想象的那么开心。我们不知道。但她现在打不了电话，因为停电了。外面天冷路滑，也不方便她回来。但等她回来，等米奇回来，咱们一家人坐下来再好好聊聊。然后，温蒂啊，你也回家和爸爸妈妈好好聊聊。”

艾琳娜坐在温蒂旁边，把装好菜的盘子传给大家。温蒂看着盘子中的鸡蛋，已经冷掉了，看上去像那块蓝色的肥皂。桑迪面无表情地往嘴里塞着鸡蛋，看不出悲喜。

“最后，我们要说的是，”吉姆继续说，“昨晚你们两个待在一起的事。我想我不用给你俩好好讲讲生理健康课吧？（说到这里，威廉姆斯突然弯下腰大笑起来，但笑声，听上去很尴尬。）我是说，我不用给你俩科普性知识吧？当然，这是件严肃科学的事。你们这个年纪，我想，生理上还不能进行——等桑迪你真正开始长胡子，我们再坐下来好好谈谈吧。那时，我会教你到底是怎么回事，在那之前，你们都没准备好。再者，就算发生了什么……比如女孩子怀孕了——那事情就更严重了。对吧？更糟糕。试想，桑迪，温蒂现在怀孕了，她才多大？想想，温蒂怎么挺着大肚子，穿着孕妇装去上学？谁能付产检的钱？谁能付生孩子的钱？你做好面对这一切的准备了吗？因为一时的愚蠢，你要面对多少困难？嘿嘿！不可能对不对！你和温蒂，哪个能好好教育下一代？你们俩都不知道道德伦理是怎么回事呢，还能指望你们教育下一代吗？明白了吗？你们俩还是个孩子，如果真出现个小孩子，你们有当父母的准备吗？现在你们是觉得对方不错，有种说不清道不明的感情，那是因为你们这个年纪很多事情还想不明白。我是这么认为的，你们可能看见学校里别的同学举止亲密，也可能从书上看到了男女之间的……一些事，所以才好奇，想试一试。桑迪，如果你是从书上看见的，把那书给我看看。不光是这一本，我还能陪着你看《教父》[①]，就是米奇总看的那本书，我教你生词，教你书里讲的什么。年轻人，要学会选择。我会给你选择的权利，也会教给你怎么选择才对你有利。我会让你明白，这么年轻就想对另一个人的人生负责，是不现实的。不现实的，明白吗？别再想了，好吗？别糊涂了。"

温蒂刚才一直盯着盘子里的鸡蛋，或者默默地低头往面包片上抹果酱。现在，应该可以抬头了。

"艾琳娜，还有什么要补充吗？"

艾琳娜使劲摇了摇头。

"没，没什么。我和温蒂该回家了。"

早上的事到此为止。不管是出于何故让母亲鼓起勇气来到威廉姆斯家——这股子倔强应该一直埋藏在奥马利家的基因里，所以艾琳娜会有叛逆的想法，她的女儿和她一样，不是那么老实——不论是出于什么原因让母亲睡在水床上和吉姆交颈而卧，不管母亲思想发生了什么革命，现在，母亲的所作所为都有一个合情合理的解

① 是美国作家马里奥·普佐创作的一部长篇小说，本书于1969年出版后深受读者的欢迎，是美国出版史上的头号畅销书，据小说改编的三部电影有两部获奥斯卡奖。

释，她还是原来那个保守的女性。大人就是这样，做错事，然后否认，再冠冕堂皇地给自己的错误正名。艾琳娜后悔了，她不该来这儿，不该背叛本杰明，哪怕是本杰明背叛她在先。艾琳娜后悔了。温蒂看得清楚，母亲的脸上写满了悔恨。

“嘿，伙计，”吉姆轻快地叫儿子，“你的收音机里还有电池吗？能打开听听新闻吗？”

桑迪敷衍地点点头。

父子二人像是排练过一样，同时起身，拿起艾琳娜摆在桌上的纸巾擦擦嘴，放好纸巾，转身离开。行云流水，动作流畅。

温蒂又开始想昨晚发生的事。是不是镇上的邻居都玩这个游戏，交换妻子和丈夫，人人都想找乐子？是不是镇上的人都知道她的妈妈和街上随便哪个男人都能睡一夜？就像她和黛比的破事被传来传去，她妈妈的糗事是不是也一样，坏事传千里？想得再远一点，她可能，和她“同母异父”的弟弟相爱了，而且，她“同母异父”的哥哥还是她的老情人。她这是乱伦。这两兄弟，都能玩弄她。说不定他们还会为她肚子里三头六臂，出生就会说希腊语，能够预言耶稣再现的孩子争得头破血流。她的亲妈和后妈不会搭理彼此，她的亲爸也不会和后爸说话。那么，她同亲生父亲和威廉姆斯夫人在一起的时候，不能跟亲生母亲和威廉姆斯先生说话；反之亦然。或者，她再也不能见米奇和桑迪，因为两家孩子的探视时间是完全错开的。或者，她回家后，即便大家表面不说，但是镇上的人都会在背后议论他们两家的乱伦之事。

“我们得走了。”艾琳娜说，“快吃，收拾好东西。我得借双靴子……”

“走回家？”

“威廉姆斯家的车还在路上扔着呢，咱家的车在你爸爸那里。”

说完，艾琳娜和温蒂陷入了各自的想法中。母女间诡异的沉默，让外人看来都觉得别扭。

“你，不爱爸爸了，是吗？”温蒂说。

艾琳娜不想搪塞女儿，她认真地想了想。

“不爱了。”

温蒂反复想着母亲的话，然后她发现，艾尔顿·约翰①比她父母的婚姻来得重要，温蒂觉得心脏变得越来越小，像《圣诞怪杰》②中格林奇③的一样小，因为只有变小，才没有多余的空间存储恼人的事情。父母教过她，凡事要精打细算，计算感情，也是如此。

“但你不会跟他离婚吧？”

---

① 于1947年3月25日出生于英国伦敦市郊，英国著名流行音乐创作歌手，享誉盛名的顶级音乐艺术家。

② 1966版的动画《圣诞怪杰》，故事讲的是怪物格林奇想去偷走圣诞节的故事。

③ 《圣诞怪杰》的主人公，心胸狭窄，心脏只有正常人的四分之一大。

“我不知道。”

“那，妈妈，你……”

母女二人，一边说着话，一边刷着盘子。她们现在也只能一起做做这些事了。洗完碗，温蒂先一步离开厨房，上楼去拿落在桑迪床上的衣物——风衣和靴子。站在二楼的温蒂能听到威廉姆斯和桑迪在洗手间的谈话。

父子二人正坐在洗手间的地毯上，旁边摆了一排维修工具。原来是洗手间漏水了。水从墙壁的瓷砖上缓缓流出，水量不大，但浴缸里已经存了不少漏水。威廉姆斯父子显然没料到家里竟然漏水了。不是淋浴器也不是水龙头，是，墙壁渗水。

桑迪负责递工具，扳手，钳子，一个接一个。父子二人把洗手间里的所有水阀都检查了个遍，然而并不奏效。地板上还摆着收音机，里面播放着暴风雪的情况。

“我们要走了。”温蒂站在洗手间门口说道。

威廉姆斯父子没有抬头看她。

“有时间再来，”吉姆说，“我们都很喜欢你，亲爱的。”

温蒂离开洗手间，去桑迪房里整理东西。桑迪的床整理得很整洁，就像他在客房整理的那样，似乎他只是暂住在威廉姆斯家一样。大兵玩偶还挂在衣柜上。

楼下，艾琳娜正在穿外套。系到最后一颗纽扣的时候，响起了敲门声。

“开门！是我！我没带钥匙！”是珍妮。

又是一阵咚咚的敲门声。

吉姆·威廉姆斯站在楼梯上，愁容满面，心惊胆战——麻烦事都一齐找上门了。桑迪站在父亲右后方的楼梯上，双手紧紧地抓着栏杆，下巴抵在手背上。温蒂判断得出来门口的珍妮心情很不好。问题是，她暂时还不知道家里出了什么乱子脾气就已经上来了。

温蒂上前开了门。珍妮进来就说：“这一早上的。里面有别的女人吗？”珍妮伸手揉了揉温蒂的头发。

“出了点问题。”吉姆迎上来。

“是车吗？真该死！”珍妮终于看到艾琳娜了，“艾琳娜！见到你真高兴啊。怎么回事，家里这么多人啊？”

“你怎么回来的？”吉姆走上楼梯，回头问妻子。他的声音听起来很古怪，预示着一段艰涩漫长的谈话。

“玛利亚载我回来的，我在菲利斯山大街上看见咱们的车了。你把车怎么了？”

吉姆抓着扳手好像要大干一番的样子。桑迪盯着地毯上的工具，温蒂看向艾琳娜，艾琳娜则盯着窗外的院子。四个人各怀鬼胎，屋子里只听得见漏水的声音。

“哦，你的车好像也停在路上了。你家的火鸟。”珍妮对艾琳娜说，“但愿本杰明别遇上……你知道，警察查酒驾。”

“我们把车弄坏了。”艾琳娜傻傻地咕哝道。温蒂看着母亲面对眼下情况时茫然无措的样子，似乎预料到了昨夜发生的种种糗事。回家的玛利亚发现儿子尼尔把第一次献给珍妮，但是珍妮哭得很伤心，尼尔毕竟年轻，初尝人事的他什么都不懂，满足不了珍妮；玛利亚和史蒂芬也过得不怎么样，史蒂芬草草办完事，就倒头大睡，梦里还喊着叫错了名字，不是玛利亚，更不是妻子玛丽，鬼知道他在喊谁；另外，史蒂芬的妻子玛丽和丹·富勒吃早餐的时候，查克·斯波福德拖着儿子上门质问富勒，说富勒抢走了他的情人；戈尔曼家、索耶尔家等都过得不太平。男人载着别人家的女人离开的时候，都想方设法避开别家的汽车，既不想失去艳遇的机会，又不想让人指着鼻子说奸夫淫妇。再大的暴风雪也遮不住新伽南的糗事。温蒂不想理会大人的事，她的小脑袋也想不明白。

“你们俩相处得还愉快吗？”珍妮问道。

“别说了。”艾琳娜说，“非要说的话，能不能别当着孩子的面，私下再聊不行吗？他们已经知道得够多了。”

“我都告诉孩子们了，亲爱的。”吉姆说道。

“你干什么了？”珍妮惊讶地问。

“瞧，没什么大不了。眼下，是真的有情况。”吉姆说，“洗手间漏水了。我担心……是不是有水管裂了。不让人消停。

还有——”

“你肯定能解决。”珍妮说。

桑迪也像温蒂一样，立在一边不言不语。今早了解的新的人生观对两个十几岁的孩子来说已经够惊讶了。珍妮还穿着真丝睡裤，从儿子身边走过的时候她亲了亲他的额头，上楼（羊毛外套的下摆扫在楼梯上）的时候再也忍不住了，低声地啜泣起来。新伽南的女人哭起来的样子都很美：就像亚洲裹小脚的妇女一样，带着与生俱来的悲怆和无奈。珍珠般的泪水顺着白净的脸颊淌下，好不凄美。但哭起来的珍妮是个例外。她剧烈咳嗽，大口喘气，特别狼狈。珍妮的鼻子哭得红彤彤的——温蒂看着她——跟她父亲本杰明的酒糟鼻一样。珍妮试着破口大骂来表达愤怒，可是眼泪止不住地流，张口都费劲。唯一能做的就是离开这里，避开家人，回到自己的房间去。路过米奇的房间，珍妮突然停下。

她摸了摸门把手。

报警器的声音响了起来。

珍妮暗暗祈祷别出事——打开门，床是空的。

“米奇上哪儿去了？”珍妮大喊道。

“我刚想说……我们觉得他，”吉姆牵强地说，“应该去找本了。”

“他去找本杰明干什么？”珍妮听起来有些歇斯底里，“本讨厌米奇，别傻了，别告诉我你不知道——”

“冷静点，好吗？”

吉姆转了转扳手，没有继续说下去。

珍妮站在二楼，脸上挂着疲惫与烦躁。五个人站在家里，面面相觑。

直到——门外救护车的声音打破了宁静。

一台红色的老式救护车驶入威廉姆斯家的车道，旋转的黄色车顶灯越转越慢直至停下。阳光射在车顶灯上，折射出耀眼的光芒。其他地方也一样，凡是能反光的地方，都因为冬日的暖阳，笼罩上一层温暖的色彩。

路面上结结实实地结了层冰，到处都是冰柱和雪堆。本杰明·胡德刚跳下救护车就在冰面上栽了个大跟头，他连忙起身，拍了拍身上的雪。站在威廉姆斯家门口，胡德的心情十分复杂，因为尴尬和不安，他的脸涨成橘红色，看上去更难看了。踩在冰面上，胡德艰难地前进着——他已经改道从花坛里横穿了——所以算不上前进。他有些着急，想进去通报消息，但是大腿肌肉不听使唤，胡德觉得寸步难行。双腿插在花坛里的胡德只好伸出肥大的手掌，努力地向前伸，想去敲门——半途而废。

救护车里广播的声音，寒风掠过枝头发出的簌簌的声音，冰雪消融小河流水的声音，突然在这个清晨变得格外聒噪。胡德现在心乱如焚，他甚至想起了曾经——和父亲在新英格兰的那段艰辛时光。他怀念过去，他本可以活得更善良的。离门口不到十步了，胡德缓慢地前进着。

房子的前门洁白，干净，颇有殖民时期的风格。门口立着一根旗杆（上面并没有旗），两边铺陈开来精心修剪过的灌木，一个容纳得下两辆车的车库，数根精美的石柱。威廉姆斯家的地理位置可以算是枕山靠水了。

胡德在门口挣扎了很久，久到似乎一整天都过去了，久到艾琳娜、威廉姆斯夫妇和温蒂都以为救护车是过来讨杯咖啡，或是停下来观察鸟类的——珍妮早就见怪不怪，多少次了，开门去问救护车出了什么事，结果不是问路就是爆胎了，再者就是询问走失人口——敲门声终于响了起来，与此同时门也被珍妮拉开了。

“哦，是你，珍妮。你和吉姆，嗯，最好出来看看。恐怕……还是出来一下吧，我……你，跟他们谈谈吧。是这样，我——”

吉姆和珍妮衣服都来不及穿，刷的一下子冲出了大门；桑迪怕摔倒，顺着父母的脚印径直跟了过去；艾琳娜双手交叉抱在胸前，双唇紧闭，不知道出了什么事，却鬼使神差地跟了上去；温蒂走在母亲身后，阳光下的白雪晃得她眼睛十分不舒服；最后，是本杰明，传完话总算是功德圆满，但此刻他更担心接下来的事。胡德还穿着橡胶雨靴。

救护车司机正靠在车门上等着家属出现。与此同时，一辆警车缓缓驶入山谷路，停在威廉姆斯家门口。两名警察无精打采地走上前来。

“你的邻居在精神病院附近发现了小男孩的尸体。”救护车司机看着吉姆说道，“他说这是你的儿子。我想……我们试着救他，但是很遗憾。我们——”

珍妮——血色尽失，眼神空洞，下一秒整张脸变得扭曲可怖。一时间，悲喜剧在珍妮的脸上穿插上演。她战栗着，微笑着，她听明白了，她又不明白了。一双冻得通红的手不知该何处安放，只得僵硬地停在空中，不知该上前，还是该待在原地。话堵在嘴边，却说不出来。只见珍妮干巴巴地张着嘴，嘴唇翕动，却听不见任何声音。

救护车司机简短两句说明情况——他是个合格的专门传递噩耗的信使——完成任务后，他一会儿低头盯着雪地上的脚印，一会儿又看向警察，似乎在告诉他们自己的工作完成了，该他们上场了。

“是不是该让家属辨认尸体了？”

司机低声对警察说道。

“我们来吧，如果你没事了的话。”警察说道。他上前两步，走到门口围着的那群人中间。

“尸体得运到医院去，走程序。我们还得录一下笔录。首先，我需要知道你们的名字，例行公事。还有就是这孩子失踪多长时间了？”

沉浸在震惊和悲痛中的吉姆听到警察的问题，终于缓缓张开嘴，含糊地回答着。本杰明站在人群中间，再次讲起事情的全过程。警察——对胡德的描述并不感兴趣——指了指救护车。

“得有个家属上去辨认。”他说，“我们得尽快了。”转头对吉姆说：“要不你来看一下？”

不，绝对不要。威廉姆斯当然不想去看，他看向其他人，大家也理解他的苦衷，用眼神告诉他他们愿意。也许应该由桑迪或者珍妮去看看，虽然珍妮早就受不住打击，靠到一边的柱子上去了。吉姆不想查看他儿子的死亡状况。这种痛苦不应该由父亲承担。父母都不应该体味白发人送黑发人的滋味，应该是儿子给老子送终——吉姆已经送过了。儿子才是那个应该跟遗体告别的人。

最后还是吉姆颤颤巍巍走上前，爬上救护车的后门，只听——车内爆发出凄厉的哭声，浅浅的，因为声嘶力竭的哭喊，声音变得粗哑，然后哭声减弱，变成断断续续抽泣的声音。只听到车内，救护车司机说着寻常安慰的客套话，两名警察对吉姆进行常规询问。结束后，吉姆行尸走肉一般下了车。

他想说句话，给家人一个交代，但是堵在胸口难以平复的悲痛让他难以开口。艾琳娜和珍妮看到他崩溃的样子，赶紧上前一左一右搀扶着他。司机师傅也下了车——顺手关上了驾驶座的门。

“好了，我们要把逝者带回诺沃克医院。有想一起过去的吗？不用全跟着。其实最好，只来一个。没有那么多手续要办。我的意见就是一个人就够了。”

本杰明走到前面了，表示愿意去处理后续。吉姆与此同时从两位好心女士的搀扶中抽离开来，站了出来。除了他还应该谁去呢？他虽没有说出口，但行动证明了他要为儿子完善后事。珍妮、桑迪和艾琳娜都明白也理解。他再次爬上救护车，司机也回到驾驶位上。

但是车子没有发动着，因为广播开得太久了。祸不单行，赶上了少有的几次救护车犯毛病的时候。引擎象征性地动弹几下就熄火了。艾琳娜听到他们在车里发誓说一定能开走，说以前从没出现类似的情况。

一行人又下车对着引擎面面相觑。折腾了一刻钟之后，总算是把该接的电线接好。小半天里吉姆已经上上下下好几次了——终于，打着火了。警察收集好所有人的姓名和联系方式。

这十五分钟，是最后一次，胡德家和威廉姆斯家能亲密地共处了，最后一次能无所顾忌地讨论家长里短，分享心得，聊一聊错爱乱伦的八卦。至少此刻，他们还是邻居。艾琳娜明白她是一定要道歉的，虽然说出口不是件容易的事。道歉，认错，很简单。“经常会发生这种事。就忘了它，重新开始吧。”很简单不是吗？原谅彼此，放过彼此，自由自在，多好。释然之后可以重新拥抱人生。但为什么艾琳娜，包括本杰明就是说不出口呢？艾琳娜知道她必须得说，剖白自己也是对自己的诚实，不然罪恶感会一直跟着你，如影随形，甩都甩不掉，让你永远桎梏在过去的错误里。于是艾琳娜走到珍妮跟前，用最敷衍的话小声嘀咕道：“对不起，珍妮，真的真的对不起，珍妮，真的。”说完，还抱了抱珍妮。连这个拥抱也不真诚。本杰明看到艾琳娜在拥抱珍妮，他也想过去抱抱她们。他把两手分别搭在两个人的身上，但是谁都没注意到他的存在。于是胡德被尴尬地晾在一边。胡德转身去看孩子。温蒂和桑迪也没在看他，都在看树林里被砍倒的树，想象着未来十年的样子。

未来一片迷茫。认识到这一点后，胡德家和威廉姆斯家都陷入了沉思。相似的处境让他们谅解彼此也排斥彼此。分道扬镳是无论如何都避免不了的。车子发动了，警察也离开了，救护车载着米奇，带他远离人世，彻底从世界上消失。

温蒂的卧室。（胡德一家人先是把桑迪和珍妮送到斯蒂尔斯家去等吉姆，然后他们再走回来。）脏兮兮的泰迪熊玩偶搁在灯芯绒的床单上。墙上，挂着大卫·卡西迪[①]的海报，门后挂着“尼克松下台”的贴纸。

温蒂斜趴在床上，把脸深深地埋进羽毛枕头里。她很难过，也很害怕。她想到了米奇。她想象死亡来临的那一刻，米奇的想法。死亡，就好比身边跟着黑猫的巫婆，她化作邪恶的风，卷着米奇的灵魂吹过窗棂，看见窗子里面温蒂和桑迪鬼混的画面。不，她无法想象米奇孤独绝望的样子，他看到她和自己的弟弟鬼混，该是怎样难过，离开人世，他又是怎样的孤寂。他们说都是因为漏电的电线。

她不能再想下去了，她想破头也不明白究竟是为什么。躺在床上，她开始分辨不出米奇和桑迪的区别。她看见和她在地下室的是桑迪而不是米奇，而昨晚和她同榻而眠的是米奇不是桑迪。性和死亡都让她费解。不，不光是死亡和性。她不知道该怎么安慰自己，就好像她才是应该被安慰的那个。她想找到全新伽南最善良的人，躺在他的胸膛上，什么都不想，过去这混乱的、充满厄运的一周，就让它赶紧过去吧。

温蒂还有一个想法，应该说是冲动。她从裤子里拽出吊带袜，吊带袜像一张褶皱的廉价餐巾纸。她已经花了一个小时去意淫吊带

① 美国20世纪70年代著名流行文化青少年偶像，是一名摇滚歌星，同时也是吉他手、创作歌手和演员。

袜背后的故事了。现在，混着各种味道的吊带袜闻起来和吞拿鱼沙拉淋上蜜汁芥末酱一个味道。就连它的形状都充满情趣，挑逗着人的神经。

温蒂想试试。就像一条河的流向是不会改变的，穿吊带袜也只要伸腿就好了。流畅自然。她大口地吸着气，闻着那特别的味道。米奇留下的体液——证明他存在过的证据——紧紧地黏在她的身上。这味道和记忆一样，和指纹一样，独一无二。所以刚才寻求真善美的想法在情欲面前一文不值。温蒂拉开裤链。如果没停电的话，她可能还会放首激情四射的音乐助兴。

这种想法有点恶心到她了。米奇到底经历了什么？她又对他做了什么？用不了几年，她就不再是少女了，她要戴上大号的文胸，她要守护贞操，要懂得节制，要尽量做到无欲无求。但即便她念着这些，脸上依旧挂着淫荡的表情。温蒂穿着米奇母亲的吊带袜在床上风骚地扭动起来——她现在确信那就是珍妮的吊带袜——温蒂感到悲伤，也感到无比满足。

就在一瞬之间，温蒂得到了最大的欢愉——结束后完全地裸露在冰冷的空气中。温蒂伸手去够床边柜子里的威金森[①]双片剃须刀，那是她从父母房里的洗手间中偷出来的。

① 英国老牌剃须刀品牌。

温蒂脱掉一只毛衣袖子。突然，眼中噙满了泪水——因为疼——她在手腕上试了试剃须刀的刀片。只是一个小口子，不至于像穿粗布衣衫，用钉子和指甲折磨肉体的苦行僧那样血流成河。温蒂的额前渗出了一排细密的冷汗，她又想出一个折磨自己的方法。温蒂有些心慌。她想象着皮肤下面的骨头、肌肉、神经和脂肪在大力撕扯下分崩离析的样子，她想象着骨肉分离、拆骨剥肉的血腥画面，然后——她在心底里呼喊着米奇，求他原谅她，原谅她做不来，她不想尝试死的滋味。对不起，查尔斯。她不能离开人世，不能。可怜的米奇。做鬼也是孤身一人，新伽南的孤魂野鬼。

温蒂任由裤子堆在脚踝，举着流血的手腕，起身，出门，像没了魂魄一般怔怔地走向洗手间。

由于漏水的缘故，水龙头里没有水。地板上放了一桶用来冲厕所的冰水。温蒂想也没想，把受了伤的手浸在水桶中。冰水刺骨。鲜血把水染成蔓越莓汽水的颜色——艾琳娜在她生病的时候喂给她喝蔓越莓与生姜混合味道的饮料——就是那种颜色。温蒂跌跌撞撞地走出洗手间，左手还拿着剃须刀。温蒂走到了楼梯边。

除了宴会聚餐，胡德夫妇很少用客厅。现在，艾琳娜和本杰明待在客厅里，倒像是客人一样。夫妇二人都换了一身——多穿了好几层衣服，手捧着无因咖啡，凑在一起像爱侣一般低声絮语。本杰明之前关上了地下室的水阀，所以墙上的漏水没有越变越严重，现在竟有减小的趋势，要是晚上水管上冻的话，就可以省去不少麻烦。壁炉里传出木柴燃烧的噼啪声——木柴快燃尽了。

“真是的，得进城找个水管工了。”本杰明轻声说道，“还得买点东西，家里没什么吃的了。我自己去就好，你要是想来，我们就一起去，还能顺道逛一逛。不过得先把车打着，旅游轿车也发动不着了。我知道你很难过，亲爱的，我也一样。把话都说开了，会好一些。我是真的想和你好好谈谈。”

艾琳娜低声咕哝了两句，似乎是在对自己说话。

“没人能预知死亡。”胡德说，“米奇可能一下子就过去了，也可能是失去意识倒在雪地里，最后冻死的。没人知道的。警察肯定会编出一篇看上去有理有据的报告，但你没法相信他们的话。所以，做好自己的事就行了。大家都很难过。这种事除了说句节哀也没有别的办法。不过又一想……算了，我胡言乱语了。”

夫妇二人喝了口手中的咖啡。

艾琳娜突然开口：

“哦，你倒是挺明事理的。”

接着——

“你活得这样明白，能告诉我昨晚你去哪儿了吗？你想干什么来着？最后你又是什么下场？”

“我什么都没说，没说自己看得明白。”本说道，“我没有评价——”

“你多高尚啊——”

“我昨晚在哈尔福德家洗手间地板上过的夜。知道这个，会让你……高兴点吗？我在洗手间的地板上睡了一夜。我不是说，如果你非要那么想我也没办法，在人家水床上过夜就怎么样——你不是在水床上过的夜吗？我不是说你不好，虽然我确实不太——”

艾琳娜又恢复到了安静自处的模式。

“我不高兴。有这种经历并不光彩，我没什么可高兴的，也没什么可自豪的。结婚这么多年，你经常喝多了回家。更糟的我也见过，吐了一地——”

“我懂，我懂，我懂，”本说，“我道过歉了。我知道。我道歉……我会——”

“对不起没用，本。只是句不痛不痒的话。你得——”

“行，你要我怎么样？我们是发过誓的，记得吗？我觉得应该聊聊那些誓言了。你也发过誓的。我在尽力履行——”

“跟别的女人履行。这就是你尽力——”

“我在尽力弥补。你不用翻旧账来……听着，米奇过世我很难过。我不想……我也不会……虽然吉姆家的孩子彻夜不归，自由散漫，但是看得出，吉姆在用心教育他们。养孩子不是件容易的事——”

“我们家孩子就听话吗？”艾琳娜说，“看看咱们的孩子。”

“让我说完，亲爱的。让我说完好吗？发生这种事……记得吗，我是第一个发现米奇的，我发现的——”

本杰明的脸色变得异常古怪。

“我给他，怎么说？嘴对嘴，给他送气。我是讨厌他，觉得他是小浑蛋。但我救他的时候没有杂念。我不喜欢他，但并不影响我救他。我得把来龙去脉给你讲明白，你知道的，一家人不能藏着掖着。我就想告诉你：我们家漏水，我们的孩子思想有问题，我工作有麻烦。但是都没关系，我们能一起解决。”

“什么？工作怎么了？”

“嗯，就是……你知道，不太顺利。你知道的。”

“不，我不知道。有事你从来不跟我讲。”

“就是……工作上我觉得不顺心，我需要——”

艾琳娜没有接着问他。

“别！那！样！看！我！”本杰明说，“我不想跟你喊。我也不想让温蒂听见。我们两个谈就好，这是我唯一的要求。我想说艾琳娜，工作上的事——我不愿意承认，但确实很棘手——我想我应该重新开始。”

“上帝，我没说什么，你不用激动。”

“见鬼！该死！总是这样。”本说，“你从来都置身事外，觉得这些跟你没关系。但是跟你有关系！想一想吧，这个家里就你最冷漠，说起宗教的事，说起心理学精神学，你都有话说。一提到家里的事，你就一副‘跟我没有关系’的样子，没人能猜到你在想什么。十七年前既然你同意组建这个家，为什么你不对家里的事、家里的人上上心呢？为什么不对自己的决定负责呢？”

艾琳娜说，特别小声地说，目光盯着别处：

“做决定不是件容易事，组建家庭更不是说一说那么轻松随便。你知道的。但现在，我越来越不明白当初为什么要在一起，这个家现在还有什么意义。我一事无成，没有一技之长，没上过班。我活得没有尊严。你还要我怎么样呢？我还能干什么呢？”

胡德起身，走到壁炉旁用火钳拨弄着柴火。

“所以你什么意思？你活得没尊严没意思，我们就不应该强求你曲意迎合？”

“我不是这个意思……我是说你没从我的角度考虑问题……想问题不能只从自我的角度出发，要换位思考。”

“所以，你结婚的理由就是因为……卡尔·罗杰斯[①]还是卡尔·荣格[②]告诉你女人五十岁之前必须结婚，告诉你结了婚的女人一

① 患者中心疗法奠基人，美国人本主义心理学先驱。

② 瑞士精神学专家。

生特别苦。然后我就变成了一个不照顾家庭、不理解家人，让你吃苦受罪的坏人了是吗？”

胡德蹲下身子，见火势减弱，扯了张报纸团成团，扔进火堆里。

“所以，你觉得离开是你最好的选择。”

“对。”艾琳娜没有否认。

“行吧，这年头谁家不离婚。”

艾琳娜没有再说话。

本杰明盯着火焰。

走到这一步他们都很难过，但是谁也没再挽留。

“我们要告诉孩子们吗？你真的要走吗？”

胡德看向艾琳娜。

“哦对了，保罗又去哪儿了？”

“什么？”

“保罗，你儿子保罗！你打电话问他了吗？他要跟朋友在城里过夜吗？”

“我以为你打了。”

“你说你……真是太好了，真是太有当妈的样子了，你真行！”

“别说得跟孩子是我一个人的似的。当爹的就不用管了是吗？”艾琳娜反驳道，“现在是假期，你不上班，你在家！”

“行行行，你说得对。以后不用再听你放这种没味的屁真是太好了。要走赶紧走。你有没有试着问问温蒂，说不定她知道保罗的安排。”

说曹操曹操到。客厅的门——复古式侧拉门，本杰明很喜欢的风格——被拉开了。温蒂走了进来，像鬼片里的那个从地下爬出来的女人。艾琳娜从没见过这样的温蒂，以前的她是耀眼活泼的，走到哪里都受欢迎，服务员、门童、售票员甚至是路人都会和甜美可人的温蒂搭讪。但现在，那个受人喜爱的小姑娘不见了。艾琳娜见过这样的场面，幽灵一样，就像艾琳娜的酒鬼母亲一样。失魂落魄的温蒂让艾琳娜立刻想起了从前。温蒂，双手高抬，像个僵尸，裤子一半提了上来，一半还斜垮垮地耷拉着，裤链也没有拉好，竟然还有一条黑色蕾丝吊带袜夹在裤链上。女儿发出的呜咽声听起来像某种失落的语言。艾琳娜仿佛又听到了母亲的哀号，饱受酒精和精神折磨的母亲，痛苦绝望的老疯子。她的女儿，她的母亲，是不是她也早晚会疯掉？会不会银草中心是她的归宿？本杰明和艾琳娜一左一右围住了温蒂。

“天啊！你怎么！”本杰明大喊道，“真是不嫌乱！上帝，谁把你弄成这样！”

胡德突然看到了那条熟悉的吊带袜，脸上写满惊恐。

“好了，亲爱的，没事了。”艾琳娜柔声安慰着温蒂，然后对胡德说道，“好了，就是个小口子，不会有事，很快就长好了。没什么……”

艾琳娜揽着温蒂，低声说着母亲们与生俱来会说的安慰话，然后蹲下身去，三两下就把吊带袜拆掉了，最后帮温蒂重新提好裤子，把脏兮兮的吊带袜扔到一边。

“你确定？”本杰明担心地问道，“不会破伤风吧？我们是不是得……”

“温蒂，”艾琳娜说，“拿什么划伤的？”

温蒂含糊地说：“威金森双片……”

“新的那把？新换好刀片的那个？”

温蒂点了点头。

艾琳娜对丈夫说：“管好你的东西。下次锁起来。”

“你从哪儿拿到的……吊带袜？”艾琳娜接着问温蒂。

“从威廉姆斯家。”温蒂老实交代。

温蒂瘫坐在地板上，神情恍惚。艾琳娜和胡德也陪着她坐下来，坐在潮湿的地毯上。被丢在一边的吊带袜看上去丝毫没有违和的感觉。艾琳娜明白少女的心思，释放情绪总要点仪式感，所以她没有再问关于吊带袜的问题，也没有安慰温蒂，至少没有马上安慰她，也没有拥抱她。但本杰明不懂，他抬起手，放在女儿肩头。他突然发现，以前竟从未如此爱惜过她，类似的关心实在很有必要。于是他索性伸出胳膊，搂紧女儿。艾琳娜见状，无动于衷，她不认为一个拥抱能解决心理问题。温蒂顺势倒在父亲的怀中，问他米奇到底出什么事了，为什么会死，现在在哪儿。她还是不能接受。她想起离她而去的人。先是她的祖父，她记得和哥哥保罗听见患有中风的爷爷在地下室里喊着："我的腿动不了了！快来救我！"她又想起外祖父，春天的时候，过世了。温蒂现在失去了米奇，珍妮也是，吉姆也是，艾琳娜、本杰明和其他人也是，他们失去了米奇。

"亲爱的，"艾琳娜说，"昨晚保罗来电话了吗？"

温蒂抽抽搭搭地说："他说他要赶末班车回来。"

"火车跑不了。"本杰明咕哝道，"外面下着暴风雪，车开不了。"

"我们应该开车去趟车站。"艾琳娜说，"应该去问问铁路的人。"

"你不会想待在家陪她吧？要是……要是电话能用了呢？我可以去……"

"不，我觉得……不方便出门的话，还是我……"

艾琳娜笑了起来，"车里，有加热器。"

"你可以吗？宝贝？"本轻声问着温蒂，"和妈妈和我一起开车去车站？你可以吗？我是希望你能和我们同去。"

本杰明把火鸟开回来的时候已经快中午了。温蒂两手手腕都缠着一圈绑带，此刻正裹着太空毯[1]坐在车里。后排座椅上拴着戴斯。

气温又下降了。早上光芒四射的太阳也不知躲到哪里去了。胡德一家人路过了银矿艺术协会和银矿酒店，最近有支燕麦广告就在那里取的景。说来新伽南的历史上出过几位优秀的人才，作家约翰·格鲁埃尔[2]创作了他的名作《布娃娃漫游记》。风景画画家普特南·布拉德利画出了举世闻名的田园风景画；印象派画家施尔德·哈森[3]创作出法式绿色田园风景画。爱尔兰诗人兼民俗学研究者帕德里克·科拉姆[4]、北极探险家罗伯特·菲拉哈迪[5]、威廉·罗斯·贝纳特[6]和麦克斯威尔·珀金斯[7]都曾居住在新伽南。

---

① 一种保暖性能很好的轻质金属棉毯子。

② 约翰·格鲁埃尔（1880—1938），美国艺术家、漫画家、童书作者。代表作《布娃娃漫游记》。

③ 施尔德·哈森（1859—1935），美国画家，印象主义画派的代表人物，作品包括油画、水彩和蚀刻板画。

④ 帕德里克·科拉姆（1881—1972）爱尔兰诗人、剧作家、小说家。在20世纪早期爱尔兰的文艺复兴运动中扮演了重要角色。1961年获得美国天主教图书馆协会“女王奖”。

⑤ 罗伯特·菲拉哈迪（1884—1951）美国纪录片导演，世界纪录电影之父，于1921年摄制纪录片《北方纳努克》，该片被誉为世界纪录电影史光辉的起点。

⑥ 威廉·罗斯·贝纳特（1886—1950）美国诗人、作家、编辑。

⑦ 麦克斯威尔·珀金斯（1884—1947）美国文学编辑，曾编辑过海明威、菲茨杰拉德和托马斯·沃尔夫等名家名作，被誉为最著名的文学编辑。

珀金斯曾在编撰《天使望故乡》[①]时写过："新伽南诞生了一位伟大的作家。在他笔下，家乡的曲棍球、新年、三里河都是饶有趣味的回忆。"

似在穿梭历史一般，胡德家一路开到了伽南教区，不久前他们住在这一片，后来一半的人家都搬走了。说不定，以后的周末，本杰明都得把温蒂送到艾琳娜那里——艾琳娜离婚之后可能把家安在华盛顿也可能还在康州。到那时，艾琳娜应该能过上新的生活，可能是电销客服，也可能做个成天影印文件的办事员，说不定还会交到秘密情人，像本杰明那样。而本杰明应该会在放假的时候带着温蒂去吃麦当劳，或者把她留在家里，随她尽情地看限制级电影，然后自己出去找乐子。不管怎样，他们肯定不会再跟威廉姆斯家扯上关系。

终于到了新伽南火车站。售票员说昨晚十一点十分的火车现在连斯坦福德都没到，停在格林尼治了。

胡德三口并排挤在售票口前，像三朵开在同一条枝干上的花。他们焦急地问着路况。

"好消息是，"售票员在窗口里面说道："不久前电力恢复了。纽黑文线。现在列车在行进，说不定你的儿子会在斯坦福德打

① 美国小说家托马斯·沃尔夫撰写的颇具自传色彩的处女作。

车往回走。”

“前提是他得有钱。”本杰明说道。

售票员和本杰明干巴巴地笑起来。

于是一家人又出发去斯坦福德。车开得很慢。不到两天的时间里，麻烦已经够多了。都说以史为镜，谨记前车之鉴。但历史就像毫无含金量的奖杯和写着错别字的校报一样。它是1969年最后一场小镇会议，是《奴隶解放宣言》颁布后仍然“不肯”争取自由的奴隶，是第一批英国殖民者到达前古老原始的村落。历史循环往复，让人故步自封。胡德一家、尼克松的团队和每一个人都禁锢在周而复始的历史中。你可以去找杨诺夫[1]教你抵抗历史的魔力，也可以试着念咒语法术，或者记录生活，祈求和平，书写、绘画甚至把你的生活搬上银幕。最多也不过如此。你注定被困在历史的怪圈中，怎么逃也逃不掉。

去他妈的家人。家人都是不堪一击的，他们各怀鬼胎，愚蠢至极，自私自利，冷漠无情。狗屁家人。朋友还是敌人。下个月，《神奇四侠》将迎来结局。伟大的四位英雄。盲目自大的四位英雄。家人是彼此的真实写照。放屁。往上倒几代，看到祖先的祖

① 美国心理学家兼作家，是原发疗法的发现者。著有《初声尖叫》。

先，他从未觉得能承担起他们承担过的责任。都是假的。保罗·胡德，像一团火，像一根手电筒，像一根两头烧的蜡烛。他多希望他能忘掉所谓的家人，他多想踏上前往远方的旅程，他多希望回到小时候，围着围嘴吃着饭，坐在地板上玩着改装赛车，他多想回到莱贝茨的温柔乡里。保罗站在斯坦福德的站台上。他想逃走，离开父母的掌控，忘掉对莱贝茨的伤害，把烦恼抛诸脑后。他想逃避。他连朋友都想抛弃了。

昨夜过得太漫长了。保罗偶然在座位底下找到了一小片报纸，为了打发时间，他在那么一丁点大的地方上写了几个小时的字。车厢里又黑又冷，长夜漫漫，无法安枕的保罗有好几次都要相信他对那个“间谍”撒过的谎了。关于家人来接他的谎话。他一直在写打油诗，或者摘写前卫摇滚歌曲《蠢笨如砖》①的歌词。别说，这一招竟让他真的开始相信家人会在站台等他。他们会在那里等他——那个强奸犯就不会妄图伤害保罗，只得灰溜溜地滚回他的车里——为他提心吊胆的家人们一见到他会亲切地拥抱他，给他起个新绰号，带他去吃最好的餐厅，给他点一份大份的鸡尾冷虾前菜。

不，怎么可能。家庭价值观。瞧瞧卡朋特兄妹②的家庭价值观。再瞧瞧尼克松，他跟猫王吃饭的时候给了猫王一枚麻醉药物和危险

① 1967年成立于英国的前卫摇滚乐队Jethro Tull的第五张专辑主打曲。

② 美国歌星理查德·卡朋特和卡伦·卡朋特兄妹二人组成的演唱组合。成名曲有《Yesterday once more》等。

药物管理局的徽章[1]。家庭，酗酒、暴力和冷漠的温床。种族歧视和偏见都是在家庭内部代代相传才延续至今的。保罗的父母也不例外，把他们当年受过的苦和罪，把他们最阴暗的基因都一并传给了他。他对父母充满怨愤，他的人生不如意，他的朋友少得可怜，他的好运并不比厄运多多少。

漫长的一夜终于熬过去了。破晓的时候，火车再次开动，速度比走路还要慢。保罗画的涂鸦，写的字，编造的故事，被缓慢转动的车轮碾轧，永远地留在了昨夜。慢得出奇的火车让保罗想起了原始的蒸汽机。最后，终于在午前到达斯坦福德。车上的乘客，和保罗一样的窝囊废们纷纷询问他是否需要搭顺风车，问他有没有人接站。经过一夜的共患难，大家都变得善良起来。保罗一一回答着，跟他们说不用担心，有人等他。下了车，保罗一直在车站附近转悠佯装有人等他。良久，他终于战胜自己幼稚的自尊心。他笑了起来——对，父母会来的。保罗问了站前的一个出租车司机，拿出身上最后几张可怜的钞票，问他这点钱够不够回新伽南。当然，钱是够用的，但是路不通，走不了。得等到路清干净。

反正保罗习惯了漫长的等待。他妈妈总是迟到。他发现自己已经无所谓父母怎么样了，他对自己的改变并不感到惊奇。他决定再

① 1970年12月，摇滚歌星猫王普雷斯利与总统尼克松会面时，请求给予麻醉药物和危险药物管理局的徽章以利自己帮助青少年反毒品。

休息一会儿，就用走的，不是走回家，而是往学校的方向走。这一路上他总能搭到便车。至少要走到北边去，那边没有落叶林，地下埋着花岗岩。冰天雪地的，只有那边的路可能畅通。

保罗从老旧的候车室出来，在站台上徘徊一会儿，踢了踢自动贩卖报纸的机器，看看能不能碰运气找到点别人没拿走的零钱。他花了十美分上了收费厕所，洗了把脸。然后又回到候车室，然后又出来到站台上晃悠。来来回回，好不无聊。

保罗知道他不会一直这样倒霉的。他知道漫画书都是怎么结局的。其实漫画书从来都没有结局。总会有新的人物源源不断地出现，然后展开新的故事，让你觉得人物就这么多，不会再有了。每次《神奇四侠》里的反派离开后，还会再出场。一想到漫画，想到苏和约翰尼那些人，保罗就没那么灰心了。消失的人物总会再出现。不会有人死去，没人会消失，没有无休无止的争吵，也没有固定的结局。开心团圆的美好时刻总会反复上演。富兰克林会活过来的，苏也会和里德重归于好，就连炸成灰的毁灭博士都会卷土重来，蛊惑英雄们的房东还会继续给他们制造麻烦。

保罗在站前停车场足足撕了一个小时的豪车车标。看见父母开着车驶入停车场的时候，保罗并没有多惊讶。熟悉的火鸟。保罗脸红了。他明确地感受到心脏揪了起来。原来他还有心。艾琳娜走下车。保罗记得也小时候有一次，父母出门办事要一个星期才回来。母亲把他和温蒂交给一个固执的老女人照顾，那个女人自以为做得一手好饭，其实是她丈夫没有味觉，尝不出来饭有多难吃。等艾琳娜和胡德回来后，戴斯兴奋得足足叫了半个钟头，在屋子里上蹿下跳，庆祝终于能脱离黑暗料理。那个时候，大家都笑得合不拢嘴。

胡德也下了车。温蒂把斗式座椅推到前面，也下了车。戴斯跟着跳下车，蹲在温蒂身后流着口水。一家人站在保罗面前，脸上挂着似笑非笑的神情。他的家人。他的母亲还是他的母亲，父亲也还是他的父亲，无论他们变成什么样子，这一点永远无法改变。就像长岛有达里安，柬埔寨有湄公河，康科德[①]有梅里马克河一样。和他们在一起总好过东跑西奔折腾一辈子。家就是这样的存在。所有的语言都是用来赞美家庭的，赞美家庭、上帝和河流。这些都是灵活可变的。一切事物都是从家庭延伸出来的。

但他们的笑，不是发自内心的笑。他的家人从来不会笑。笑容像廉价的珠宝，赝品，假货，不真诚。他们盯着地面，用脚踢着路面上的冰雪。这个画面不算温情，真的不算，但对保罗来说足够了。他撇下手里攥着的一沓车贴，张开双臂拥抱他粗壮的父亲。接着去拥抱他冷若冰霜的母亲。亲了亲温蒂，也亲了亲戴斯。

“看到你没事真是太好了。”胡德说道，“你在这儿待多久了？”

保罗摆了摆手。

“有好多事要和你说。”本杰明说。

---

① 美国马萨诸塞州东北部古老的小城镇。

大家都笑了起来。

“但不全是好事。”

大家又沉默了。一家人上了车，暖风开到最大，这辈子从没像现在这样渴望温暖。戴斯从后面爬到温蒂的背上，伸出舌头舔了舔保罗的脸。

保罗的父亲把头抵在方向盘上，默默地坐了片刻。其实不是片刻，是很久很久。然后他像是噎到一样，咳嗽起来。保罗没见过他这样，还以为父亲在开玩笑，或者是身体突然不舒服了。他不知道该干点什么。母亲戴着手套的双手攀上父亲的后背，慢慢地抚摸着他，帮助他尽快正常喘气。但是并没什么用。父亲转过身，看着他，也看着温蒂，微微笑着，什么也没有讲，脸颊上因为沾着几滴露水，显得闪闪发光。

“有些事要和你们两个说。”他说。

接着，天空中出现了一个图案。实实在在的图像。对话到此为止。天空中的图案囊括了过去的二十四小时中发生的种种。就在停车场上方，鲜明的火红的四个人影。胡德觉得这四个人影好大好大，大到笼罩着斯坦福德的主教教堂，笼罩着新伽南的高中，笼罩着切斯特港车站，笼罩着整条纽黑文铁路线，笼罩着格林尼治和诺沃克所有的救急车辆，笼罩着韦斯利·迈尔斯为明天（基督降临节中第一个星期天[①]）撰写布道辞的地方，笼罩着所有公共场所，笼罩着千家万户，也笼罩着荒无人烟的地方。天空中的图案鲜明醒目——火红的四个人影。

一家人坐在车里，望着那四个人影，久久地凝望着。看它消散，看它升华。

至少我是这么记得的。我，保罗。唠叨起来没完没了的窝囊废。那是我记得的最后一幕。所有的故事到这里就结束了。始终有件事要讲，寄希望于和好如初的本杰明，我的父亲定格在那里；我从未看懂从未理解的艾琳娜，我的母亲定格在那里；一手揽着戴斯神情恍惚的温蒂，我的妹妹定格在那里；就连我自己，保罗——即将成人的我，在《神奇四侠》的漫画照进胡德家的现实的时候，在故事将要尾声的时候，也定格在那里。我要离开他们，离开所有人，也离开我自己。终于，我要离开他的家庭，离开他。这么多年了，是时候远走高飞了。

全文完

① 圣诞节前的四个星期。

图书在版编目（CIP）数据

冰风暴 / (美) 里克 · 穆迪 (Rick Moody) 著 ; 李睿译 . -- 南京 : 江苏凤凰文艺出版社 , 2019.7
书名原文 : The Ice Storm
ISBN 978-7-5594-3826-3

Ⅰ . ①冰… Ⅱ . ①里… ②李… Ⅲ . ①长篇小说 – 美国 – 现代 Ⅳ . ① I712.45

中国版本图书馆 CIP 数据核字 (2019) 第 115636 号

著作权合同登记号：10-2019-310

The Ice Storm
Copyright © 1994 by Rick Moody
Simplified Chinese translation rights arranged with Melanie Jackson Agency, LLC
through Andrew Nurnberg Associates International Ltd.

冰风暴

(美) 里克 · 穆迪 (Rick Moody) 著　　李睿 译

责任编辑　白　涵　刘洲原

特约编辑　张　颖

出版发行　江苏凤凰文艺出版社

南京市中央路 165 号，邮编：210009

网　　址　http://www.jswenyi.com

印　　刷　唐山富达印务有限公司

开　　本　880mm × 1230mm 1/32

印　　张　9

字　　数　240 千字

版　　次　2019 年 7 月第 1 版　2019 年 7 月第 1 次印刷

书　　号　ISBN 978 - 7 - 5594 - 3826 - 3

定　　价　45.00 元

江苏凤凰文艺版图书凡印刷、装订错误可随时向承印厂调换